远行

与充满未知的
人生温暖相遇

毕淑敏 著

长江出版传媒 ｜ 长江文艺出版社

毕淑敏

远行

YUAN XING 系列

BISHUMIN

一起去远行吧！

谭江敏

目录　　　　**Contents**

01 100万字稿费换一张船票　　/　　P002

02 游轮尾巴上的图书馆　　/　　P008

03 请把我们母子分开　　/　　P012

04 海明威的最后一分钱　　/　　P016

05 花园里的四座墓碑　　/　　P024

06 山妖的阶梯　　/　　P028

07 北纬66度　　/　　P032

08 跨越冰河的驯鹿　　/　　P038

09 在印度河上游　　/　　P048

10 冰川上有毒蛇咝咝声　　/　　P056

11 陇西行　　/　　P064

12 生当做瀑布　　/　　P096

13 最好吃的巧克力　　/　　P100

14 轰先生的苹果树　　/　　P108

15 丹麦的独腿锡兵　　/　　P114

16 珊妮兵团　　/　　P126

17 斯特朗的地毯鞋　/　P132

18 甲虫冰激凌　/　P137

19 在北欧游轮上　/　P157

20 如果你半夜时在极光中看到她　/　P166

21 戴胡子的女法老　/　P170

22 莎草纸和生命之匙　/　P174

23 高速公路拐角处的笑脸　/　P192

24 战壕城失恋博物馆　/　P206

25 死海按摩　/　P218

26 无伤不香　/　P232

27 女厨师的魂灵　/　P244

28 古早味道的冬瓜茶　/　P254

29 大树里的野菜单　/　P260

30 第九个遗憾　/　P268

后记　带上灵魂去旅行　/　P284

远行

与充满未知的

人生温暖相遇

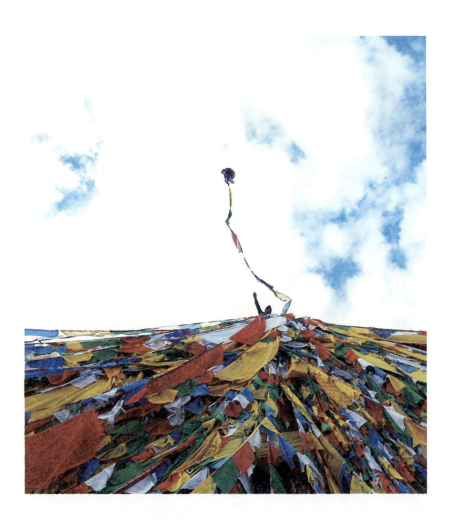

远行

与充满未知的人生温暖相遇

毕淑敏

100万字稿费
换一张船票

毕 淑 敏

01

    环游世界是我从小的一个理想，那时候我以为这是一个妄想。因为我完全不知道怎样做才能环游世界，除了一本凡尔纳的《八十天环游世界》给我指引，而这是一本著名的科幻小说。

    我已经相当老了（这里用的是"相当"的原意，不是指经过笑星们的普及，那个比"非常"更严重的意思），年过半百。我知道如果我再不马上着手实现自己的这个愿望，它就会离我越来越远，最后像一枚撒出的卵石，在岁月的潭水中打出一系列水花，然后还是沉没，了无痕迹。

    几年前的一天，我突然在报纸的角落里，看到了一则消息，说是可以坐着游轮环游世界。那一瞬，我好像被一支饱蘸了毒药的箭射中，魂不守舍。原来，世界上真有这样一种方式，可以让一个普通人绕地球一周。

我抓起电话，就给报上那个号码打电话，回答我的只是空旷的铃声。我不气馁，反复地拨，回答我的仍是一如既往的置之不理。我几乎觉得碰上了一个骗局，虽然我一时也想不清楚，如果对方是个骗子，发布这样的消息对他们有何好处。再有，如果实施骗术，那他们应该紧紧地抱着电话，等着人们上钩，哪能这样不理不睬呢？万般无奈之后，我无意识地看了一下表，才发现已是半夜时分。我的习惯是在临入睡前浏览报纸，看到这一条消息的时候，已过了0点，当然无人接听了。

第二天一大早起来，焦急地再打电话。还是没人理睬。这一次，我比较聪明了，知道人家还没有上班。

电话是在九点过一分接通的，接电话的是一个非常沉稳的男声。他不厌其烦地回答了我的问题，让我对这个宏伟的出行计划，有了最基础的了解。

首先，这不是我们中国的游轮，我国现在还没有开发这样的旅游项目。因此，所有报名环球游的客人，要飞到日本的横滨，然后搭乘日本游

轮"黄宝石号"，和外籍游客一道，绕行地球一周。

其次，这个航线每次都是不一样的，具体途经的国家和港口，也多有变化。因为大洋上风云变幻，所以每年能够出海航行的日期是受到严格限定的，大致上只能是5-8月，走北半球的航线；12-3月，走南半球的航线。每次基本上需时三个半月，也就是100多天。

再次，当然是最重要的一条了，就是费用问题。我说，要多少钱才能跑完这一趟呢？

他说，这很难说。

我很奇怪，这有什么难说的呢？一个人要去旅行，总要知道需备好多少盘缠吧？

对方说，因为不知道您要坐哪一种舱位啊。轮船和火车不一样，火车至多就是软卧和硬座的区别，但船上舱位不同，价钱会相差非常大的。我马上说，最便宜的舱位多少钱呢？

对方说，最便宜的一张船票大约要10万元。

我自言自语，真够贵的了。

对方说，这已经是最便宜的价钱了。您可以到网上查一查，欧美也开有环球游的航线，价钱比这贵多了。

我快速地在心中算了算账。现在给文学刊物写稿子，人家给的最高稿费大约在每千字100元。也就是说，我要一笔一画苦心积虑地写下100万字，才能换到这张船票。真是昂贵啊！不过，照他这样说来，要是你想走这一趟，这还算是最便宜的方式呢。

咬了咬牙，我说，那我就坐最便宜的舱位了。

电话线那头的好嗓音先生说，很抱歉，您可能坐不成最便宜的舱位。

我大吃一惊，刚刚看到报上的消息，我就在第一时间抓紧联系，难道说有人捷足先登，把这种最低档次的舱位抢先定光了不成？不能吧？昨天晚上这电话没人应答，今天我又是起了个大早就眼巴巴地候着，可谓是针插不进水泼不进，别人没间隙下手啊？

我说，是不是有人走了后门，把便宜的舱位都抢完了？

男子说，不是。这种最便宜的舱位，是四人舱上下床……

还没等他说完，我就打断了他的话，说，你放心我不怕苦，四人间就四人间，我腿脚灵巧着呢，以前在西藏当过兵，没问题……

好嗓音的先生笑笑说，不是您有没有问题，是游轮安排有问题。按照规定，这种舱位只能卖给30周岁以下的人。我听您的声音，好像是已经超过这个界限了吧？

我气急败坏地说，我是超过了，还不是一星半点地超过，差不多快超过一倍了。可我觉得这和舱位没什么关系，我可以像老猫一样敏捷地爬上爬下。要是不卖给我这种舱位，你们是不是有点对老年人歧视啊？

那男子苦笑着说，这也不是我们的规定，是日方船家定的。可能是好意吧，上了年纪的人，万一从上铺摔下来，就很危险。要知道，海上的风浪是很大的，颠簸……

话说到这分上，我只好暂且放下四人舱房，调转枪口问道，那么，我这种上了年纪的人，可以买的最便宜的船票是多少钱呢？

他回答，单是一张船票，大概是14万元。

听到对方一再说这只是船票的钱，我终于觉察到了可疑，似乎哪里还有埋伏。我说，除了船票之外，还要再花什么钱？请通通告诉我。

这算问到了点子上。原来，船票之外，还有很多用钱的地方。比如，你出出进进几十个港口，要交港口费。你在船上吃喝拉撒睡，有人给你打扫卫生，帮你倒垃圾洗床单，你就要付小费。这小费不是你想付就付，不想付就不付，而是你必须要付，提前就给你算好账，你还没上船，还没有享受到服务，你就必须把全程的小费都付清了。还有落地的签证费，这也是一笔不小的开支。更大头的支出是到了岸上以后的活动路线。当然了，你要是哪儿都不去，一天到晚老待在船上，那这笔钱即不用付了……不过，既然出了海，也要四处转转是不是？这笔钱逃不掉。除此之外，还有保险费、签证费、往返横滨的机票费和在日本的住宿费……

　　总之，电话线对面的先生，既负责又好脾气，业务也很精熟，用了将近半个小时时间，把我问到的和还没有问到的问题，都回答得头头是道。

　　我终于想不出还有什么问题要询问他了，心里却总好像还有一个重要的角落没有填满。终于，我想起来了。我说，船上的房间是标准间吧？

　　那位先生说，我建议您乘坐标准间。长途旅行，如果是三个人甚至更多人一个房间，您会很辛苦的。

　　我小心翼翼地再次确认：那你说的十几万元一张船票，就是一个人的价钱吧？

　　是啊。他回答。估计心里在想，这老女人弱智，怎么绕了一圈又回到了刚才的出发点。

　　我说，那就是说，我如果选了这样的舱房，就要和别人合住一间？

　　那位先生说，是啊。是这样的。

　　我说，可是，我和谁住在一起呢？

　　那位先生说，您找到伴儿最好。如果没有伴儿，那就不知道谁将和您一个房间了。也许是日本人呢。

远行

与人生充满温暖未相知遇的

游轮尾巴上的
图书馆

毕淑敏

02

　　游轮好似一个微型国度。在游轮的尾巴上，有一个奇异的世界。

　　在那里住着几十个世纪以来的各国文化智者，他们不吃不喝，每天做的唯一一件事，就是在你耳边轻声絮语，把他们一生的精华感悟说与你听。在那里有这个世界浓缩的风云，你可以在片刻之间方寸之中就神游天地并直抵某个特定的角落。在那里有美丽的风光和古老的传说，你可以随心所欲地穿梭游走于湮灭遁去的古代和触手可及的现代之间，时空为你服务。在那里你就是整个寰宇，无比强大。你又什么都不是，比一朵最细碎的浪花还要虚无缥缈……

　　你知道这是哪里吗？它就是位于"和平号"尾翼上的一座透明房子。

　　在这座透明的房子里，有很多大书架，上面摆满了书。每天清晨，它是最先张开怀抱迎接人们的空间。每天夜里，它又一直灯火通明。如果有

远行，与充满未知的
人生温暖相遇

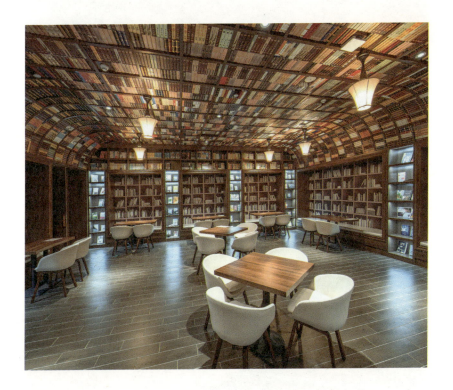

什么人能站在大海中央远远地眺望这艘船，那么游轮尾部恰似一座透明的宫殿。

这就是船上的图书馆。图书馆有整个游轮中最宽敞的空间，有最舒适的椅子，有最明亮的光线。由于我们的游轮基本上是一直向西航行，游轮的尾部就总是面朝东方。早上，在没有风浪、艳阳高照的日子里，它的每一寸空间都浸泡在橙黄色的光芒中，如同堆满了晶莹玉米粒的仓库，引起人馋涎欲滴的精神食欲。

只可惜对我来讲，是望梅止渴。因为图书馆内的书籍大部分都是日文，还有一小部分是英文的，我都无法流畅地阅读。尽管是这样，我还是每天都要走进图书馆，去闻那里书籍的香气。我发觉不管哪国文字印刷的书籍，它们的味道都是相同的。无论现代书籍的阅读方式如何进化，如何丰富多彩，比如你可以在电脑上阅读，在手机上阅读，听别人阅读……或者干脆买上一本电子书，但我始终觉得手捧一本纸质的书，那种沉甸甸的手感，那种眼睛和字迹之间的距离感，那种看着看着，突然想起了前面的一句话或是一个人名，就刷刷地翻到前面查找的阅读程序感，还有随时随地拎了书就走，好像是拿着一块干粮就上路的便捷，都使我对古老的图书馆一往情深。特别是在大海远处，人的思维变得简单和安静，这个时候，用这种传统的方式阅读，你会忘记这是某种穿越时空的对话，你会觉得仿佛是一位一直藏在波涛之下的朋友，此刻浮出水面和你会晤，那种不期而至的欣喜和静谧的知心感，真是非同小可地令人感动。

我建议和平之船可以在图书馆里增加一些其他文字的书籍。这样，当操着更多种语言的游客上船之后，就可以看到自己民族的文字，那种融合交流的归属感和快意，将伴随整个航程。

远行

与人生充满温暖未知的相遇

请把我们母子分开

毕淑敏

03

　　危地马拉的飞机可真是小啊。我从来没有坐过如此小而残破的飞机，好像一辆就要报废的面包车，只有十几个座位。双翼，螺旋桨，飞行高度在1000多米，地面上的景色始终清晰可见。如果不计较颠簸，单就高度来讲，恍惚之间似乎不是坐飞机，而是在某高层建筑的楼顶上。

　　我们到达军用机场的时候，并没有现成的飞机停靠在那里等着载人。周围是持枪的警卫人员，我们既不敢乱说乱动，也不敢询问飞机何时会来接我们。一切都很迟缓，放慢了速度。这条线路是从危地马拉的港口飞往热带雨林中藏匿着的玛雅人废墟遗址蒂卡尔，因为是包机，价格不菲，两天时间需要6000多人民币。我早就对玛雅文化心怀崇敬，特别选了这条线路，原来以为包机是格外的待遇，会很周详。事到临头，才发现包机就是很小的飞机，专门为这条线路而设。

站在热带黏热的空气中，周围有一种糖稀般的甜香气。飞机终于来了，远远地从天边俯冲下来，好像一只蜻蜓。我觉得距离远，故而它看起来很小，等到就要在身边降落了，发现它还是那样小，像一架模型。小唐用手指做出按压键盘的动作，我不解，问，这是什么意思？

他回答，我在模拟操纵遥控器。我觉得这飞机是个玩具。

当这如同玩具般的飞机从我们身边轻盈滑过，一个趔趄停在军用机场停机坪上时，我真的有点恐惧了。它的机翼高低不平，好像是早年间贫民家中用来洗衣的大铝盆。舱门打开，连个梯子也没有，有人从远处端来一架单薄的小梯子，抵住机门，向我们做了个手势，意思是你们顺着它爬上去就是了。那梯子，和我家在超市买的往书架高层摆放书籍的小梯子差不多，弱不禁风的样子。

这一趟旅行曾跨越几个大洲几个大洋，山高水险关隘重重，我很少有害怕的时光。因为完全是自找苦吃，怨不得别人，所以哪怕是打肿脸充胖子，我也总是兴致勃勃。此刻看到这架飞机的简陋，想到报纸上常常登出中南美洲飞机失事的报道，我吞吞吐吐地对小唐说，我有一个请求——能否把我和芦淼分开？

小唐说，为什么呢？

我说，很简单啊。我们家一共有三口人。我，芦淼，还有芦淼的爸爸。

小唐说，是的。这我知道。

我说，你想啊，要是我和芦淼因为飞机失事而暴亡，芦淼的爸爸一得到这消息，打击就太大了，估计也活不了太长时间，这样我们一家就算家破人亡了。如果把我和芦淼分开，要死就只死一个，损失就比较小些，噩耗传来也好化悲痛为力量。

小唐说，嗯，您讲得有道理。

不过，这话也就是说说而已。因为日方的旅游名册早已造好，恨不能几个月前就定妥了安排的，要想改变，谈何容易！

远行，与充满未知的
人生温暖相遇

　　我们上了这架小飞机。起飞没多久，我就觉得腿上一热，好像怀里抱着个小婴儿，不安分地尿到了我腿上。这当然是不可能的，我怀里抱的是书包，书包里装着护照和银行卡，还有照相机和电脑。除此之外，就是一杯水。

　　哎呀，问题可能就出在这杯水上。

　　我因为血压高，每天要吃降压药。降压药的拿手好戏，就是利尿。把你的血容量降下来，血压就釜底抽薪了，没有动力了。利尿剂的麻烦就是你会没来由地口渴，所以我现在也添了毛病，无论走到哪里，都要带一杯水。我用的水杯，不是干部们爱用的那种保温杯，而是一种家庭主妇用的塑料杯子，但密封性极好，在何种情况下都不曾漏过。

　　现在，这种不漏的杯子，悍然背叛了我。在空中，它的盖子崩开了，水流了一书包。我忙不迭地收拾包内的电器，要知道其中的哪一样出了毛病，都会造成巨大麻烦。正手忙脚乱地拾掇着，芦淼从他的座位走过来，低声问，你有没有手帕纸？

我说，干什么？

这话刚一出口，我就明白了。原来他的杯子也漏了，水洒了出来，也面临着收拾残局。

说到底，不是我们的杯子质量不过硬，而是这种破旧不堪的小飞机，根本就没有密闭的压力系统，一旦飞上天空，气压无法保持稳定，水杯中的空气就膨胀起来，盖子就被顶开了。我们两个的书包都水漫金山，一路上什么景色也顾不得看，只忙活着拯救那些潮湿的电器。

我收拾停当，看了一眼驾驶舱，不由得笑起来。原来我们一直朝着太阳的方向飞，这样驾驶舱就首当其冲，被太阳晒得如同暖房。热带的太阳是很毒辣的，驾驶员们被晒得受不了，居然拿出一张报纸样的东西，糊在了驾驶舱的前挡风玻璃上（恕我借用了一个汽车上的名词，我也搞不清飞机的玻璃窗应该叫什么名字）。我吓了一跳，心想这开飞机的若是看不清方向，该如何是好？我们也太没安全感了。不过又一想，开飞机主要靠的是仪表，目光的作用可能在降落时比较重要，平稳飞行的时候，就让他们闭目塞听吧。

说到这里，可能有的朋友要问了，说你是一个乘客，这驾驶舱里的情形，你又是如何知道的呢？

飞机的驾驶舱和乘客们的座位是相通的，连个小门都没有，所有的景观都一目了然。如果想劫机，一个箭步就冲到仪表盘面前了。

坐这种小飞机，有一种大家庭的感觉，好像彼此住在一个套间里。下飞机的时候，我们不停地向驾驶员表示感谢，非常真心实意。要知道，大家能平安落地，实在是阿弥陀佛啊。

我回来查了一下资料，在我们之前和之后的那几个月，危地马拉都有飞机失事。

海明威的
最后一分钱

毕淑敏

04

　　基韦斯特是美国本土最南端的一座小岛，东西长约5.5公里，南北宽约2.5公里，像一只胖而舒适的卧蚕，睡在蔚蓝的海中。战争年代，由于基韦斯特独特的地理位置，这里是兵家必争之地。

　　我选择到基韦斯特一游，不是因为战争，或者说，也是因为战争——一位擅长描写战争的伟大作家曾在这里生活过，他就是欧内斯特·海明威。

　　半个多世纪以前，声名初起的海明威，厌倦了大城市的繁华生活，想换换口味。小说家约翰·帕索斯向他推荐了佛罗里达州的小岛基韦斯特。这座岛到美国大陆的距离比到古巴的距离还要远，地处墨西哥湾和大西洋交汇的水域，岛上长满了红树林、棕榈、胡椒、椰子、番石榴……天空飞翔着蓝色和白色的海鸟，云彩堆积着，巍峨得好像奇异的山峦。海水由深邃和清澈，变得近乎紫色，赤红色的水母遨游着，和天边的霞光呼应，构成了诡异的光柱。岛上居住着西班牙和古巴的渔民，是早年捕鲸人的后代，民风淳朴。海明威欣喜若狂地说："这是我到过的地方中最好的一个，我一点也不留恋大城市的生活。纽约的作家，那都是装在一个瓶子里的蚯蚓，挤在一起，从彼此的接触中吸取知识和营养，我想躲开他们。"

基韦斯特岛的确非常美丽，让人沉醉而迷惑。但我想不通，在如此妖媚的阳光下，海明威哪里来的心境去描写流血的战争？我有个不登大雅之堂的心得，总觉得作品是某种地理时空的产物，就像野菊花是旷野和秋天的合谋。可能为了迅速纠正我的谬误，夜里，这里就让我见识到了加勒比海一场骇人的风暴。暴烈的阴云和能够置人于死地的狂雨让我明白了，这里的天空和海洋可以比拟任何战争与和平。

海明威在这座小岛上写下了《永别了，武器》《午后之死》《胜利者无所获》《非洲的青山》《有的和没有的》《第五纵队》《西班牙的土地》，以及《丧钟为谁而鸣》的一部分……这些小说，凿成一级级花岗岩阶梯，送海明威到达了不朽的山巅。

海明威来到基韦斯特定居以后，先是住在西蒙通街，后来搬到了怀特理德街907号，现在对游人开放的就是907号故居。它坐落在一条短短的安静的小街上，回想半个多世纪以前，这里一定更为冷清。宽大的庭院，一栋白色的二层楼房，绿得不可思议的树和曲折的小径。走进故居，首先接触到的是无数只猫以豹子般勇敢的身姿，在你脚下乱箭般窜动。这可能是世界上最无人管教的家猫了。还有一些猫不成体统地睡在小径的中央，袒胸露乳、放荡不羁。刚开始我几乎以为它们是死猫，它们委实睡得太沉醉了。别看这些猫其貌不扬（我以有限的知识，觉得它们是一些平凡的猫，绝无名贵之种），但它们的血统直接来自海明威当年豢养过的猫，个个是正牌后裔。它们气定神闲、为所欲为，赋予海明威故居以勃勃生机。它们是大智若愚的，对所有的访客不屑一顾，心知肚明，自己的祖上才是这厢真正的主人。

我在海明威的故居内轻轻地呼吸。

这套房子是海明威的第二任妻子波琳的叔父于1931年送给波琳的礼物，海明威在这里生活了八年。房子原先是栋西班牙风格的古典建筑，年久失修，门槛腐朽，墙皮脱落，房顶和窗户也有很多破损。海明威着手组织工匠把房子从里到外来了个大改造。这不是项小工程，尤其是设计方案，有很多是海明威自己完成的。

现在看起来，这是一套舒适而井然有序的房子。我原来以为海明威的写作间是阔大的，按照房屋的规模与格局，他完全有能力为自己做这样的安排。室内的陈设，估计很可能是凌乱的。但是，我错了。工作间异常整洁，面积也不算很大，铺着黄色的木质地板，齐胸高的白色书架靠在墙边，古典的西班牙式的圆形写字台摆在地中央，阳光充足得让人想打喷嚏。在介绍海明威的书籍里，写着海明威习惯站着写作，他常常把打字机放在书架的最上一层。但在海明威的故居中，我看到的打字机还是规规矩矩地放在写字台上。

　　海明威还有一个让我觉得很女性化的习惯，就是爱收藏小动物玩具，比如铁乌龟、背后插着钥匙的玩具熊、小猴子和长颈鹿造型的小工艺品……我在一些名人故居经常看到的是名贵的收藏品，显示着主人的身份。但是，海明威不这样，他让人看到的是一个大作家的率性和真实。

　　给我留下特别印象的是海明威的孩子的卧室，地砖的颜色如同韭黄般鲜嫩。解说员告知，这间屋子的设计是海明威亲自完成的，铺地的材料是海明威专门从法国订购来的。

　　我偷偷笑笑。平心而论，和整套住宅华贵精致的风格相比，海明威为自己的孩子所设计的卧室，谈不上出色。不敬地说，甚至有支离破碎的堆砌之感。但我想，他一定是倾注了极大的爱心，单是把那些颜色暖亮得如同咸鸭蛋黄的瓷砖一路颠簸地运到这座小岛上来，就让人的心情从感动演化成嫉妒。不是嫉妒海明威的富有，是嫉妒那孩子所得到的眷爱。

　　海明威的庭院里，有一个露天游泳池。出门就是天然浴场的岛屿，从咸水的怀抱里掬出一个淡水游泳池，即使在今天，也是奢侈。更不消说，海明威是在半个世纪以前一举完成此项工程的。那时，这颗淡绿色的葡萄，是整座岛上的唯一。

　　在更衣室和游泳池之间的水泥地上，有一块灰暗的玻璃，落满了尘土。解说员将浮尘拭去，让游客看到一枚硬币镶嵌在水泥中央。由于年代久远，币面显出苍老的棕绿。

　　这就是那著名的一分钱了。观光手册上写着："海明威曾用两万美元修建这座全岛唯一的淡水游泳池。他说过，要用尽最后一分钱来建造。他做到了，于是在完工的时候，他就把自己的最后一分钱镶嵌在了水泥地上。"

　　浪漫而奢华的故事。海明威一掷千金为博红颜一笑，有点帅哥的味道。我却多少有些不明白。既然是求奢华享受，就不要这样捉襟见肘。就算捉襟见肘，也不要公告天下。就算要公告天下，也要做得好看一些。这枚锈绿的硬币，歪斜着，尴尬着，好像一张肿了的苦脸。

　　我把自己的想法对解说员说了。那是一个被热带阳光晒出一身麦黄肤色的青年。他说，自己祖居基韦斯特，对海明威很了解。

　　那一分钱的真相是这样的。他陷入了沉思。

　　海明威的妻子波琳执意要建造岛上第一座淡水游泳池。在她，这不但是一种享受，更是一种地位和财富的象征。海明威出于爱，答应了这个请求。家中当时并非富有，两万美元不是一个小数目，海明威抖空了钱袋的缝隙。施工很混乱，预算一再突破。有一阵，几乎要半途而废。海明威殚精竭虑，把最后一分钱都榨了出来，才艰难地完成了这个划时代的游泳池。为了表达这份窘迫和来之不易，海明威把一枚硬币镶嵌在这里。

　　海水拍打着珊瑚礁。往事已经湮灭在不息的浪花之中。我不知道在众多的海明威传记当中，还有没有更权威、更确切的说法，关于这一分钱，关于这个来之不易的游泳池。

　　从故居走出，我们在海明威生前最爱去的那家酒吧点了一种海明威最爱喝的酒，慢慢呷着。我想，我愿意相信解说员的解释。因为他那麦黄色的皮肤是一个强有力的注脚。从依然明亮的瓷砖到早已暗淡的游泳池，我在那座葱绿的院子里，除了记住了海明威的旷世才华，还感受着他的率真和独特的个性。

远行
与充满未知的
人生温暖相遇

花园里的
四座墓碑

毕淑敏

05

我们在古巴的导游是位很有风度的绅士，仪表堂堂。他对海明威的著作了如指掌。一大早，开车带着我们赶到海明威的故居"瞭望山庄"，可惜太早了，庄园还没开门。

海明威在古巴的故居，是他一生中最喜爱的地方。这里共保存了2.2万余件海明威生前的物品，其中包括照片、影片、私人文件、猎物、钓具和体育用具、各类收藏的武器、7000多部藏书以及诺贝尔文学奖的证书等。

面对着大铁门不得而入，我们有几分惆怅。导游说，你们到周围转转吧，这里的人，都是海明威的邻居。你们碰到的老年人，如果他的岁数足够大，那么他就曾经见过海明威。要知道，海明威小说里写过的渔夫，前些年刚刚过世。你也许会碰上他的后代……半个小时后回来，这里就开门了。

海明威和古巴的关系，可算是源远流长。

1928年海明威第一次到古巴时，住在老城区的"两个世界"饭店。这家饭店建于1923年，位于殖民时期的总督府——现在的城市博物馆后面的繁华地段。如今看起来不大起眼，想当年，估计是相当新潮时髦的。从1932—1939年间，海明威每次到古巴都住这家饭店。饭店的老板把他当成贵客，511房间成了他专用的房间。在这里，海明威完成了小说《丧钟为谁而鸣》的部分章节并为杂志撰写了大量文章。因为饭店的环境与设施安逸且舒适，海明威把"两个世界"饭店称为"非常适合写作的地方"。

如今这家四星级旅游饭店已经将511房间开辟成一个小型的海明威博物馆，里面陈设着海明威生前的用具，饭店餐厅也保留了当年海明威曾经喜

欢吃的菜肴。

海明威当时的妻子玛莎不喜欢总住在饭店里，一直想找个长治久安的住所，而且，据我们的导游介绍说，玛莎嫌弃海明威的那一帮子朋友，海明威经常和他们聚会，喝得酩酊大醉。玛莎想，要是离哈瓦那远一些，海明威想和他的朋友们凑到一块儿，就不那么容易了。主意打定后，玛莎专门留心远处的租房信息。某天，她在报纸上发现了一则出租庄园的广告，于是说服海明威更换住所。海明威于1939年以每月100比索（与美元等值）的价钱租下了位于哈瓦那东南郊的维西亚庄园。一年以后他又用1.85万比索买下了庄园的产权。

维西亚庄园占地4公顷，现在叫作"瞭望山庄"。我查了一些资料，也有翻译成"守望山庄"，相比之下，我更喜欢"瞭望"。面对着浩瀚诡谲的加勒比海，依海明威的性格，更多的是"瞭望"而非"守望"吧？

我和芦淼在村子里走来走去。导游的话很有蛊惑力，碰到的每一个人，我们都觉得他可能是渔夫的后裔。半个小时以后，购票进入山庄。古巴的物价很贵，除了要为人购票以外，如果你要照相，还要为你的照相机买一张3欧元的票。

好像走进了一个大花园，生长着各种奇异的热带植物，导游说，每一株植物都是海明威种下的。我有点不相信，因为数目太多了。要是都是海明威亲手所种，那么他就没法写小说了，改行成一个专职的园丁了。我把这顾虑同导游说了，他表示深为赞同。他说，我所说是海明威种下的，是指那个时代就有这些植物了，而不是后来栽下的。当然也不是每一棵都是海明威手植。

我说，那么，我们是否可以这样认为：海明威当年看到的景色，并没有我们现在这样郁郁葱葱？因为从他买下这个庄园到现在，已经将近70年了，这些植物已经很有历史了。

导游说，应该是这样。

在瞭望庄园里，海明威饲养斗鸡、猎犬和猫，苦练拳击，与附近的孩子们组织了一支棒球队；他大抽雪茄，痛饮朗姆酒；他经常身着瓜亚维拉衫（一种加勒比地区流行的绣花衬衣，纯棉质地，很舒服的样子。我本来想买一件留作纪念，一来太贵，合人民币几百元钱。二来受重量限制，没法带）、脚踏软鞋驱车前往"小佛罗里达餐馆""街中小酒馆"，或前往柯希玛尔乘上自己的"皮拉尔"号游艇出海钓鱼……

你看了我以上所写，会觉得海明威成天像个退休老头，四处玩耍。其实，他最重要的工作是写作。就在这座庄园里，他用桌上摆着的那部"罗亚尔"牌打字机，完成了获得诺贝尔奖的《老人与海》。

海明威去世后，他在古巴的故居被妥善保护起来，海明威心爱的"皮拉尔"号游艇原来一直停泊在柯希玛尔港，改建博物馆的时候游艇被搬到这里来，供人参观。"皮拉尔"号游艇被油饰一新，看起来好像从来没有下过水似的。看到我和芦淼上下左右地端详着游艇，导游问，想不想坐在海明威曾经坐过的位置上？

我们说，那当然！

只是一旁的告示牌上，明文写着严禁进入。

导游说，只要2比索，你们就可以进去。（1比索相当于1欧元）

于是，我们坐到了海明威举着鱼竿钓箭鱼的位置上。

在"皮拉尔"号游艇的前面，并排一溜有四块小小的白色墓碑，上面镌刻着名字。导游问，你们猜一猜，这是谁的坟墓？

我们说不知道。

导游说，这是海明威4只爱犬的坟墓，上面写着4只爱犬的名字。

山妖的阶梯

毕 淑 敏

06

快到挪威边界了，导游莉雅说，可以买一些山妖带回国。我问山妖是什么？莉雅说，你马上就能见到了。进得店中，只见无数个怪模怪样的玩具龇牙咧嘴地瞅着你，好似一头扎进了外国的花果山。

莉雅说，北欧人喜爱的神话人物"Troll"，俗名就叫山妖。山妖的长相实在不敢恭维，披头散发，青面獠牙，个子都很矮，红蒜鼻头，尖耳朵，大肚皮，牙齿参差不齐，手指和脚趾都只有八个。有的两个头，有的三个头。头上长着青苔和树木，甚至还会长出一些小山妖。有的干脆只有一只眼睛。全身披满破烂的长毛，还长着像牛一样的尾巴。最惊人的是比大象还长的鼻子，据说是熬粥时用来当勺子用的。

我对莉雅说："山妖这么难看，一定也很凶恶。"莉雅说："不。山妖虽丑陋，但心地很善良，天性活泼，常受到小孩愚弄，智商好像不太高。有时也会搞出些恶作剧，你要是得罪了山妖，他就会报复或戏弄你。如果和山妖和睦相处，就会得到善报。"

山妖也有软肋，就是只能昼伏夜出，见不得太阳。他们如果贪玩，忘了在天亮前躲起来，就会被阳光化为空气或山石。山妖精于手艺，能制各种武器和家庭用品，并在上面刻符咒，人们若错用他们的家什，就会遭殃。

说了这么半天，你是否能想象出山妖的模样？如果还感觉困难，我就给你打个比方（这个比方没有向专家求证过，如果错了，责任自负）。我觉得白雪公主故事中的七个小矮人，就是山妖一族。你看，他们居住在密林中，有自己专用的锅碗瓢勺和小床，不喜欢外人闯入和打扰，心地善良，乐于助人。这些岂不都暗合了山妖的秉性？

据说山妖是挪威最早的原住民。他们有家庭，分部落，甚至还有自己的国王。森林小湖里的山妖叫"纳啃"；居住在瀑布和磨坊中的山妖多才多艺，擅长拉小提琴，名叫"弗色格里门"（即"丑陋的瀑布人"）。这个山妖还是个教授，听说一个挪威小提琴家曾拜师其门下。一般的山妖身材矮小，但在北方的海里，有一种叫"德捞根"的庞大山妖，十分恐怖。山妖安贫乐道，像柴堆、菜园、仓库、马厩和牛棚，都是他们安居乐业的地方。

在哈丁格高原，我们的汽车穿行于白雪皑皑的山峰，地面上蹲踞着乱石，听说都是山妖的化身。山路旁，错错落落地插了些粉红色的小球，这是当地百姓供给山妖的玩具。传说山妖很喜欢喝粥，长鼻子可当搅拌器用。我和山妖有同感，是喝粥爱好者，只不过对以鼻当勺略有微词。如果伤风感冒了，涕泪交加，恐不相宜。我把这顾虑同莉雅讲了，莉雅说："估计山妖是半人半神之体，并不罹患寻常的病痛。"

山妖也有很多法力，可以化成美女，如同《聊斋》中的狐狸精，引诱年轻的男子进山。不过，识别他们，也有诀窍。山妖是有破绽的，如果你去北欧旅游，在人烟稀少的地方碰到曼妙的姑娘，一定要留意她身后是否

有毛茸茸的尾巴。进山的女子也不可大意，有些雄山妖也会劫持漂亮的姑娘进山洞，从此音讯渺茫。

挪威戏剧大师易卜生的名作《培尔·金特》里，便有主人公遭山妖戏弄的场景——培尔无意间闯入山妖的洞窟，因拒绝与妖女成婚，遭众妖凌辱与折磨，差点丧命。幸而传来黎明的钟声，妖魔才星散而去。

山妖并不是铁板一块，而是分成三六九等。他们生性慵懒，但循规蹈矩。他们反应木讷，但天真善良。他们离群索居，偏又呼朋唤友。他们远离人，又和人有着千丝万缕的联系……看来因为山妖是名副其实的草根阶层，所以才受到百姓的广泛喜爱。

据专家考证，挪威利勒哈默尔市区北边的自然公园，是山妖的家乡。而在举世闻名的盖伦格峡湾，还有令人毛骨悚然的"山妖的阶梯"。

我很喜欢"山妖的阶梯"这个名字，缠着莉雅问可否绕道一看。莉雅说那就是极险的悬崖公路，位于鲁姆斯达尔山谷，一弯又一弯，近乎垂直地从山顶盘旋而下。十二道山弯像是一条极细的铂金白链"挂"在山间。因正在维修，我们无法抵达。看我失望，她说，今天的山路其状之险，也约等于"山妖的阶梯"了。

莉雅所言不虚。山路狭窄，雪峰林立，以我曾在西藏阿里攀山越岭的经验，也不得不惊叹这行程的陡峻。跋涉数小时后登到顶峰，俯瞰峡湾景致。挪威峡湾是被联合国教科文组织列为世界游览者评价第一的旅游之地。清冽似冰的山风把衣衫吹得鼓胀如帆，刀剁斧劈的孤悬绝壁之下，一泓碧蓝的海水，宛若仙境，美到令人眩晕。你会仰天长叹，相信此处绝非常人的居所，只能是山妖的属地。

北纬66度

毕淑敏

07

　　北纬66度33分是地球上假设的一条线，一条非常重要的线。为什么这样说？因为这是北极圈的标志。在这个纬度之上，就进入了广袤荒凉的北极。

　　冰岛的国土有很大部分在北极圈以内，我们问有何特产值得一买，当地导游是入了籍的华人，咂着嘴说："冰岛的物价很贵，日用品基本上都是从欧洲运来的，除了鱼类制品和蓝湖的火山泥化妆品，别的就不必买了。如果你一定要买点东西做纪念，就买冰岛各式各样的钥匙链吧，虽然也不便宜，毕竟还能承受得了。"

　　我在冰岛看中了一样东西，叫作"高山之巅"。它像一听可口可乐，铝质小罐，密封，很轻。拿在手里，好像是空的。弹一弹，声音空旷若谷，还真是空的。其实它千真万确就是空的，如果我们回到"空"的本义上来。原来，罐子里盛装的是冰岛高山之巅的空气。还有的罐子里装的是冰川之上的空气，想必更寒冷清冽一些吧。

计算了一下价钱，每罐空气约合人民币70元，不知道拉开罐盖大口吸入，能不能保持一分钟？从实用的角度来看，价值几乎是零，但按照我的喜好，会买下来。我一厢情愿地认为，人到过一些地方，由此所产生的思绪需要附着在一些物件上面，就像人的肌肉要长在骨骼的关节之上，才能屈伸自如。没有了可以伸缩的基点，记忆岂不变成了一堆肉馅？买不买呢？迟疑不决，因为我是一个怕老公的人。

早年间，还没有豪华到赴国外旅游，只在国内转悠。我买回一些当地的小玩意儿，摆在书橱里，常常拿出来观赏。时间一长，也就渐渐疏淡了。一次，突然想起在桂林买下的竹制漓江小舟和鱼鹰模型不见了，就问先生。

先生狡黠地一笑说："你还记得那东西啊？"

我说："当然记得了。坦白吧，你到底把它们弄到哪里去了？"

先生交代："春节的时候，我看它们灰尘满面，想擦一擦。不料那只黝黑的鱼鹰刚一沾抹布，就摊成一堆泥，原来是臭焦油捏的。鱼鹰怕水，失了形状。竹制的小舟也因为烧了暖气，干燥得裂了口，只好一并丢掉。本想马上就告诉你，后来转念，倒要试试你需要多久才会想起它们，才会发觉它们其实已不在。这不，已经快到中秋节了，你才念叨它们，可见没多少感情了。屋里就这么大点空间，以后你走的地方越来越多，照这个样子买下去，咱家就成地摊了。"

我哑口无言。买东西的钱是一次性支出，就算昂贵，也是有限的。但日久天长地摆放和擦拭，是持之以恒的占据和劳作。我主张简单生活，不愿麻烦他人。既然自己不能承担起打扫纪念物的责任，家又是公共空间，就只能节制和收敛了。于是决定除了万分必要，我不再购买没有实用价值的纪念品。

罐装冰岛的空气，就忍痛割爱了。

远行，与充满未知的
人生温暖相遇

我没有买冰岛的钥匙链。我已退休，只有一把家门的钥匙，不必这样烦琐。我没有买冰岛的鱼制品，路途迢迢恐生腐臭。我也没有买冰岛蓝湖的火山泥润肤品，东方人的体质可能水土不服。

一日，气温骤降。来自北极的冷酷寒气刺入每一个毛孔，我们瑟瑟发抖，将所有的御寒服装披挂在身。有的人干脆把一双双连裤袜重复套上，腿粗如象，增强保温能力。

当我们蜷成一团尽量缩小散热体积之时，导游小伙子面色红润，手舞足蹈，毫不惧冷。我们就说，到底年轻。又说，一定是冰岛的生猛海鲜吃多了，火力壮。

导游揪着自己的衣服说："你们说的其实不是，全凭的是它。"

一件淡蓝色的夹克，毛茸茸的，样式不错，但也说不上多么时髦，初看和咱们的腈纶粒绒服装没有太大的差别。导游示意我可以用手摸摸。接触了实物，立即就分出高下。导游的夹克非常细软，料子柔若无骨，丝般顺滑。

我说："这叫什么东西？"

导游说："北纬66度。"

我说："不是问牌子，是问材料。"

导游说："这我也不大清楚，冰岛本地人称它为羊羔绒，是一种合成纤维面料，保暖性能非常好，我叫它火龙衣。你知道咱们中国的民间故事中有一种衣服，寒冬腊月天能把人热得满头大汗，就是它了。"

我疑惑地说："不是吧？故事里的火龙衣可不是一件真的衣服，是指穷苦人不停地干活用汗水抵挡严寒。火龙衣是编出来骗地主老财的。"

导游笑道："可能出国的时间长了，我记不大清楚了。我说的火龙衣，完全是正面的意思，是表扬它抗寒性特别好。在冰岛以外的地方，我还真没看见过这种衣服，也许别的地方没有这里冷，不需要开发这种抗寒衣料吧。你若问冰岛有什么特产，这'北纬66度'就是当地的名牌了。"

所言不虚。在所有的旅游商店里，都悬挂和摆放着各种颜色和款式的

"北纬66度"，令人目不暇接。特别是那些童装，雪白粉紫、青翠碧蓝、金红鹅黄……看一路，连眼光都暖起来。柔和轻盈，似乎只能穿戴在天使身上。

我痛下决心，对导游说："我要买一件'北纬66度'。"

导游说："买吧，你回国后一定觉得物有所值。买哪件，我帮你参谋。"

我说："不好意思，我不想在旅游店里买。到冰岛人日常买东西的商店去，可以吗？"

我打了两个算盘，一是物价会比较便宜，二是我想看看当地居民购物的场所。如果你想了解一个地方的风土人情和百姓们的生活状况，商店是一定要去的。看看柴米酱醋盐的标价，比什么官方介绍都更入木三分。

导游答应了，带我们进了冰岛首都雷克雅未克最大的商场。购物条件非常好，明亮、温暖、宽敞，和北欧的其他国家差不多，唯一不同的是物价更贵。大致浏览一圈之后，我一头扎进了"北纬66度"的专柜。挑来拣去，为先生选中了一件夹克衫，藏蓝色，样式很大众化。

回到家中，我献宝似的拿出"北纬66度"，先生试穿之后，非常合适，颜色也正是他所喜爱的。闻听了价钱之后，他山河变色道："太贵了。以这个钱数，到小商品批发市场，最少可以买到十件。"

我相信他说的是实话，也不分辩，只是默默地等待着。冬天到了，北风起了。北京的三九时分，很有几天北风萧萧。我请他穿起"北纬66度"。第一天回来，先生就说："这个衣服是值这个钱的。"

我不语，以德报怨。

跨越冰河的
驯鹿

毕淑敏

08

　　芬兰首都赫尔辛基，是个美丽的以白色为基调的城市。导游介绍道，如果两个人手拉着手，并且平伸着臂膀，在人行道上前行500米，不会被人从对面走过来打断。这说法乍一听有点费解，想想方才明白。两人并排平伸胳膊携手，体宽再加上双臂展幅占地就在3米之上，走了许久还碰不到人，说明赫尔辛基道路宽阔，行人寥寥。

　　赫尔辛基空气极其清新，据说可吸入颗粒物的含量是"0"。我问导游，此地有什么好东西？那是一个中国国籍的小姑娘，说，这里好东西多了，只是道路宽阔和空气新鲜，带不走。剩下的最好的东西，我看是诺基亚手机和驯鹿皮。

　　诺基亚手机的总部设在芬兰，我们观看过那座几乎完全是由玻璃幕墙构建的大楼，听说里面的会议室都是以城市名字命名的，你可能上午在柏

远行，与充满未知的
人生温暖相遇

林开会，下午就到伦敦相聚。我说，手机我有一部老式的海尔已足够，驯鹿皮我倒是很有兴趣。

喜欢那个喜气洋洋的老头，戴着垂肩的红软帽，裹着窝窝囊囊的红皮袍，脚蹬结结实实的长筒靴，满头银发和垂到腰际的胡子好像在比赛谁更白更亮。最重要的是，他不辞劳苦地扛着无数个红袋子，里面塞满了送给人们的礼物。

这个老汉就是大名鼎鼎的圣诞老人。在白雪皑皑的冬夜，这个上夜班的老爷爷，拜访千家万户，送去祝福和快乐。

老人岁数大了，扛着大包袱走路太辛苦，速度也慢，会让渴求礼物的小孩子们等到很晚。天黑雪滑，他老眼昏花又没有驾照，肯定是开不成车。礼物又多又沉，没法骑自行车，用什么代步？

圣诞老人爬上了雪橇。谁来拉雪橇啊？八只驯鹿！

我很小的时候，听到了这个故事，对圣诞老人感情倒还一般，只知道他是个外国人。那时候，中国人对所有的外国人，除了苏联人之外，都有疏离之感。唯有对那八只拉着雪橇的驯鹿充满神往。想想吧，在漆黑的雪夜里，只有丛林间隙透过的点点星光，八只浑身布满美丽斑点的长角驯鹿，眼睛里充满安详和赶路的兴奋，宽大的蹄子在冰雪上渺无痕迹地掠过，皮毛被掠起的风吹得纷披而后，像一道褐色的闪电擦过雪原……

关于驯鹿，我们还知道些什么？

导游是个美丽的中国女留学生，名叫佳佳。佳佳以前在国内的时候，曾看过我的作品，接机的时候认出我，因此对我们十分友善。她告诉我说，"驯鹿"一词源于印第安语，意思为掘地觅食的动物。驯鹿是异常勇敢的生灵，生活在北极圈附近，雌鹿体重可达150多公斤，雄鹿较小，为90公斤左右。雄鹿、雌鹿都生有一对树枝状的犄角，可达1.8米，每年更换一次，旧角刚刚脱落，新的就开始生长。驯鹿中不但雄鹿有鹿角，雌鹿也长鹿角。为什么如此？这是由客观生存条件决定的。北极气候严寒，植被稀疏。怀孕的母鹿为了抢到更多的地衣、草根、苔藓等食物，需要跟强壮的同伴们争抢，只能巾帼不让须眉地长出角来。

阿拉斯加冰原地区冬季气温可降至零下60摄氏度，为了抵御寒冷，驯鹿不仅全身覆盖皮毛，连嘴鼻部都长有浓密的须毛。

驯鹿虽然温驯善良，却并非人工驯养出来的，由北欧拉普人管理的驯鹿是大范围圈养的。驯鹿毛很有特点。长毛中空，充满了空气，不仅保暖，游泳时也增加了浮力。贴身的绒毛厚密而柔软，就像是穿了一身双层的皮袄。

驯鹿群每年都要进行一次长达数百公里的大迁徙，遇山翻山，逢水涉水，勇往直前，前赴后继，万死不辞。春天一到，它们便离开赖以越冬的亚北极森林和草原，沿着几百年不变的既定路线往北进发。

北极圈西部一带生活着50多万只驯鹿，庞大的种群里每年春季都会有数万只母鹿即将临产。地衣、草根等食物所含养分较少，数量也很有限，根本无法满足孕鹿所需的营养。为了确保自己的孩子出生在食物充足的地方，让亲爱的孩子身强体壮，在返乡的路途中能够存活，勇敢的孕鹿一刻

也不敢耽搁，在白昼稍见增长的2月初，就最先踏上迁移的征途。

总是由雌鹿打头，雄鹿紧随其后，浩浩荡荡，长驱直入，日夜兼程，边走边吃，匀速前进，秩序井然。

驯鹿们沿途脱掉厚厚的冬装，生长出新的薄薄的长毛。绒毛掉在地上，正好成了天然的路标。年复一年，不知已经走了多少个世纪。

它们从阿拉斯加东部的苏瓦半岛出发，平原的尽头，宽阔的库伯河横亘在驯鹿们的面前。这是驯鹿们需要逾越的第一道天然屏障。正常情况下，驯鹿们可以趁着结冰期过河，如果春天提早来临，河面出现大规模破冰，融冰使河水暴涨，它们只能冒险。大多数母鹿都有察觉冰层薄厚的本领，会谨慎地挑选一条安全路线。年轻母鹿缺乏过河经验，有的会掉入冰河。尽管驯鹿善于游泳，可是冰河的温度很低，游累的母鹿会爬上浮冰歇息。浮冰顺流而下，可能将疲乏的母鹿带离群体，也可能让其迷失方向，最后溺死。

逃过冰河之劫的母鹿们以为可以暂时喘息一下，没有留意身边还有另一个会走动的危险——它们的天敌大灰熊结束冬眠了，正需要填饱空了一冬的肚子。牺牲了几个大意的同伴之后，其余的孕鹿开始翻山越岭，进入另一阶段的征程。野狼在这里成群出没，危险无时不在。

天气变暖了，苔原地区进入产期的动物不只是驯鹿，南方野狼也快要当妈妈了。对于驯鹿来说，野狼捕食量大增当然不是好消息。要想到达目的地还要翻过布鲁克斯山脉，越过尤塔卡河，可是孕鹿顾不了这些，它们马上就要临盆了。

幼鹿出生后几小时就会直立、行走，一天之内奔跑的速度就会超过人，在很短的时间内就会自己觅食。拥有如此迅速的生长速度，是大自然赋予幼鹿的独特本领，它们必须尽快强壮起来，跟着妈妈一起跨越尤塔卡河。

6月苔原地区进入了短暂的夏天，到处都是绿油油的青草和盛开的野花，在各种维生素和氮、磷脂的滋养下，幼鹿很快就会强壮起来。

最后一批来此的驯鹿一个月后才能享受到这些。跟先出生的幼鹿相比，落在后面的孕鹿生出的幼鹿就要弱小得多。

水面宽阔，有经验的母驯鹿知道幼鹿过河危险性很高，会挑选水流和缓的地方让幼鹿下水。相反，有些年轻的急脾气的母鹿会带小鹿逆流而上，致使幼鹿还未上岸就已筋疲力尽。湿淋淋的幼鹿无力上岸，母鹿再焦急也帮不上忙，体力差的幼鹿就此丧生。就算侥幸上岸，绵延数里长的驯鹿群已经走远，这些幼鹿很可能落入大灰熊或者野狼的口中。

7月苔原地区雨水较多，地面上积存了很多水洼，滋生了大量蚊蝇。此时的驯鹿已经长出了新的鹿角。初生的鹿角表面十分脆弱，里面含有大量血液，是蚊蝇围攻的主要目标。每天，每只驯鹿都会为此损耗一定的鲜血。

苍蝇最喜欢将蝇蛆生在驯鹿的鼻孔中，而蝇蛆将在其鼻孔中寄生。为了驱赶身上的蚊蝇，驯鹿不得不重新爬上布鲁克斯山脉，让山风帮忙。

8月下旬，北极圈的头一阵冷风袭来。驯鹿深知这一讯息的含义：几周后大雪就会来临。雪困之前，它们必须离开，漫长的迁移之旅又开始了。

驯鹿肉是上好的食品，跟牛肉的味道差不多。皮可以用来缝制衣服、制作帐篷和皮船。骨头则可做成刀子、挂钩、标枪尖和雪橇架等，还可以雕刻成工艺品。

感谢佳佳的这番介绍，让我们对驯鹿多了了解，更多了敬佩。人是需要敬佩一些动物的，为它们所具备的我们业已丧失的智慧和勇气。

敬佩演变成了尽快购买驯鹿皮毛的欲望。佳佳说："咱们就到南码头吧。"

位于市中心参议院广场上的赫尔辛基大教堂及其周围淡黄色的新古典主义风格的建筑，是赫尔辛基最著名的建筑群。在大教堂附近，就是南码头。那里是停泊大型国际游轮的港口，北侧建有总统府。总统府建于1814年，原是沙皇的行宫，1917年芬兰独立后成为总统府。总统府西侧的赫尔辛基市政厅大楼建于1830年，外观至今仍保持着原来的风貌。南码头广场

上有常年开设的自由市场。虽然是露天的，却找不出丝毫的杂乱与匆忙，处处洁净而整齐。在色彩缤纷的小棚子底下，贩卖着花草、蔬果、食物、玛瑙、水晶、琥珀、芬兰刀具等，异彩纷呈。当然最多的是新鲜鱼类，鱼鳞闪着紧致而幽蓝的光，瓷白色的鱼眼炯炯有神地看着你。

找到一个出售皮毛的摊位，驯鹿皮堆满柜台。摊主是个小伙子，态度友善。我问佳佳："什么样的驯鹿皮算是好的呢？"

她说："您是打算铺沙发还是挂在墙上？"

我想这么清丽的驯鹿皮，若是垫在屁股底下，暴殄天物了，就回答："挂在墙上。"

佳佳又问："喜欢什么颜色？"

我说："有分别吗？"

姑娘说："白色的驯鹿皮最美丽，但很稀少，价钱昂贵。比较大众化的是咖啡色有白色斑点的那种，给圣诞老人拉雪橇的驯鹿，就是咖啡色的。"

我说："那就要咖啡色。"一是因为囊中并不宽裕，想那罕见的白色驯鹿皮，可能消费不起；二是我想看到真正拉过圣诞雪橇的那种驯鹿。

驯鹿皮比常见的羊皮要大，毛也要长一些，稍显粗硬，但很有弹性。在浅褐色的底子上，有椭圆形的白色斑点，好像没有融化的大朵雪花。驯鹿皮保温性能特别好，芬兰人冬天坐在河边砸开冰洞钓鱼，屁股底下垫一张驯鹿皮，根本不会受寒得老寒腿什么的。听说驯鹿奇特地实行着双重体温，小腿以下的温度要比躯干低10摄氏度左右。蹄子和腿经常埋在冰雪里，降低温度就有利于体温的保持……多神奇！

我像扯旗那样撑开驯鹿皮，一张张翻看，想找到最有特色的皮毛挂在自己家中。驯鹿的花纹气象万千，绝无重复。我把预备精选的皮张放在一旁，佳佳便把它们翻转过来，审视背后的质地。我说："看后不看前，为什么？"佳佳说："挑选驯鹿皮，毛色花纹固然重要，也要注意皮子的内在质量。每只驯鹿生前的营养状况不一样，受过蚊虻叮咬或受伤，就会在皮肤上留下小黑点，皮毛寿命就会受影响。只有那些最健壮的驯鹿皮毛，才光彩照人。"

感谢佳佳教诲，我淘到了一张美丽的驯鹿皮。接下来的步骤就是谈价钱了。佳佳向笑眯眯地看着我们挑皮子的芬兰小伙子询了价，每张60欧元。

大约合人民币600元。我小声问佳佳："能不能便宜一点呢？"佳佳吐吐小舌头说："估计不成，他们通常是不还价的。"佳佳虽然这样说了，但还是又问了一遍。小伙子很友善但是很坚决地拒绝了。

几位同行伙伴走了过来，看到驯鹿皮也很喜欢，就对佳佳说："我们也要买，多买几张是不是可以便宜些呢？"

佳佳又一番紧锣密鼓地交涉，无功而返。小伙子笑眯眯地回绝了我们批发的建议。于是，我们每人都以60欧元的价钱买下了驯鹿皮。佳佳说："小伙子说，他的驯鹿皮是最便宜的。"后来到了其他地方，看到售卖驯鹿皮的商店，价钱在70～90欧元，也有卖到100欧元的，看来南码头的芬兰小伙子说得很实在。

在印度河
上游

毕淑敏

09

　　第一眼看到狮泉河，瞬间即被震撼。

　　它的河床不是很宽，闲散地躺在布满红柳的沙砾滩上，好似大战后失去血色有几分苍白的蟒蛇。它的河水也不是很急，泛着细碎的粼花，仿佛那受伤的蟒蛇，正在呻吟着休养生息，以图再战。

　　使我惊讶的是它的纯净，水的一种至高无上的状态。当你看到一小管蒸馏水的时候，会惊讶它的透彻和洁净；当你看到一瓶蒸馏水的时候，会叹息它的清爽和工艺；当你注视着一条滚滚而来的大河，在傍晚和黎明探视它，排除阳光闪烁的金斑干扰的时候，你如同与一条通体透明的恐龙对视。洞穿它每一个漩涡的脏腑，分辨出每一块卵石的纹路，那一刻，你会感到水的至清无瑕是一种巨大的压迫与净化。

　　狮泉河水是由高峰上的寒冰融化而成，那时候，还没有矿泉水、太空

水这样雅而商业化的称呼，我们直呼它为冰川水。

在寒冷而不结冰的日子，狮泉河是温顺而峻峭的，如同一把银光闪闪的藏刀，锋利地切割着高原峡谷，蜿蜒向远。我查了地图，知道它流经国界之后，就成了大名鼎鼎的印度河，最终汇入印度洋。

我不知道它为什么叫狮泉河。问过很多人，都说，顾名思义呗，可能是狮子像泉水一样地跑过来，或者是河水像狮子一样地跑过去吧。

不论谁像谁，那狮子一定有着雪白的长长的鬃毛，跑动起来，好似雪雾掠过山巅；它愤怒的时候，吼声会引发连绵的雪崩。

在高原上阳光最充沛的日子，我们接到赴狮泉河畔抗洪的通知。我看看天，天是那种雪域特有的毛蓝色，如同"五四"后革命女生新做的旗袍，干爽平整，没有一丝乌云。太阳把亿万根金针，肆无忌惮地从高空飙

射而下。我感到光芒从军装罩衣的缝隙刺进棉袄深处，使僵硬的老棉花里蕴藏的冷气，渐渐发酵酥胀。

"这样的天，怎么会发洪水呢？瞎指挥吧？"新兵的我，不知天高地厚地说。

老兵拎着铁锨，一路小跑说："你那是平原的皇历；在高原，越是有太阳，越是发洪水。水是阳光的孩子！快走吧！"

我这才恍然大悟。在阿里，有一条特殊规律——如果连续出现几个晴空万里的日子，你就要到狮泉河防洪。

对当兵的人来说，洗被子是个大工程，除了费力，主要是缺乏工具。每个人只有一个小脸盆，洗一件军衣就爆满，泡沫横飞；若把被子塞进去，活似大象进了茶壶，涌得皂水四溢，泛滥成灾。我提议，单是洗，就在脸盆里凑合了；透水的时候，到狮泉河去。让河水这个天大的盆，把我们的军被冲刷一净。

我们的营地距狮泉河不过百余米，不一会儿就到了。当我们兴高采烈地把军被放到狮泉河里时，立即发现失算了。狮泉河绝不是一个温顺的女仆，它躁动着，在表面上虚怀若谷的水波下，掩藏着湍烈的暗流。军被一入水中，瞬间就被水流展开，好像一堵绿色堤坝，斜着立在水里，堵住了狂放不羁的冰川之水舒展的手臂。

我们用手攥着军被，手指上感到有巨大的冲击力，好像拽着一只大风筝，随时都会凌空而起。河水愤怒地冲撞着巨帘，军被膨胀成可怕的弧形，好像风暴中就要裂开的船帆；河水幸灾乐祸地激起漩涡，戏耍地兜着我们的军被绕圈子，好像那是它抽打的一只只翠绿陀螺。我们感到了越来越大的吸引力，狮泉河在粗暴地邀请军被和它的主人，一道共赴水中央。

"姑娘们，快松手！否则会被卷进狮泉河的！"远处有人看到了我们的危险，大声叫道。

我们置之不理。真是开玩笑！一松手，被子就被龙王爷借走了，今晚盖什么？此刻已完全不幻想狮泉河免费帮我们漂洗被子了，最要紧的是在激流中把军事财产抢救回来。于是，拼命捏住仅剩在手中的被子角儿，好似那是网绳。被子像大鱼，不安分地甩动着。手被泡得发白，指甲因为用力和寒冷，已变得青紫，渐渐地失去知觉。骨节因为负重和要命的扭转，已肿胀如镯。

眼看单凭手的力量，无法和内力深厚的河水抗衡。随着时间的推移，手指渐酥，气力越来越小，眼看就攥不住了，被角一丝丝地从指缝拔出，马上就会漂移而去。不知是谁喊了一句"看我的！"眼瞧着她的被子就像被施了魔法，"嗖"地就脱离了险境，朝岸上卷去。我赶忙一眼瞟去，学习先进经验。原来那女孩儿跳进了岸边的浅水里，把军被缠在了腰上，下半身水淋淋的，但终于控制住了局势，狮泉河再猖獗，一时也卷不动百八十斤重的人，被子就虎口脱险了。我们都忙不迭地照此办理，不一会儿，一一化险为夷。站在岸边，抱着被子，一任狮泉河水从被角和裤脚流淌不息。

赶来援救的老兵们说："我们这些汉子都不敢让狮泉河帮着洗衣服，知道它暴烈无比。你们这些女娃啊，怎么比男人还懒！"

我们把被子放进脸盆，嘻嘻哈哈地往回走。刚开始所有的脚印都是湿的，且淋漓模糊巨大无比。走过红柳滩，沙包舔走了一些水分，脚印就只剩下半截，好像一种奇怪的小兽在奔逃。大家都说，今天的被子洗得真干净！军被的绿色，已被激流抽打出一缕缕白痕。

狮泉河结冰，如梦如幻。

那是一日清晨，我们按照惯例，到狮泉河边出操。走着走着，就觉得异样。狮泉河寂静无声，好像已经不复存在。平日的狮泉河大智若愚，也不好喧哗，但仍有一种男低音似的轻啸，在山谷中贴着巨石回荡。我们熟悉它，就像倾听高原的呼吸，此刻，怎么一夜间就无端地沉寂了呢？！

走到河边，大惊失色。狮泉河在骤然而至的严寒中，瞬间凝固。高高的水浪腾在空中，卷起优美的弧度，僵硬如铁；周围簇拥着迸溅的水珠，若即若离，与主浪以极细的冰丝相连，好像逃婚的孤女最后回眸家园。狮

泉河被酷寒在午夜杀死，然而，它英勇地保持了奔腾的身姿，一如坚守到最后一分钟的勇士；它坚守了一条大河无往而不胜的气概，只是已粉身碎骨、了无声息。

我们被骇住了！无论从黄河长江还是更冷的东北来的兵，都说从未见过这种奔腾中凝固的奇观。我怯怯地走过去，轻轻地抚摸着波浪。它冷硬尖锐、千姿百态的曲线，流畅无比，滑润若无骨；浪尖绝非平日所见那般柔软，简直可以说是很锋利的，如短剑一般直指前方，切割着严寒，触之锵然有声。不一会儿，手指就像五根空中钢管，把脏腑的热气偷漏给了冰浪。那朵吸走了我体温的浪花，姿容不改，只是花心沁了一点点雾气，显出晶莹的朦胧。

是的，平原上的人，难得有机会抚摸到如此坚实的浪花，它钢筋铁骨，铮铮作响。平日我们在海边探着手指，沾了一手水，自以为抚摸浪花的时候，浪花其实早已冷漠地却步抽身了。我们摸到它蜕下的壳，至多只能算是它的背影甚至残骸了。

狮泉河的支流，是一条条自雪山而下的小溪。在温暖的季节，它们匍匐在石缝里，并没有一定的河道，肆意流窜着，好像撒欢的野鼠。下乡巡回医疗的救护车，常常会陷在这样的水流里，前进不得，后退不得，引擎徒劳地轰鸣着，在山谷中发出空旷的回声。

"姑娘们，你们到远处的岸上歇着吧。"同行的老医生边挽着袖子边向我们挥手说。看来得下水推车了。

"我们不走，为什么要赶我们走呢？多一个人不是多一份力量吗？"我们不走，也跟着挽袖子。

"狮泉河是不喜欢女人的，所以，你们必须得走。"老医生不容置疑地命令。

没办法啊，当兵就是这个样子，每个老兵都好像是你的再生父母，你必须服从。

我们几个女孩子，愤愤地向远处走去。脚都酸了，认为走得够远了（高原是很容易疲乏的），刚要停下来，一直用眼光监视着我们的老医生，大声地喊道："不行，太近了，还得走。走得越远越好！"

我们只好沿着小溪向上游走去，走几步，停一停，直到老医生不再用声音的鞭子驱赶我们。这时回过头去，只见人已小得像苍穹下的一颗绿豆。

你们怎么推车呢？我们呆呆地看着流动的河水，天渐渐地黑下来，河水变得更加冷蓝了。

喔，原来男人们都把衣服脱下，下河推车了……我们几个女孩子，谁也不再说话，只是把手伸进黄昏的河水，感受到手指的麻木，一寸寸地从

指甲向胳膊根儿处蔓延，用这种愚蠢的行为，和战友同甘共苦。也许，我们的体温会使冰冷的狮泉河水提高一点温度，当它流到下方的时候，会使推车的人，少受些寒冷？

我在西藏阿里军分区工作了十一年，狮泉河流经我的整个青年时代，它清澈澄净，洗涤着我的灵魂。

在这个物欲喧嚣的世界上，我怀念那种纯净的水。纯净而有力量，是很高的境界。复杂常常使人望而生畏，很多种因素混合在一起，叫人摸不着底细，以浑浊佯作高深。我不知道狮泉河是不是世界上海拔最高的河，但我想它的透明和清澈，该是在地球上名列前茅的。当我默默地站在它的一侧，凝视着它的时候，我会感到一种伟大的包容和冲决一切的勇气。

人的精神是从哪里来的？我以为很大一部分，甚至关键性的启示，是从大自然而来。人在年轻的时候，能够和自然如此贴近，远离城市，孤独地走进大自然的怀抱，你会在一个大的恐怖之后，感到大的欣慰；你会感到一种力量，从你脚下的大地和你头上的天空，从你身边的每一棵草和每一滴水，涌进你的头发、睫毛、关节和口唇……你就强壮和智慧起来。

读书也会使我们接触到这些道理，但是，我们记不住它。大自然是温和而权威的老师，它羚羊挂角、不露声色地把伟大的关于生命和宇宙的真理，灌输给我们。

你在城市里，有形形色色的传媒，有四通八达的因特网，有权威的红头文件和名不见经传的小道消息，摩肩接踵；你几乎以为你无所不能，你了解了整个世界。但是，且慢！在人群中，你可能了解地球，但你永远无法真正逼近——什么是宇宙——这样终极的拷问。

你必得一个人和日月星辰对话，和江河湖海晤谈，和每一棵树握手，和每一株草耳鬓厮磨，你才会顿悟宇宙之大，生命之微，时间之贵，死亡之近。我以为在很年轻的时候，有机缘追近这番道理，是一大幸运。你可以比较地眼界高远，比较地心胸阔大，比较地不拘一格，比较地宠辱不惊。

　　人是自然之子，无论上山下乡在历史上做如何评价，它把无数城市青年驱赶放逐到自然与社会的最原始状态，使这些人在饱尝痛苦的同时，深刻地感受到了自然的博大与森严。

冰川上有
毒蛇咝咝声

毕 淑 敏

10

在高原上，爬山是家常便饭。就像你住在六楼，怎么能不爬楼梯呢？在拉练的日子里，攀登更是必备的功课，几乎每天都要爬山。

爬山的实质，是人和地心引力做不懈的斗争。你用自身的体力，挣脱大地对你的控制，使自己向着太阳升去；如果你背的东西比较多，或者比较大，那就更倒霉了，你不但要付出和别人一样的努力，还得加倍拼搏。因为，那些东西如你多长出来的分量，就像秤砣般拖住你的腿，逼你后退，你必须像扶老携幼的壮士，带着这些重量一道攀上高峰。

爬山的时候，喉咙会一阵阵地发出腥甜的味道，好像有一条流着血的小鱼，卡在那里。按说这很没道理，因为，爬山时最辛苦的是手和脚。手要紧紧地扒住裸露的山岩，无论多么尖锐的石缝，为了有个稳固的支点，你都必须把手指揳进去，好像在坚硬的墙壁上钉入十根铁条；脚像螃蟹的爪子，要么尽量向两侧伸展，以扩大身体和山石接触的面积，一旦发生下滑，可以最大限度地增加摩擦力；要么利用脚骨的斜面，把它变成没有知觉的木橛子，深深地揳入岩缝，就像在巨幅画像下钉两个巨钉，这样才能保证悬挂着的身体突然坠下时可挽救危局。至于躯干，恨不能生出壁虎似的吸盘，牢牢粘在悬崖上。爬山使人体的各部分紧急动员，所有功能都充分调动起来，肌肉高度紧张，神经分外敏感。此刻的每一瞬间，都执掌着人的生生死死。

说起来，喉咙也很要紧，因为它是气道，爬山需要消耗大量的空气，就像前方在打仗，公路上运输的弹药物品就格外多，要是供不上气，手脚必得瘫痪。偏偏高原上稀少的就是空气，喉咙就得拼命地工作；那种咸腥的感觉，一定是喉咙的某条微血管崩裂了，沁出鲜血。

一天，行军路上遇到一座险峻的高峰。尖兵报告说，曲折的冰崖阻住通路，攀登极为困难。领导给我们每人发了一条登山绳，让我们死死地系

在腰上。

"干什么用的？这绳看起来还挺结实。"小鹿说。

"这是结组绳，你们三个人把它系好，就成了一个结绳组。"领导指指小鹿、我和河莲。

"什么叫结绳组？"小鹿追问。

"小鹿你怎么这么笨？结组顾名思义，就是用绳子把咱们三个人结成了一组。从今以后登山时生死与共，要活大家一块儿活，要死一起成烈士。"河莲快人快语。

领导点头不语，看来河莲解释得不错。

"那咱们就成了刘关张桃园三结义，虽不同日同时生，但求同日同时死啦！"小鹿兴奋得两眼放光。

领导不爱听，说："这只是万一时候的紧急处置措施，不要动不动就说死的事，你们还年轻。"

河莲思忖着说："要是小鹿掉下去了，还比较好救，她分量轻，一把就拽住了；要是小毕嘛，就有点危险，那么重。她要是万一失脚，只怕一个人会把我们两个人都拖入深渊，同归于尽。"

我说："不就是因为我的吨位比较大，你们就这么害怕吗？好啦，我好汉做事好汉当，要是出现了可怕的情况，一定不会连累你们。我会自动把结组绳解开，和你们脱钩，一个人滑下去好了。"

领导说："不许乱讲。真到了那种时候，更要同心协力，两个人的力量怎么也比一个人大。团结就是力量嘛！"

河莲说："我和小鹿这就在腰里缀些石头，提高自重，救小毕的时候把握大些。"

我说："指不定谁救谁呢！"

大家说笑了一会儿，一根绳子让我们格外地亲近起来。

拉练已经进行了许久，我们对爬山也司空见惯了。因为第一天行军就出现险情，领导调整了女兵背负的重量，让军马代我们驮一些装备。在后面的行军里，我们基本上可以保证不掉队了。我们自觉已是老兵，对山也有些满不在乎起来。

等到那座陡峭的冰峰矗立在眼前，我们才知道，自己又一次低估了山的庄严和伟大。

它横空出世，好像是盘古开天辟地时丢下的一支冰棍，高耸入云。经过亿万年冰雪的滋润，长得庞大无比，晶莹剔透。人踏在上面，像一只甲虫爬过，不留一丝痕迹。

队伍拉开距离，开始攀登。小鹿在最前面，我居中，河莲殿后。结组绳松弛地连接着我们，像一根保险索。在通常的时候，它并不影响我们的动作，只是无声地跟随着我们，好像听话的小狗。

爬山这件事，在没有出现险情的时候，基本上是你一个人单独挑战大自然。你和大山徒手格斗，每向上前进一尺，都是一个新的回合；你一步一步升高，山就一步一步退却。但山可不是好惹的，嫌你惊扰了它绵延千万年的安静，抽冷子就会给你一点颜色，让你措手不及。要是处置不好，也许就会在瞬息之间，以生命作为疏忽的代价。

我仰望山顶，上面有松软的冰雪，看起来离我们很近。我想，顶峰上的雪和别处的雪，一定有很大的不同。要不然，它们为什么会落在山顶，而不是在山腰呢？就像深海和浅海的鱼是不一样的，高山上的雪更神秘，我一定要尝尝山顶上的雪。

我们爬啊爬，谁也不说话。不是不想说，是不能说，因为一说话，容易分散注意力，发生意外。还有一个原因，雪像音乐厅里特制的墙壁一样，有很好的吸音效果，让你的声音像蒙在棉絮里呻吟一样，传不远，说起来很吃力。但是，冰多的地方，又当别论。平滑的冰是音响良好的反射体，相当于大理石板，会使你的声音发出清澈的回音。我们此刻能发出的最大声音，是不停的喘息声。

爬啊爬，距离山顶好像只有五十米的距离了。我们费尽千辛万苦地爬过这段距离后，发现山顶还骄傲地耸立在五十米之外，漠然地俯视着我

们。高原上稀薄的空气发生折射，使距离感变得虚无缥缈，给人错觉。我们并不懊丧，只是坚忍地向前、向上……爬山很能锻炼人的耐力，在攀登的队伍中，你像一支射出的箭，只能一往无前地努力挺进，绝无后退的可能。

我看见有一些鲜红色的小珠子，从嘴边滚落。我知道那是我把嘴唇咬破了，鲜血流了出来，马上又被严寒冻成固体。我一直不由自主地咬着嘴唇，好像那样就可以使自己积聚力量，保持高度的警觉，提高对付突然危险的能力。

在攀爬中，人的思想变得很单一，就是抓牢山岩，不要被山甩下来。这样爬得久了，容易想别的事情。我想，祖先创造"爬"这个字，真是聪明。它原本一定是预备形容野兽用的，爪和巴，表示所有的爪子，都紧紧地巴在地上，才能完成这个动作。我想，我的十个脚趾和手指，都是大功臣。假如没有它们劳苦功高地揪住山的毫毛，我一定会像一块圆圆的鹅卵石，叽里咕噜地滚到山涧里去了……

在我们就要到达山顶之前，我突然听到一种奇怪至极的"咝咝"声，好像是毒蛇的舌头在搅拌空气。当然这是绝不可能的，阿里高原因为酷寒，是没有蛇的；就算是有蛇，也绝不可能在冰天雪地里生存。恐怖的声音到底来自何方？没容我思索，腰间仿佛挨了致命的一击，猛地抽紧，勒得我喘不过气，一股螺旋般的下坠力量，像龙卷风一样吸住了我，裹着我迅猛地向山底滑去。

我在极端的恐惧中明白了——那毒蛇般的声音，是结组绳快速收紧，摩擦冰面的响声。河莲遇到了巨大的危险，正在滑向深渊。随即我看到小鹿在我的上方，也被绳子揪动，开始了危险的下滑。

这就是结组绳的力量，它把我们三个联成一个统一的生死与共的集体——要么共赴深渊，要么同挽狂澜。

稳住！一定要稳住！我听见河莲在喊，小鹿在喊，我也在喊……其实那一瞬间什么声音都没有，只是我们的生命本能在发出共鸣。我们被惯性拖着向下滑，就像坐滑梯，越到后面力量越大。当务之急是拦住我们的身体，阻止致命的下滑。

我们每个人都像八脚章鱼一般，拼命扩大自己与山体接触的面积，以增加摩擦力。见到任何一条岩缝，都毫不犹豫地把手脚插进去，鲜血直流却毫无知觉。脚蹬掉一块又一块石头和冰块，听它们发出震耳欲聋的轰鸣声。七手八脚飞快地做着霹雳舞中类似擦窗户的动作，由于极度地奋力，动作扭曲得可怕。我们甚至把脸也紧紧地贴在冰面上，利用凸起的鼻子和眉毛，使身体滑动的速度减慢……

终于，恐怖悲惨的下滑停止了。河莲被一块冰凌阻挡在半山腰，我们从死神手里赢回了关键的一局。

我们彼此看了看，脸色都像铁一般，冰冷坚硬。擦破皮的地方并没有鲜血流出，它们被冻住了，成了淡红色的冰。哈！我们还活着！这是多么值得庆贺的事情啊！我们揉揉脸上冻僵的肌肉，彼此做个鬼脸。我抖了一下结组绳，沾满冰凌的绳子发出嗞嗞的声响，好像一根巨大的琴弦，也在

为我们高兴地叹息。

剩下的事情，就是继续攀登。在经历了一次生与死的模拟演习后，我们更加小心地珍惜生的权利。

爬啊爬……我几乎已经不去想顶峰的事了，只是机械地爬……突然，眼前一亮。整整几个小时，我的眼帘里除了冰雪还是冰雪，我们已经忘记了世界上还有其他的颜色。一片极大的蔚蓝色，像大鸟的羽毛，无声地将我覆盖。阳光温暖地抚摸着我的额头，把一种让人流泪的关怀，从九天之上无边无际地倾泻下来。

啊，顶峰到了！

顶峰是很小的一块地方，眼前一片凄凉的空寂，什么都没有。不，不对，这里有太阳和风。太阳在比你更高的地方，孤单地悬挂着，等着你来做伴。风几乎是和你一般高矮，掠着你的肩膀和头发飞过，好像要把你征服山的消息带到远方。我捏了一小撮雪，没敢取得太多。我想山顶上的雪，必有一种神奇的魔力，我应该给其他登上山顶的人留一些。伸出舌头舔了一下，遗憾得很，山顶的雪和别的地方的雪，味道是一样的。如果一定要找出它有什么不同，那就是有一点咸、有一点甜，那是我咽喉的血混到里面了。

我站在山顶的时候，小鹿在下山的路上，河莲在上山的路上，结组绳像金字塔的两条边长，山顶暂时成为它的制高点。我轻轻抽了抽绳子，她们都感觉到了，给了我一个回应。

我感觉到这是我们的生命之绳。山是不能被征服的，我们爬上了山，又迅速地离开了山。我们只是山的匆匆过客。当我们还不曾来到这个世界的时候，山就存在了；当我们已经不存在的将来，山依然存在。和山相比，我们是那样渺小；可是人也是很伟大的，以我们渺小的身躯，由于努力和团结，我们终于也有一瞬间，站得比山更高，群山匍匐在我们的脚下。

我又向四周张望了一下，然后下山。不知为什么，登上山以后，人很容易感到心里空荡荡的，好像把一种很宝贵的东西安放在雪山之巅了。

我们默默地下着山，不断地对付着险情。俗话说，上山容易下山难。上山的时候，容易避开危险；下山则不然，脚心也没长眼睛，一不小心就出问题，有几次我失足下滑，要不是结组绳帮助，也许就会像在幼儿园滑滑梯一样，一直滑到雪山的肚子里，再也不见天日。

下了山，重新回到坚实的土地上，我们把结组绳解开，回头仰望高山，几乎不相信我们用自己的双脚，把它一尺尺量过。但结组绳上的冰雪可以作证，我们用集体的力量，曾经到达过怎样的高度。

陇西行

毕淑敏

11

　　陇是甘肃的简称。夏天，我从兰州出发，沿古丝路西行约1500公里，抵达敦煌。电视里曾疯狂地普及过丝路和敦煌的知识，我窝在城市里，以为自己已无所知。真到陇西一走，才发现再大的电视屏幕也代替不了我们的眼睛，更不消说每个人的心灵都是特定的频道。别太相信那块20英寸的玻璃板，它在扩大我们视野的同时，也扼杀我们的想象。

　　那么多人写过丝路，写过敦煌，好像一个插满针的针插，已无从下手。西行的时候，我已决定什么都不写，让心灵毫无负载地飘向蓝得令人眼晕的天空。回来后，忙忙碌碌地做别的事，我以为已彻底遗忘了敦煌。突然有一天，我发现自己常常同别人讲敦煌，讲那些属于我自己的记忆和感觉。朋友们会津津有味地听，好像他们从未看过那些介绍丝路的风光片和旅游指南。我检查记忆之壁，看到当时思维留下的痕迹，有的已被抚平，有的仍像甲骨文痕，虽然浅淡，却难以消失。

我写的绝不是一篇系统的丝路游记，只是时间之筛无意中留给我的大点的石头子儿。

白兰瓜

听说我要西行，所有的朋友第一个反应都是："你可以吃到白兰瓜了！"

北京的街头也常见到白兰瓜，并不白，像个磕碰过的篮球；也不甜，带有青草的气息。不过，这并不影响我对白兰瓜的仰慕希冀之情。城市是个坏地方，能让所有带有乡土气息的东西走味。

兰州果真是白兰瓜的大本营，十步之内，必有瓜阵，白的如同一张张女儿面，黄的像金牌一样灿烂。据说，黄色的白兰瓜叫"黄河蜜"，是改良品种。我们馋馋地想：黄出于白而胜于白，想必更甜。

西北人出手大方，刚住下就给每人发三个白兰瓜。堆在一处，俨然一座瓜山。

"先杀哪一个？"大家摩拳擦掌。

"一样宰一个吧！"

刀锋倾斜着刺入，浓郁的香气沿着刀柄湍湍流出，光凭味道就知道同北京的赝品不同。每人抢一块，吞进嘴里，像喝粥似的往下咽。

向导笑眯眯地看着大家的贪婪，很为家乡的特产自豪。西北方言形容这种吃的场面，叫作："吃了一个不言传！"

终于有人言传了："闹了半天，白兰瓜也不过如此嘛！"

"比黄瓜也强不到哪儿去！真是空有其名！"更多的人附和。

向导的脸色难看了，忙解释："今年雨水多……"

平心而论，白兰瓜真是盛名之下，其实难副，闻着还可以，尝尝却不甜。

白兰瓜原籍美国。1944年，美国土壤学家和水土保持专家罗德民趁美国副总统访问兰州的机会，托他把"蜜露"甜瓜种带到中国。"蜜露"移居中国后，改名"白兰"，现在已成为甘肃特产。

一路西行，哪里都要款待白兰瓜。刚开始还总想给白兰瓜恢复名誉的机会，心想兰州的瓜不甜，别处的可能甜，然而总是失望，哪儿的白兰瓜都不甜。以后，就连尝的兴趣也没有了，除非渴极了，拿它顶水喝。

辜负了我的信任与渴望的白兰瓜啊！

"到嘉峪关就有好瓜吃了，那儿正在举办瓜节。"向导为大家打气，他总想给家乡的瓜正名。

只知道嘉峪关是长城的一端，不知道它还是瓜的盛市。西北各省市的瓜，像陨石雨似的降落在小城，满载的瓜车还在源源不断地涌入。前面一个急转弯，几个硕大的甜瓜被车甩了下来，摔碎的瓜把香气像手榴弹似的烟雾塞满街道。真担心这么多瓜，吃不完可怎么办！

瓜节隆重开幕了。白兰瓜形状的氢气球飘浮在碧蓝的天空，远处是银箔似的祁连雪峰。孩子们头上戴着白兰瓜形的帽子，街上的社火队打扮成瓜的模样……真是一个瓜的世界。

张老作为瓜节贵宾，被邀上主席台。美丽的迎宾小姐敬上一个扎着红缎带的白兰瓜。好像瓜也有精灵，像东北的人参娃娃似的，不系住就会跑掉。散会后，我紧忙跳进张老的房间，想先尝为快。别处的瓜不甜，瓜节上的瓜王还能不甜吗？没想到，张老摊着两手说："忘了把瓜带回来了！"

唉！于是想，美丽的迎宾小姐也许会把瓜送来。痴等了许久，才想到女孩并不知道瓜是谁丢的，况且这里的瓜极多，人们并不会格外珍重这个瓜的。

没有吃到瓜王，其他的瓜也仍旧不甜。向导为了给白兰瓜平反，一个个地杀，狼藉一片。我们忙说："挺甜，这个就不错，别杀了。"他拈起一块尝尝，说："怎么瓜节上的瓜也不甜？不要紧，到了安西，就能吃到好瓜了。"

过安西时，正是午后沙漠上最热最寂寞的时光。黑蓝色的柏油路蛇蜕似的蜿蜒着，天空中弥漫着看不见却无处不在的尘埃，仿佛一杯混浊的溶液。太阳在空中发出幽蓝色的光，丝毫不减其炙烤大地的威力。铁壳面包车成了真正的面包炉。我们关上车窗，是令人窒息的闷热，打开车窗，火焰般的漠风旋涡般地卷来。口唇皲裂，眼球粗糙地在眼眶里转动，全身像烤鱼片似的干燥无力。

突然，在大漠与公路相切的边缘，出现了一个木乃伊似的老人。地上铺一块羊皮，上面孤零零地垛着一小堆瓜。他出现得那样突兀，完全没有从小黑点到人形轮廓这样一个显示过程，仿佛被一只巨手眨眼间贴到苍黄的背景上。也许是因为他同大漠的色泽太一致了。

司机停下车说："就买他的瓜吧！"

"瓜甜吗？"我们习惯地问。卖瓜的人没有说瓜不甜的，但老人慢吞吞地回答："这里是安西呀！"

安西的瓜就一定甜吗？安西就是白兰瓜的免检合格证吗？国优部优产

品还有假的呢，世界上徒有虚名的事太多了！

因为别无选择，我们买了老汉的瓜，记得狠狠砍了砍价。老人树根一样的脸上没有表情，算是同意了。极便宜的价钱。

车上地方窄，又颠簸。到了远离安西的地方，我们才停车吃瓜。安西的白兰瓜外观上毫无特色，第一口抿到嘴里，竟然是咸的！

过了片刻，才分辨出那其实不是咸，而是一种浓烈的甜。

甜到极处便是蜇人的痛，嘴角、舌尖都甜得麻酥酥的，仿佛被胶粘住了。抓过瓜缘的手指，指间仿佛长出青蛙一样的蹼，撕扯不开。手背上瓜汁淌过的地方，留下一道透明的痕迹，仿佛一只流涎的蜗牛爬过，舔一舔，又是那种蜂蜇般的甜。

真不知如此苦旱贫瘠的安西怎么孕育出如此甘甜多汁的白兰瓜。

安西古称瓜州。总觉得古代人很会起地名，比如武威，原来叫凉州，透着荒远僻地的苍凉。张掖叫作甘州，有一种安宁平和的感觉。安西地处荒沙，日照极强，非常适宜种瓜，自古以来，以瓜闻名天下，故称瓜州。

美国的良种甜瓜"蜜露"移民到了中国，在安西扎下根来，比在老家长得还要好，白兰瓜的盛名，其实是靠瓜州的瓜打的天下。

也许，白兰瓜要正名为"安西瓜"才更符合历史的真实。

我也想过，是否因为那天的极度干渴才使这沙漠之中的瓜显得格外甘甜。后来遇到过几次同样的情形，才知道唯有安西的瓜无与伦比。

想想这瓜，很有感触。它原本来自大洋彼岸，却在这块古老贫瘠的土地上繁衍得如此昌盛。它入乡随俗，褪去了娇滴滴的洋名字，也不计较人们以讹传讹地称它白兰瓜，寂寞然而顽强地在沙漠之中生长着，以自己甘饴如蜜的汁液濡润着焦渴的旅人。

啊！瓜州的瓜啊！什么叫特产，什么叫真谛，它只限于窄小的区域。好比一个石子丢入湖中，涟漪可以扩散得很远，但要找到石子，必须潜入那最初的所在。

蓝色太阳下的沙漠老人，教给我这个道理。

铜奔马的疑阵

铜奔马是我国的旅游标志，也是甘肃武威的市徽。这匹足下踩着鸟的铜马，最初叫"马踏飞燕"。记得"文革"中，我是在西藏雪峰的空旷地上，从慰问解放军的电影里，第一次认识这匹马的。粉碎"四人帮"后，又曾见报上载过，那马本该叫天马的，因当时林彪自比天马行空，连累得两千年前的铜马也名不正言不顺了。

这匹马轰动过世界。一位美国学者曾询问："这匹马是地震摇撼出来的？是洪水冲刷出来的？是暴力主义者强挖出来的？是文物工作者保存下来的？"

到了武威，自然想去看铜奔马出土的地方。

1969年，到处在深挖洞。在武威城北1000米处，有一座高8米、长100多米、宽60米的长方形夯筑土台。台上建有雷祖观，故名雷台。挖地道的人们掘出了一座东汉晚期的大型砖室墓。

我们沿幽暗冷寂的墓道进入墓穴，有汉代的风在脖子后面飕飕掠过。满身的热汗倏地缩回去，终于走到蒙古包一样的拱形墓室。一块块青灰色的汉砖，在昏黄的灯光下，显出宁静幽远的坚固。也许因不见天日的缘故，砖像青萝卜一样新鲜，敲弹起来当当作响，仿佛含有金属的颗粒。"这种汉砖，每平方厘米可以承受500公斤以上的压力。而我们仿制的砖，承重不到200公斤压力就碎了。"主人指着一块新砖说。相比之下，现代人的产品像伪币一样菲薄。

"这古砖是用武威的土烧的吗？也许是从外地运来的呢！"我问，想起现时的贵人们常用舶来品，若是后世的考古学家以为这是寻常百姓家也能享有的玩意儿，岂不带来学问上的不严谨？从这墓穴的规模看，死者生前显赫。

"化验过了，这就是用的我们的土。两千年过去了，我们还烧不出老

远行，与充满未知的
人生温暖相遇

祖宗烧过的砖。"主人长叹一声。

在墓穴的穹隆上，有一块脸盆大小的不规则区域，被色泽浅淡的新砖填塞着。主人介绍："这是盗墓者留下的痕迹，我们修补了。但是很奇怪，墓内的随葬品保存完整。我们推测，也许盗墓贼刚挖开洞穴，便发生了一件不可捉摸的意外，他匆匆掩住破口就离开了，但永远没有再次打开。"

想想在一个月黑风高的夜晚，这里曾发生过谁也无法知晓的恐怖故事，墓室的灯火也摇曳起来。

墓穴很干燥，没有特殊的异味。遗骸是一罐烧焦的骨殖，其中还有一段未经焚化的羊腿骨。

这是怎么回事？我们都极感兴趣。

向导说，这是考古界争论不休的难题，涉及学术，不可妄谈。他讲了一段野史，汉代凉州有一家要添丁了，算命瞎子对他们说："第一，你家要添一个男孩，这个孩子将来会成为凉州刺史。第二，这孩子生于这座楼上，也将死于这座楼上。第三，他将被烧死。"

我觉得不管灵验与否，这瞎子还是很大无畏的，敢说好话，也敢说歹话。

后来，这家的女人果然在高楼上产下一子，长大后弑主自立，成为不可一世的凉州刺史。刺史对占卜之话笃信不疑，特命照他家的楼阁烧了一座陶楼，置于早已修好的墓穴之中。后来，他因为拥兵反叛，遭人征伐，自焚于那座楼阁之上。占卜之人的三条预言都惊人地应验了。

汉代兴厚殓，所以他死后还是享有了非凡的排场。骨殖已烧得不完全，尽孝道的后人便补进一块羊骨。那座陶楼也完整地保存下来了。毕竟是做过刺史的人，陪葬物中，除了金、银、铜、玉等珍宝外，还有99件精致的铜车马武士仪仗俑。率队驰骋的，就是举世闻名的铜奔马。

这故事几乎天衣无缝。在凄冷的古墓中听这残酷而又带有宿命色彩的解释，生出人生无常的悲凉。

还是来看美丽的铜奔马吧！它昂首嘶鸣，风驰电掣。要在绘画中表现马的神速并不难，只须添些翻卷的云霓就行了。比如飞天脚下的飘带，曲曲折折，便显出无限的高度与速度。然而在铜坯上制造这种扶摇临风的英姿，十分困难。那位敢于犯上作乱的刺史手下的能工巧匠，把支撑马体全身重量的右后足放到了一只鸟上，既表示其奔腾的速度超过飞鸟，又巧妙地利用飞鸟的躯体，扩大了着地面积，保持了奔马的稳定。

将近两千年后，这位智慧工匠的子孙们，开始复制这一杰出的物品（它可以换回高额外汇）。但仿制的铜马无法站立，在柔软的红丝绒上，它们毫无例外地栽向一侧。技术人员做了许多试验，进行了繁杂的计算，终于使现代的铜奔马同老祖宗的铜奔马一样，也能取凌空之势了。今人们因此得了科技成果奖，我想，这个奖应颁给两千年前那位无名的工匠。

铜奔马率领的仪仗队披一身凛冽的清光，肃穆地布列于墓室之中，仿佛有车辚马萧之声传来。

"这是按照我们的方案布列的。"主人说。

"难道还有什么另外的方案吗？"由不得人不追问。

"有啊！日本人的布阵法、美国人的、欧洲人的，各有各的高

招儿。"

这99件铜兵马俑，仿佛一把凌乱的军棋子。除了铜奔马率先没有疑义外，其余的棋子被随心所欲地组合。

"那么，最初发现时是怎样布阵的呢？"

"没有人记得了。当时正在战备，挖到这个墓坑，大伙儿找来一个大筐，七手八脚地往筐里捡文物，像地里收山药蛋似的。旁边蹲着一个会计，拿个小本记着：铜人一个、铜马一匹……"

又是一个千古之谜！铜兵马们原来是井然有序的，它们携带着两千年前的一种思维、一种文化、一种风格，是有机的整体。现在牌被打乱了，黄白皮肤的学者都在洗这把被打乱了的牌，彼此争论不休。

丹麦的赛马协会主席曾写信说，我们专门买了铜奔马的复制品，以奖给每年获胜的欧洲冠军。他还说，这匹马的姿势，不是"奔马"，而是"跃行马"，走对侧步，速度更快。

两千年前那位篡权的凉州刺史，大概绝没有想到他的死、他的砖、他的铜马构成了这许多难以破译的密码。只有造成铜兵马阵之谜的原因我们知晓，那就是——愚昧。

鸠杖·独角兽·千金不传方

那斑鸠像一只鸽子大小，利用木质的自然纹理，勾勒出羽毛一样的细密层次，显得肥硕。口微微张着，博物馆的讲解员说，当初那里是含着一粒玉雕的谷米，因为年代久远，已经遗失。

鸠杖是汉时宫廷颁发给老人的拐杖。

《后汉书·礼仪志》里记载，每年8月，朝廷按户查选，凡年满70岁者，授予鸠杖。年满80岁者，还发给一尺长的玉制鸠杖。汉宣帝还规定：授杖的老人，可以随便出入官府；可以在供皇帝专行的道路上行走；在市场上做买卖可以不收税；触犯刑律，如果不是首要分子，可以免诉。

真不知道，历史上还有这样一个尊老的朝代。

只是，为什么要在杖上雕一只斑鸠呢？

史书上也有记载："鸠者，不噎之鸟也。欲老人不噎。"

真是我们这个"民以食为天"国度的思维逻辑。只要能吃，就象征长寿。我不知鸠的食道是否特殊，可以永远通畅，但欲要高寿，第一条强调的是"不噎"。我想，汉代一定是"噎食病"——也就是我们今日所说的食道癌高发的时期。或皇帝的亲人中有死于此疾者，故刻骨铭心地希望天下老人不噎。不管怎么说，斑鸠是用心良苦的吉祥物。

受鸠杖的人还有相当于六百石的俸米，类似今日离休的县团级了。在一处小型土洞葬里出土了一根鸠杖，死者是一位老翁，单棺薄葬，只有几件陶木器。可以想象，他生前是一个孤寡的平民，因年高受赐鸠杖，才有了唯一的生活来源。死后，他把它当作勋章带入墓穴。

西北多旱，千百年前的木头挖出来，不朽不糟，像新劈出的柴火，木纹明晰。

木雕独角兽，颇有非洲土著的韵味。一是简洁到近乎模糊，只有一个大概的轮廓，仿佛一团未经细镂的泥巴，却饱含灵动的立体感和勃勃生气。二是独角兽很像犀牛。它全身努劲儿，腰部弓弹，尾直立似虎，头低拱如豹，大步流星，仿佛正待迎接一场决斗，充满锐不可当的英勇。它既不像牛也不像熊，是一匹人造的怪兽。但又不像同是人造动物的麒麟和凤凰，富贵而吉祥；它是狞厉而迅猛的。据说，这就是我们传说中的"年"，所谓"过年"，就是为了要躲避它的伤害。

但讲解员另有一番解释：独角兽是公正之神。若有了断不清的案子，就把独角兽请出来，它的独犄角抵向谁，谁就是罪人。像西方的天平，独角兽是古代法公正的象征。

看着像拓荒牛一样奋蹄掘进的独角兽，觉得它任重而道远。这世上有多少扑朔迷离的案件，有多少道貌岸然的罪人，人们自己断不清，便用木头锯出这样一种实际并不存在的兽类，在寄托一种美好愿望的同时，也表

达着思索的困惑和意志的迷失。

又疑到"过年"原来是恶人们的发明。躲过了独角兽，便可以依旧故我，所以过年时便喜气洋洋。

"年"原来是恶人们的节日。

在纸还没有问世之前，人们记事，把文字写在大约一寸宽、一尺来长的薄木片或薄竹片上，用绳子按顺序串联起来，称为木简或竹简。

在祁连山下出土了一批汉代"医药简"。曾经做过医生的我对此自然极感兴趣，瞻仰时的心情仿佛见到一位活了两千岁的医生。

药简是松木剖制，毛笔字墨迹灿然，仿佛主人刚刚撒手人寰。一简大约有几十个字，抄录得很工整。于是心中愈生崇敬，好像两千年前的药方也有使人活两千年的效力似的。

我端详后，深切地失望了。简上不过是些普通的病名、病状、制药方法，还有几十个方剂，平平淡淡，绝无长生不老的秘诀，不禁暗笑自己的天真迂腐。待看到最后，对这位两千年前的古人竟强烈地不满起来。在那些不过是甘草、绿豆配起的药方之后，写着"诸种药物煎汤，每早空腹服"，再之后，写着"此乃千金不传之方"。

每一方剂之后均是"千金不传"。

医药原是救人的，生命是世界上最宝贵的，千金难买。所以，有胆识、有气派的唐代医学家孙思邈，才将他的医著命名为《千金要方》《千金翼方》，共收进方剂7000余个。

孙思邈是汪洋浩渺的大海，而这祁连山下的古人不过是一汪浅水。他守着千金不传方，还是倒毙在苍莽黄沙之中，孙思邈则成为千古医圣。

博物馆服务部里，有仿制的医药简出卖，惟妙惟肖，足可乱真。几位衣冠楚楚的日本人在挑选。假如是我的国人，真想对他们说：不要买。无论是从医学还是从社会学的角度看，这药简都不足取，只单单剩下一个古老。因是仿制品，便连古老也不存在了，一无是处。想到这普通的松木可以赚外汇，终于什么也没有说。

沙漠公园

"明天,我们到武威沙漠公园去。小徐,你不是一直嚷嚷要游泳吗?带上你的游泳衣。"向导说。

小徐从北京出发,果真带了游泳衣。但偌大一个兰州城,竟没有一处游泳的地方。往西走,一片瀚海,游泳衣成了我们取笑她的口实。没想到在腾格里沙漠、巴丹吉林沙漠包绕的武威,竟然可以——游泳!

乘车沿武威城东南走40里,一片绿色漫浸而来。这绿不是江南那种晶莹软滑的糯绿,而是艰涩粗糙苍老的劲绿,仿佛在绿色之上镀了一层金属的粉末。

沙漠公园最瑰丽的景色是树。杨树、柳树、榆树、槐树、椿树等共有100多万棵,还有梭梭、红柳、花棒等沙生植物500多万株。

单是有树,只能叫林带。虽然这些树在荒凉的大漠背景下,却显示出生命的悲壮与倔强。

于是，人们便在粗粝中揉进了人造的玲珑。有了桃花亭、鸳鸯亭等模仿江南秀色的楼台，有了跑马、滑沙、赛驼的游戏。

在游览过苏杭美丽清新的园林之后，突然在原始洪荒的沙丘背后，看到一个红男绿女般鲜艳的小亭子，觉得不协调，有股东施效颦的味道。

我悄悄把这想法对一位来自水乡的同伴讲了，并不是想讨好他的故乡。我以为大漠之上应有铁马金戈、碧血黄沙，这才是借造化之功，浑然天成。不想他却说："这些亭台若在江南，自然是算不得什么。但这里是大漠，有了这些景致，便使那些永远去不了苏杭的人也领略一回不同的风光，用心也很良苦。"

我无语。有时要求正宗，有时也须仿制，世上有许多规则，都有各自道理。

游泳池其实是一个小型人工湖，水泥砌成曲曲折折的湖岸，还有几簇柳枝。在干燥得冒火的沙原上，突然看到一池真正的碧水，真是惊喜交加。大家齐声问："这水是从哪儿来的？"

"抽的地下水。再往远里讲，是祁连山的雪水渗过来的。"公园的管理人员笑眯眯地告诉我们。由于蒸发量极大，需要不停地注水。

"但渗漏怎么办呢？"记得小时见过干涸的游泳池底，布满甲骨文一样的裂隙，每年都要修补。这沙漠中的池塘，漏起来像个筛子，有多少水也供不上的。

"我们先挖了这个大坑。底下都是沙，糊上水泥也禁不住漏的。用车从远处拉来胶泥，胶泥你们都知道吧？"主人问。

"知道的。"小时我用胶泥捏个小碗，啪地摔在地上，胶泥的密闭性极好，空气逸不出去，小碗就像玉米开花似的炸裂了。

"把胶泥卸在池底铺开，再吆喝来一群牛马骆驼，让它们在泥巴上踩。踩实了，再铺上水泥，这池子就不怕漏了。"

原来是这样！这骆驼蹄子上的游泳池，这大漠上来之不易的清波！

看到一个游人笨拙地在水中嬉闹，撩起一簇簇水花，这是一位牧民。我感觉到了江南同伴的宽容和智慧。他设身处地地珍惜这粗糙的楼台和简陋的水池。并非每一个居民都有机会游览江南，永远停留在大漠的人，也渴望那清凉涓透的世界。而我太狭隘了。

小徐终于没有游泳。她俯下身去，将两根手指探进水里，说"太凉"。

毕竟是祁连山积雪融化的水啊！

地下600米处的餐厅

没到金川之前，不知镍为何物。到了这号称"镍都"的地方，才知道每个普通人都拥有这种美丽的银白色金属。不信，伸手摸摸你的裤兜，掏出几枚钢镚儿——这就是镍币。

镍号称"工业维生素"，著名的不锈钢就是因为含有镍。在国际上，一个国家拥有镍的数量，成为科技发达的标志。中国原来是个贫镍的国度。在没有发现金川这个世界第二大镍矿之前，镍完全依赖进口，据说那时动用一公斤镍，要经过国务院副总理的批准。1958年——虽然成了令人诅咒的年代，但在"大炼钢铁全民找矿"的口号下，一个放羊的孩子把龙首山上捡到的一块矿石交到了地质学家手里。从此，一座巨大的矿山从这块孔雀绿的矿石里萌生。

我们参观了壮观的露天矿坑，它像一个揿向地心的巨大圆锥，又如火山喷发的遗址。蜿蜒的汽车道像炮膛里的来复线，镌刻在开掘而形成的人工峭壁上。看坑底的汽车甲虫似的蠕动，有一股魔幻般的感觉。

这是老矿坑，经过几十年的开采，已经基本停用了。但那锥子似的刺入山体的气势，仍叫人生出稍含恐惧的敬意。

"我们开始进行矿山的改造工程，挖掘了亚洲最长的主斜坡道，可以深入到地下600米。待全部完工后，镍的产量将大幅度地提高。"总工程师介绍说。

"能到矿井下面去看看吗？"我提议。太想钻到地底下去看看，如今有了飞机，上天并不难，有幸犁进地球皮肤下面去试试温度的人却不多。

这是一个计划外的安排。由于我们的不安分和主人的热情，终于成行，成为此次西游中辉煌的一章。

先运来一批下井的服装——长衣、长裤、长筒胶靴，还有天蓝色的安全帽。我穿戴齐全，却发现致命的一击：因为来时穿裙，没有皮带系裤。搜索四周，捡了一根尼龙包装绳，还是粉红色的，兴高采烈扎在腰间。胶靴也太大，像副舰板，每走一步，脚趾前都有一块方形鞋底不肯随之起落，仿佛在给大地盖印章。靴筒很高，直箍到膝盖以上，行进时像木偶一样机械。不知这副行头别人观感如何，自己觉得很威风凛凛。在主斜坡道口留影，刚摆好一个英勇的姿势，同伴提醒我最好解掉腰间扎的粉红尼龙绳。于是跑到一位男同胞面前，说："把你的裤腰带借我使使。"他便很大度地用双手扶起自己的腰，让我雄赳赳气昂昂地留下了这难忘的一瞬。

坐一辆面包车，开进主斜坡道，缓缓地向地心滑去。主斜坡道其实就是一条长长的隧道，中途有分支通往开采矿石的工作面，它仿佛是叶片的主脉，又是地下交通干线。因尚未完全竣工，没有照明，汽车好像往深海下潜，只有车灯像黄熟的竹杠，在前方扫出比车身还细的通道。拐弯时，灯柱便猛地打在嶙峋的山石上，倏忽又转移到更幽暗的远方。

总工程师示意停车，他要检查掌子面的进度情况。我们下了车，才知道山的表面干燥严峻，内里却像草莓浆汁般丰富。滴滴答答的泉水敲在安全帽上，仿佛头上岩缝中匍匐着一位少年鼓手。脚下一片泥泞，黄浆互相攀缘着爬上胶靴高处，一股瘆人的寒气穿透脚心的涌泉穴……

走着走着，开始气喘，好像这里是高原。其实这里已是地下400米，主要是通风不良。想到我们偶尔一次还觉辛苦，那些最初的开拓者，曾经历过怎样的艰难！

运送矿石的车从我们身边隆隆驶过，随手抓到一块镍矿石。漆黑的断面上，密布着星辰一样闪烁的银斑，这就是神秘而宝贵的镍了。山川之精

英，每泄为至宝；乾坤之瑞气，恒结为奇珍。后来在太阳下，总工程师掂着这块沉甸甸的矿石说，含镍量当在3％以上。按照标准，含镍量为1％就算富矿，这块石头，要算特富矿了。

在岩石阴冷森严的气息中，突然闻到肉炒柿子椒的香气。这毫无疑问是错觉。人在这亘古沉寂的地心潜藏着无以排遣的恐惧，冥冥中总觉得山会毫无征兆地塌下来，自己会变成亿万年后的琥珀或是煤，潜意识会使感官混乱。但是我看到别人的鼻翼也在抽动，难道幻觉也会传染吗？

"现在，咱们去看看地下餐厅。"总工程师轻松地说。

明亮的、灿烂的、暖洋洋的、像玫瑰一样鲜艳的火，三个丰腴而洁白的女人，像黝黑底色上的油画，出现在我们面前。

金属矿是不禁烟火的，于是在地下600米深处，有这样一个整洁的餐厅。它位于主斜坡道一侧，像一个平静的港湾。一排原木钉成的餐桌，简陋，但干净，看得清涡轮状的木纹。厨房里，巨大的发面团把一个沉重的锅盖顶得颤颤巍巍晃动。一个女人在择豆角，嫩绿的汁液像露水似的从断端沁出，一缕柔曼的绿须像少女的发缕卷成"8"字……

我们怔住了。多么安宁、平和！一份不属于地下、不属于黑色、不属

于锦、不属于男人的温柔，像薄暮时的雾霭扑面而来—— 我们在这一瞬间都想起了家！

同女人们聊天，问她们自己的家在哪儿。女人们那沾着面粉的手指笔直地竖起。她们头上是龇牙咧嘴的岩石，再往上，是山峦厚重的肌肤，共达600米。

"这里苦吗？"我悄声问。

"苦。"她们垂下眼帘，好像不好意思承认，"不过，也有比地面上好的地方。"

"哪里好呢？"

"在这儿做饭没有苍蝇！"她们一起回答。

我们坐罐笼升回地面。那是一间极窄小的铁皮房子，四处漏风， 还从不知什么地方爬进凉毛毛虫似的冷水。耳边鸣笛似的飞过风的尖啸，四周是墨鱼汁似的黑暗。只有铁器运行时吱吱嘎嘎的摩擦声，才提示你身边的这一处黑暗已不是那一处黑暗。终于，有奶一样的天光自头顶笼罩下来，那光像浪花湍急地明亮着，直到迸溅出灼目的光芒。周围的人像浸泡在显影液中，迅速显示出从轮廓到细微的差别。啊！到地面了。

这才知道阳光、干燥、流动的风……都是无比宝贵的东西。

黑牛引路的民族

凡是人数极少的民族，我都以为他们生存在西南的十万大山里。只有偏远闭塞，才能保持住他们特有的习俗和文化。若在通衢大道旁，便很容易同化或繁茂起来，不再保留古风。听说整个民族尚不到一万人的裕固族，邀请我们到他们的民族饭店做客，我在深刻检讨自己孤陋寡闻的同时，由衷地高兴。

裕固族现有9145人，全部居住于甘肃张掖地区肃南裕固族自治县，以畜牧业为主，有自己的语言，没有文字。

　　裕固族的宴席很丰盛，烧羊羔肉脍炙人口。据说当地流传着"宁吃一顿羊羔肉，不坐三请六聘九家席"之说。我因不吃羊肉，失去一顿好口福。其他的菜就没有什么特色了。席间有两位裕固族女郎，身着鲜艳的民族服装，为大家敬酒。

　　她们一边用裕固族语言唱着悠扬的祝酒歌，一边用手指将酒虔诚地弹向高空，洒下大地—— 这大概是一种古老的习俗—— 然后双手将酒捧给客人。在这种不加解说的热情面前，由不得你不喝。不一会儿，席间的气氛就像火焰似的沸腾起来。

　　两位姑娘是表姐妹，一个叫银杏，一个叫月亮，都是极美好的名字，人也长得像名字一样美丽。我与同行的一位女友争执到底谁更漂亮。我喜欢姐姐银杏灼目的冷艳之美，女友喜欢妹妹月亮清澈的纯真之美。总之，裕固族姑娘有一种东西交融的迷人风采。

　　在我们的要求下，她们演唱了裕固族古老史诗的片段。歌声古朴苍凉，仿佛一支鹰笛在草原上空盘旋。大意是：

我们是来自遥远西方的旅人，

祖先告诉我们：故乡在西直哈赤。

黑色的神牛引路在前，

来到八字墩下。

站在八字墩上瞭望，

沙漠中有一丛玫瑰色的红柳花，

这里是一个吉祥的地方。

从此我们留在了这里，

成为今天的裕固人。

"那么，西直哈赤又在哪里呢？"席后，我问两姐妹。对于这样一个曾经漂泊过的民族，你会激起强烈的寻根愿望。

"西直哈赤大约在新疆喀什或吐鲁番一带。我们的祖先是一个强大的部落，后来战败了，开始逃亡。有一年我到新疆去，突然发现那里的一切都非常熟识，好像我在梦中曾无数次游览过这地方……"银杏说。

我想这是完全可能的。一个民族的集体无意识，一定以某种生命物质的形式储藏在遗传基因的密码中，像火炬接力赛，一代一代传递下去。

后来查了资料，才知道裕固族属于中国的古民族，公元6世纪时，游牧于阿尔泰山一带，曾经建立过东至辽河、西达里海、北到贝加尔湖的辽阔国度。

姑娘们的父母都是牧民，父亲是草原上著名的歌手。妈妈领着小银杏去挤牛奶，这对孩子们来说，是个枯燥的活儿，妈妈就教她唱歌。最初的歌就随着洁白的乳汁渗进她幼小的心田。后来，作为裕固族排名第一位的歌手，她到了北京，获得了少数民族节目会演优秀奖。她到处演唱裕固族的歌曲，有一天接到一个奇怪的邀请——匈牙利国家电视台邀请她去访问。

匈牙利大使馆的人听到了裕固族的民歌，觉得同匈牙利的民歌有那么多的相似之处。他们把银杏邀到电视台，与一位匈牙利歌唱家对唱。你唱一首，我唱一首，一共录了一百首。

"真的很像吗？"我问，这太不可思议了。

"真的很像。"银杏肯定地答复我。

"那这是怎么回事呢？"我陷入迷惘之中，肃南和匈牙利，这中间的距离太遥远了！

"我也这样问过匈牙利人，他们说，他们就是以前的匈奴。"

据说，匈牙利的语言学家考察过裕固语，也发现了两者之间惊人的相通之处。

面对这两个漂亮的裕固族姑娘，你突然发现仿佛面对历史与地理的迷宫。

465窟

陇西行的终点是敦煌。一路上看了那么多景观，我们都以为自己的兴趣像无以补给的内陆海水，水位越来越低。不想，当敦煌从远处地平线像飞蝗一样扑来时，内心仍然激起喜悦的狂潮。

敦煌、莫高窟这些名称，都带有字面上难以理喻的含义，让人联想到异域的古奥。我爱刨根问底，便搜集来许多种说法。我也不是史学家、文物学家，便依了自己的好恶，只取最喜欢的一种解释。

敦煌：汉代曾有人解释为盛大辉煌之意。原来这还是一个形容词。

莫高窟：因为千佛洞石窟修造在沙漠中鸣沙山崖壁之上，别处的沙漠地形都低，唯这一处沙漠高兀，故称漠高窟。因沙漠的"漠"与莫名其妙的"莫"古时通用，所以传为莫高窟。莫高窟还有一个解释，说是乐僔和尚首先开凿洞窟，因道行"莫有高过此僧"的，故云"莫高窟"。我愿把这说法隐匿起来，向大家推荐"沙漠高处的石窟"之解，它在雄伟峭拔的自然力之上，又镀有人工雕琢的精巧之感。

如今的敦煌似乎当不起盛大辉煌这个词，是座县级小城。全城都在买

卖旅游商品，像一条文物街。

到了敦煌，仿佛进了另一国度，流行一套陌生的术语。弄不清它们的确切含义，就无从了解敦煌。

比如"窟"，就是山洞的意思。莫高窟坐落于敦煌城东南25公里处鸣沙山东麓，共有492个洞窟，4.5万多平方米壁画，3000多身彩塑，故称千佛洞。再通俗些讲，一座窟就是一座庙，内塑神像，莫高窟就是庞大的庙群。远远望去，窟像密集的蜂巢，排列于峭壁之上。窟都按顺序编号，不按年代，也不按大小。从左至右，像门牌号似的一字排下去，很平等公正。工作人员熟练地称呼着"××窟"，就像我们描述家庭住址一样。窟是分等级的，我们最后参观的465窟，是特级窟中的绝密，对海内外游人都从未开放过，任何一本游览手册中都没有对它的描述。

比如"经变"，就是把佛教经典用绘画、文学的形式表现出来。画出来就叫作"变相"，用文字写出来，就叫作"变文"。敦煌壁画大多数是经变故事，看起来像一幅幅连环画。

再比如"藻井"，看画册时，我怎么也弄不明白它指的是洞窟的哪一部分。其实它就是洞顶的天花板，不过它不是平坦的，而是一直拱上去，好像一口挖向苍穹的井。

好了，我们现在已经掌握了浏览敦煌的基本术语，可以向莫高窟进发了。

正是夏末秋初大漠上的黎明，朝日蓦然跃上三危山，将其庄严神圣的金光洒向鸣沙山，遍地流光溢彩，宛若仙境，给人留下刻骨铭心的记忆。

一千六百多年前，从大漠深处走来一个和尚，身披玄色袈裟，手持齐眉禅杖。他也看到了这奇异灿烂的金光，被这奇妙宏大的景象眩惑，在断崖上凿开第一座洞窟，修造了第一尊佛像。这位和尚就是莫高窟的创始人乐僔。

因为我们一行中有德高望重的长者，管理人员为我们打开不少秘窟。说是秘，也是这几年才严肃起来的。当地人说，前些年，有些洞连门都没有，人们可以像山风一样自由出入。如今，特级洞窟要经敦煌研究院院长亲批，而且每窟每人次参观费用要100元以上。

也不能怪敦煌的管理者故弄玄虚。据说用进口的仪器测定，一批游人进窟后，洞内的温度、湿度、二氧化碳浓度顷刻间便上升。游人走后，所有异常指标在几天内都无法降下来。人们在满足自身求知欲、探险欲、游览欲的同时，给这古老的窟院带来了难以挽回的破坏。

太阳渐渐蒸腾出热浪，走进洞窟的第一个感觉是清凉如水。朦胧中见许多紫髯碧眼的北欧游人，赖在洞里不出来，他们更怕热。第二个是黑。所有洞窟为了避免损坏，都不装灯。于是大家摩肩接踵，围着导游的大手电筒转。

开凿洞窟的鸣沙山断崖，为赭灰色半风化的沙岩，表面像橘皮似的粗

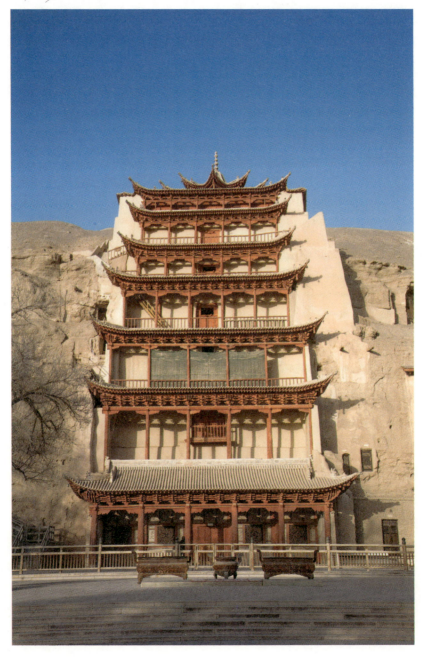

糙，仿佛用手指一抠，就能拔下岩石的颗粒。我想，这座天造地设的山是莫高窟得以伟大和久远的先天之宝。若是极坚硬的石山，开凿起来就太困难了，洞窟就一定没有这么多，本小力薄的施主也就知难而退了。若是极酥的山，凿起来容易，塌起来也容易，就保存不到今天了。这山石只易于打洞，却凹凸不平，只好在洞壁糊上泥巴，因此诞生了莫高窟仪态万千的壁画。又因石头无法雕镂，只得以木胎绳麻泥土为塑，因此便留下千佛洞鬼斧神工的塑像。

古丝路曾经很繁华，这给莫高窟的修造提供了强大的物质基础。后来战乱频生，这一带又极荒凉，给莫高窟的保存维持了最宜环境。若一直繁华下去，善男信女们会不断粉饰洞窟，我们如今哪里还能看到魏晋盛唐时的真迹？！荒凉杜绝了人为的破坏，西北干燥寒冷的气候，又似一台冰箱，奇迹般地将莫高窟掩埋在流沙之中，完整地保存下来。

昔日的敦煌已淹没在历史的长河之中，屡屡袭来的边塞烽火，使长城坍塌、阳关毁弃。历史祸福相依，莫高窟像台风眼中的一叶扁舟，载着千余年前的辉煌，成为中国的骄傲。

我们一个一个洞窟参观，沿栈道攀缘不止。关于敦煌，已经有了那么多专著，我不再重复他们的话，只写属于我自己的那一份感受。

所有的人都说壁画精美绝伦，但十个指头还分长短哩！那时的工匠有技术精绝的高手，也有技艺平平的一般工程人员。看到一幅经变图，开头画得很宽松，想象得出画工从容不迫优哉游哉的样子。但显然计划不周，故事没完，后面的地方不够了。他匆忙起来，人也小了，画面也挤了，总算把结尾安排进去。这肯定是个边设计边施工的新手，没个统筹安排。他的粗疏连同他的业绩一起流传下来。

佛教的经变故事看得人荡气回肠，但看得多了，便发现人物性格十分单一，实属艺术世界的扁平人物。

比如296窟，建造于北周。此窟顶为覆斗形，四周藻井为华盖式，井心为水池莲花，四角画飞天，藻井外围由忍冬、莲花、禽鸟、宝珠、宝瓶等

远行，与充满未知的
人生温暖相遇

远行

与充满未知的
人生温暖相遇

组成图案，窟顶四周是此窟的主题画，其中之一为《微妙比丘尼缘品》。

微妙是一个女子的名字（多有特色的名字），她婚后回娘家生孩子，没想到半路上就临产了。血腥味招来了毒蛇，咬死了她丈夫。过河时，她怀抱婴儿，没想到儿子又被狼吃掉了，自己被水冲走。好不容易苏醒过来，碰到娘家报信的人，说她娘家失了火，父母全被烧死，微妙已无家可归。没办法，她改嫁第二个丈夫。再次生子之时，丈夫喝醉了回到家，把刚出生的婴儿煮熟了下酒，还逼她一起吃。微妙只好逃出家门。在路上碰到一个丧妻的男子，微妙又嫁给了他。婚后才七天，第三个丈夫又暴病而死，按照风俗，微妙被殉葬。半夜里盗墓贼扒墓，微妙获救后，被强迫与贼首结婚。婚后，第四个丈夫被抓住，判罪处死，微妙再次殉葬。这一次是狼扒坟救了微妙。后来微妙见了佛，佛把她度为比丘尼……

多么悲惨的命运，中国的祥林嫂见了微妙，也要自叹弗如。但微妙完全是听凭命运摆布的人物，看不到她的性格与色彩，更谈不到发展。这样的故事看得多了，便觉单调。

我特别留意16、17号窟，因为这就是著名的藏经洞所在。这是一座晚唐时的新型大窟，高大宽敞，像个小礼堂。在洞窟主室中心，设有马蹄形佛坛。四周饰有团凤壁画，是宋代绘制的。19世纪末，一个名叫王圆箓的道士雇人维修千佛洞。他清理到这个洞窟时，扒开流沙，突然听到轰鸣之声，并且发现窟甬道北壁墙面出现裂缝。王道士将耳朵贴近裂缝并用手敲了几下，发现是空的。他试着打掉壁画，看见里面出现一扇小门，打开小门后发现一间密室，其中堆满数不清的经卷、文书、绘画等，共计五万余件，这就是后人所称的藏经洞。

藏经洞现在称为17号窟，面积约十平方米，相当于城市中两居室单元中的那一小间，供有河西晚唐时僧统洪辩的塑像。这座小窟原是洪辩的影窟（纪念窟），公元11世纪时，由于河西地区动荡不安，寺院的僧侣们为使经书免遭战火，就把各种佛典和其他文书藏在这座小窟中，封闭了窟门，又在外面糊上泥巴，画上壁画。当年藏宝的人不知为什么再未打开这个窟，秘密便保存了九百多年。藏经洞被发现后，遭到了帝国主义分子肆无忌惮的掠夺和盗窃。沙俄、英国、法国、日本等国的探险家共攫走四万余件敦煌文书，我国仅存一万余件，而且绝大多数为外国人挑剩下的佛经。

一座普通的坟墓从车窗外一闪而过。"那就是王道士的墓。"导游说。我急忙回头，已看不仔细，它已湮没在一片黄尘之中。

该如何评价这个人？很奇怪，怎么当年让一个道士管理佛家寺院？他曾以极低廉的价格将敦煌文书卖给外国人，该是中华民族千古不赦的恶人。但据说他为人十分清廉，所得款项均用来维修濒临倒塌的千佛洞。

据盗买文物的俄国人奥布鲁切夫在《中亚僻地》里回忆：王道士保存古写本的地点是洞窟中的一个陈列室，依次通过三个房间，才能到达洞窟的最深处，那里几百年未换气通风，而且绝不见阳光。王道士说自己平时极少进去，纵使进入也只限于寂静的清晨之时。首先在第一窟室祷告数分钟，继而在第二窟室也依法从事。进入最后一窟室也要先等待数分钟而不能马上接触经书，为的是去掉入密室前人身上所带的热气、潮气及邪念……

王道士在保存敦煌文书方面是虔诚甚至是科学的。他出卖文物，更多的是出于无知。

探险家们如取自家之物，将中华民族的瑰宝——敦煌文书，运回了各国的博物馆。由于他们先进的设备和技术，这些古文书得到了极妥善的保管。英国和法国率先公开了所有的古文书，这不仅对中亚历史，而且给整个东方学的领域都带来了莫大的进步。敦煌文书的流失，使得它在客观上成为整个人类共同的财富。今天，世界范围的敦煌热、丝绸之路热，也许同敦煌文书的广泛流布有着不可分割的关系吧。

历史就是这样一个怪圈——福祸相倚。

傍晚时分，我们参观此次敦煌之行的最后一座洞窟——465窟。

给我们开车的驾驶员是一位老司机，曾拉着省委书记来参观，但他们

也没有进过465窟。

它位于石窟群最北的山崖上，用一把专用的钥匙开门。这把钥匙掌握在敦煌研究院院长手里。

窟前有专人警卫，饲养着两只纯种狼犬，虎视眈眈。因为465窟曾经失窃，故格外严加防范。

465窟供奉的是藏传佛教秘宗本尊神——欢喜佛，即佛教中的"欲天""爱神"，做男女二人裸身相抱之状。

攀上扶梯，打开铁锁紧闭的重门，神秘莫测的气息扑面而来。随着导游昏黄的手电灯柱，我们看清这是一座中等大小的洞窟，四周斑驳古旧，显得很荒凉。当中原本塑有一尊欢喜佛雕像，新中国成立初期就被捣毁了，现只遗有一个空台座。四壁画幅全为男女相拥图形，由于年代久远，色彩剥脱，轮廓已湮没不清。只见交叉的人体中伸出许多手脚，好像某种奇怪的生物。有一壁顶天立地画着很多这种形态的人体，仿佛一套广播体操的图谱，却看不出具体所指。据说曾请来密宗的许多高僧，希望他们能做出一番科学而合理的解释，但高僧们研究许久，终于也没说出个所以然。我细细观察一番，觉得那似乎是某种功法或是修炼的图解。同别人讲这看法，人家说你可能是武侠小说看多了，以为这是秘诀呢，也许只是当年的匠人随笔勾勒出的，倒成了千古之谜。

墙上的壁画有被刮去又复原的痕迹。465窟的失窃曾使国内外舆论大哗。窃贼是从周围山崖上打了洞潜进的，用心可谓深也。不过很快就破了案，壁画重新完整无缺。

走出465窟，正是当年乐僔和尚看到三危山放射灿烂金光的时刻。三危山"三峰耸峙，如危欲堕，故云三危"。它横亘于广袤无垠的瀚海之上，恰如三根直插云天的桅杆，它给予莫高窟的创建者以最初的灵感：在一片金碧辉煌之中，三峰奇迹般地化为庄严肃穆的三世佛，重重拥卫的小峰，顷刻间化为弟子、菩萨以及天龙八部。湛蓝的天穹中，飞舞着彩云、宝带，还有那美妙的箜篌、琵琶、羌笛……飞天漫舞，千佛拂空，一个富丽

远行

与充满未知的
人生温暖相遇

堂皇的仙境展现在面前……

敦煌莫高窟是人类想象与智慧的结晶。在这大自然的胜景与人工艰苦卓绝的创造之间，我们被深深地震撼了。

前面就是阳关

关于鸣沙山，关于月牙泉，关于白佛黑佛，关于卧佛立佛，我都不准备再写什么了，虽然它们都是敦煌的骄傲，我只想再写一写阳关。

"西出阳关无故人"——一句古诗，让一座城池在记忆中永存。

一个绝早的清晨，出发游览阳关。它位于敦煌西南约80公里处，乘车走了近两小时。大漠苍茫，薄雾轻风，莽莽荡荡的流沙砾石，闪烁着妃色的光芒。一座高大的烽燧，碉堡一样突兀地矗立在面前，向导说："阳关到了！"

我们忙着在烽燧前留影，心想，烽燧如此雄伟，阳关更应气象万千，催着向导快领我们游览阳关。

向导领我们登上一处高坡，用手一指："前面就是阳关。"

前面——浩渺的沙海，绵延无际。巨大的沙包，仿佛光滑的屋顶，参差起落。遍地金沙，像一匹波光粼粼的锦缎，抖动在蒸腾而起的蜃气之中。没有人烟，没有城池，甚至连一棵草、一片瓦都没有，只有死一般的寂静。

我们辛苦跋涉来看阳关，阳关早已不存在了。

阳关建于西汉，是汉唐时代向西域输送军队的最后大本营，故而留下许多亲朋别离的千古绝唱。唐以后，逐渐废弃。随着世代久远，流水冲击，风沙淹浸，关城破败，城垣灭迹，故历史上留下了"阳关隐去"一说。

据说从烽火台处往沙漠腹地走上几小时，可以到达一个叫作古董滩的地方。当地民谣说："进了古董滩，空手不回还。"你可以捡到铜钱、箭镞、陶片或其他文物。那里就是当年阳关的具体所在。

面对浩瀚的沙漠，心中充满世事变迁的苍茫。看周围熙熙攘攘的游人，都在念叨着"西出阳关无故人"。听说这句诗在日本也很有名，许多日本人就是为了看看阳关才到敦煌来的。

阳关湮灭了，但人们并不悲哀，不存在的阳关依然在人们心头耸立。因为人们是从王维的诗里认识阳关的，只要这首凄清悲凉的诗一代代流传，阳关就永远不会消失。

从阳关走出去的，是征战的将士；从阳关返回来的，是思家的游子。告别阳关，我们踏上归途。大漠戈壁，绿洲关山，边墙烽塞，古道驼铃，画工青灯，石窟佛陀，悲壮的征战，凄婉的别离，开拓的艰辛，辉煌的功业，传奇的故事，豪迈的诗篇……像鸣沙山下的五色沙，沉甸甸、滚烫烫、色彩斑斓地混淆在脑海中。

听说，千佛洞的壁画就是以五色沙为颜料画出来的。

生当做瀑布

毕 淑 敏

12

　　"峡湾"是个词，是个专有名词。这名词在词典里的解释是—— 对不起，没有。我查的是《现代汉语词典》，手头最方便处摆放的就是这部词典，通常都不会让我失望。但这一次，例外。

　　只得分开来查。关于"峡"，它说是"两山夹水的地方（多用于地名）"。然后再来查"湾"，说是"水流弯曲的地方"。

　　现在，你把这两个字拼在一起，"峡湾"的意思就是：两山夹水的弯曲的地方。

　　现在，你明白"峡湾"的意思了吗？

　　我估计你还是不明白。因为两山夹水可以是长江三峡，但峡湾不是三峡。夹水的弯曲的地方，可以是漓江，但峡湾不是漓江。

　　峡湾究竟是什么东西呢？或者更准确地说，它不是一个什么东西，而

是一个什么地貌呢?

用一句通俗的话来讲,峡湾就是海水构成的山谷。

中国的地势是左高右低,按照上北下南左西右东的标识,中国的西部高东部低,靠近大海的地势,是平坦而中庸的。这样,我们中国人就以自己的亲身体验,认为海岸线是平原和大海的渐次衔接,是一个和平过渡的交班。但这有点一孔之见,在地球的其他地方,并不都是这样。

挪威的峡湾被幽深碧蓝的海水充溢着,但源头并不是海水,而是高山上的冰川。由于气候变换,冰川时代结束,大地回暖。昔日不可一世的冰川开始融化,向大海缓缓滑去,这个过程看似缓慢柔润,实则蕴含着强大而持久的力量,犹如锋刃的切割。冰川美人,手持潺潺而化的溪流,当作微型利剑,日复一日潜移默化地将高山雄健的肌体划得遍体鳞伤。终于,高山成壑,大地分裂。成功地复仇之后,冰川之水义无反顾地向大海奔去,山麓荷满支离破碎的皱纹,在那里仰天叹息。海水不失时机地乘虚而入,它其实是爱戴和敬仰高山的,用深邃的咸涩的泪水把峡谷填平。

这就是峡湾了。窃以为,峡湾不如叫作陆海壑,这样比较清晰一点。但是,会不会有人以为陆海壑是海中的陆地呢?那就又说不清了。还是叫

峡湾吧，去过的人多了，其义自明。

美国有本《国家地理》杂志，大名鼎鼎。中国人知道这本刊物，不少是来自《廊桥遗梦》故事里那位男主角罗伯特·金凯，这位漂泊四海、孤独、充满激情的摄影记者就常常在这本杂志上发表作品。该杂志独出心裁，组成了一个庞大的专家组，囊括了生态学、地理学、城市与地区发展、旅游介绍与摄影、文化自然遗产保护、考古学和可持续旅游领域的各界人士。

专家们根据六项标准加之亲自体验审查，对世界各地115个旅游目的地进行了评选。这六项评选标准是什么呢?

1.生态与环境质量。

2.社会与文化完整性。

3.历史建筑与文化古迹质量。

4.美学与吸引力质量。

5.旅游管理质量。

6.未来前景。

一番讨论之后，专家组列出了全世界50个世界最佳旅游目的地。在这张清单上，排第一位的就是挪威峡湾。

在中国乃至亚洲大陆并没有峡湾，除新西兰、智利等国偶有所见外，世界上80％的峡湾在欧洲，而欧洲的峡湾主要在北欧，北欧的峡湾则主要在挪威。峡湾的英文名是"Fiord"，有时特指的就是挪威的峡湾。

挪威南部的大西洋海岸线呈不寻常的曲折，多条宽阔的"海流"蜿蜒伸展到内陆达150公里以上。峡湾的水非常深，一般都在几百米，最深达到1200米!两岸的山峰动辄也是千米高，万丈绝壁紧紧钳住一泓蓝水，这水还会随着潮汐一呼一吸，是不是有一种诡异的壮观?

峡湾里瀑布之多到了令人眼花缭乱的程度，可以说千米之内必有瀑布，常常是一眼望去，三四道瀑布同时跌落九天，细者如银丝，粗者如白绫。从北部的瓦朗厄尔峡湾到南部的奥斯陆峡湾，车行之处，无数大小瀑

布如万马奔腾。一道接一道，呼啸着、喧哗着溅入峡湾，构成烟雨迷蒙、彩虹飞架的仙境。

旅途中，不由得想到，如果我是水，做哪里的一滴水呢？做藏北高原狮泉河的一滴水吗？那里太冷了。做大海中的一滴水吗？海啸壁起的时候，杀人夺命，罪孽深重。做黄河中的一滴水吗？虽然历史久远，然携带泥沙太过劳累，不得休息。做南极的一滴水吗？虽然洁净，但万古不化的寂寞也令人怅然。

思前想后，最后做了一个决定—— 生当做瀑布。瀑布的前身是小溪，无拘无束地跳跃和畅流。小溪们汇聚在一起，就长了能耐和勇气。人多力量大，水丰好办事，同心协力找到腾空而下的山岩，嘻嘻哈哈地纵身一跃，快乐地自高处跌下。水珠们拿着大顶叠着罗汉，倒栽葱地撞向深处，被风扯出透明的旗帜，在飞翔中快乐地撒欢。

瀑布没遮拦地降到了谷底，反倒安静了，变成了一汪小小的泉。如果有幸在挪威做了瀑布，通常不会旅行太远的行程，就被峡湾收编了去，成为海的一部分。

最好吃的巧克力

毕 淑 敏

13

我是一个很爱吃巧克力的人。在瑞士的时候，导游的一句话让我来了兴趣。导游说："世界上哪里的巧克力最好吃呢？是瑞士。为什么呢？因为巧克力主要是由可可脂和牛奶构成的。"

我觉得这几乎是一句废话，等于说你知道今天的天气为什么好吗？因为今天是星期三，明天是星期四，所以天气好。不解决任何问题，疑团继续存在。

瑞士是一个面积只有4.1万平方公里的小国，山高水险并且冬季严寒，全国并不生长一棵可可树。瑞士也从未有过殖民地，和可可生产地如非洲、南美洲等没有任何直接关联。就是说，瑞士生产巧克力，几乎就是先天不足。然而，为什么瑞士是世界上巧克力的第一生产大国，享誉全球？

巧克力的所有制造方法都是在瑞士发明的，瑞士人使巧克力的制造流

程和方法达到了几乎完美的地步。最可贵的是瑞士人并没有让巧克力长久
地保持高昂的身价，而是毫不犹豫地把它从奢侈品的皇冠上拉到了平民的
椅子上，成了大众化的消费品。1819年，500克巧克力的价钱高达6瑞士法
郎，这在当时相当于一个普通工人三天的工资。1826年，建立了一家巧克
力工厂，所有机器设备的动力都来自水力，大大提高了效率，每个工人每
天可生产25~30公斤巧克力，降低了成本。1830年，勒拉赫和自己的儿子
们在洛桑建立了一家工厂，并发明了欧洲榛果巧克力。一位屠户的儿子把
巧克力与牛奶混合在一起，从此结束了巧克力带有苦味的历史，让产品有
了一个质的飞跃。同时，他发现Henri Nestle（亨利·内斯特莱，雀巢公司
创建者）最新发明的炼乳方法很好，遂用来制造出了美味的牛奶巧克力。

1879年，鲁道夫·林特在伯尔尼大教堂下的阿尔河旁建立了自己的巧
克力工厂。他发明了一种被称作"Conchieren"的工艺，在较硬的巧克力泥
中加入可可脂，使瑞士巧克力有了今天高贵、精美的味道。

瑞士是世界上巧克力消费最高的国家，最高纪录为2001年人均消费巧
克力12.3公斤。以我当过医生的经验，真觉得这么多巧克力的摄入，怕容易
引起血糖、血脂的增高吧。

瑞士商店里的巧克力琳琅满目，品种有几百种之多，售价也很便宜，
一块简装的没有华丽外壳的100克的巧克力，只相当于人民币几元钱，吃到
嘴里，甜香软滑，非同一般。

说了这么半天，还是没有把瑞士巧克力天下第一的秘密揭露出来。其
实，谜底很简单。导游指着车窗外说，因为瑞士有最好的奶牛，最好的奶
牛挤出最好的牛奶，最好的牛奶就做出了最好吃的巧克力。

在阿尔卑斯山麓，有无边的草场和自由自在的奶牛。瑞士奶牛不是黑
白花的，通常是红白花或是黄白花的。它们体形硕大，乳房饱满，无忧无
虑地吃着草，好像生活在远古时代。导游说："你们注意到牧草了吗？"
我瞅了半天，说看不出有什么特别的，只是这里没有污染，好像格外嫩
绿。导游不满意，说："你没发现牧草的品种不一样吗？瑞士精心研究牧

草，培养优良品种，有时候要花费五六年的时间，才能选定某种优质牧草的种子，播撒在地上，才会长出富有营养的牧草。吃着这种牧草长大的奶牛，才有可能挤出芬芳浓郁的牛奶，然后，才能保持世界第一的口味独特的巧克力啊！"

原来，巧克力的生产线是从牧草开始的，多么长远的谋略啊！

山色越发深了。车停下来休息，在欧洲，司机的工作时间是固定的，每两个小时必须休息，不得违背。车上有类似飞机上的黑匣子装置，只要汽车一发动，它就开始记录，包括测算司机每天的驾驶时间和休息的频率，以防疲劳驾驶。

此处景色优美，奶牛们三五成群，在牧场上优哉游哉地闲逛着，看到游客们，也不躲避，睁着好奇的大眼睛，好像在猜测这些人的来历。

有人充满善意地走过去，企图近距离地接触奶牛，和奶牛合影，抽冷子可能也想抚摸一把牛背什么的。导游赶紧招呼大家，说这万万使不得。

导游说："近几年来，在瑞士牛和人之间发生事故的比例，比过去多了许多。究其原因，可能是由于新的养殖方式造成的。"

过去奶牛受到人的照料比较多，现在，它们更多的时间是在牧场上散养，跟牧民接触的时间很少，已经不习惯跟人靠得很近。也就是说，在某种情况下，这些奶牛部分地恢复了野牛的天性，桀骜不驯。你别看它们好像长得很温驯，其实发起脾气来也是很剽悍的。即便是一头样子乖巧的小牛，也不可以随便触摸，否则，你就有可能被它追得到处乱跑，或者全身负伤。

再者，旅行者来自四面八方，没有和奶牛打交道的经验。看到奶牛生气了，他们也跟着惊慌失措，不知道如何是好。有些人本能地立即转过身撒丫子就逃，但这其实是最危险的举动，会刺激奶牛进一步发作。正确的做法是保持安静，慢慢地蹑手蹑脚地远离奶牛。

多起悲剧之后，瑞士徒步旅行协会发出郑重建议：别去打搅奶牛，更不要想着去触摸它们，可爱的小牛也很危险。不要试着去吓唬它们，不

要死死地盯着它们看，也不要当着它们的面舞动棍子。万一发生极端的情况，你就瞄准它们的屁股来一下。

听导游这么一说，我们个个视牛如虎，再也不敢靠近。导游稍稍缓和了口气说，如果你实在太喜欢奶牛了，在离它们20米的地方看看还是可以的。

就这样，我虽然非常喜欢奶牛，但是没有留下一张和奶牛合影的照片，因为我在距它们25米之外。

山路越来越险，真不知道深山里的牛奶如何新鲜地卖出去。看来我的担心不是多余的，这个问题也逼着牧人们开动脑筋。一个名叫保罗·韦勒的牧人，每年都为他的奶酪销售犯愁。他的牧场使用太阳能，木材是用直升机空运来的，设备一流。奶酪则是牧场主按照传统方法制作的，质量绝对优等。可是因为交通不便利，他的产品就是销不出去。

头脑灵活的牧人想到了出租奶牛。他在网上刊登了奶牛的照片，一头奶牛整个夏天租赁费用为380瑞士法郎，估计可产70～120公斤奶酪，租赁人在9月就可以来牧场收取奶酪——可以将其带走出售，也可以馈赠亲友。

多么聪明的牧人！保罗的计划大获成功，15头奶牛在网上被租赁一空。保罗还计划扩大服务范围，将周围几个牧场的奶牛通通在网上租赁出去。

真佩服保罗的好脑子，当然也佩服保罗的照相技术。想来他毕竟是主人，聪明的奶牛认得他，乖乖地让他照相，并且把自己的照片贴到互联网上，供人们评头论足。

离开瑞士的时候，有的人买了表，瑞士的手表当然是天下第一。我也买了瑞士天下第一的东西，这就是瑞士的巧克力。特别挑选了"三角"牌巧克力，因为喜欢包装上的图案——高耸的阿尔卑斯山。据说这个牌子的巧克力特意制成三角形状，就是为了纪念欧洲最高峰的身姿。也是为了立此存照，想到那些幸福的、自由自在的、偶尔发发小脾气的奶牛，它们分泌的精华就存贮在这块巧克力中。

后来，我又到过一个欠发达的国家，看到田里的耕牛目光惨淡、骨瘦如柴。它们的脊梁如悬崖般锐利，如果有什么人胆敢骑到它背上的话，牛肯定会在第一时间被压垮倒地，那个人的尾骨也会被牛背切出伤口。从此我对"骨瘦如柴"这个词，有了形象化的记忆。那不仅仅是菲薄的瘦，更是生命的干涸和死亡的引燃。

如果我下辈子变成一头牛，就到人迹罕至的山里去，吃的是优质的草，挤出优质的奶。不要被人打扰，不要留下影子，百无遮拦、自由自在地在山坡上踱来踱去，为人间的香甜贡献一点力量。

轰先生的
苹果树

毕 淑 敏

14

　　第一次听说此次日本之行，要在长野县大豆岛的农民轰太市先生家住一天时，半是欣喜，半是忐忑。高兴的是可以由此深入普通的日本人民中，体验一下他们的生活，真是难得的好机会。不安的是，想象中的轰先生是一个很严厉的人，因为"轰"这个姓总使我联想起夏天的暴雨和闪电雷鸣。

　　一见到轰先生，我就乐了。他是一个非常和善的老人，矮而健壮的身材，好像北方的橡树。他的大脑门亮晶晶的，在明媚的秋阳下，闪着汗珠。他不像常见的日本人，嘴角总是抿得很紧，仿佛时刻都在思索，而是经常忘情地哈哈大笑，好像一个快活的大孩子。

　　轰先生的家是一所古老美丽幽静的和式住宅，斗拱飞檐，显出一种历史的沧桑感。院落里林木苍苍，各色常绿植物修剪得异常精致，仿佛放大

了的盆景，表明了主人不同凡俗的雅趣。

　　轰先生一家为我们的到来，真是忙坏了。你想啊，一下子来了五个外国人，吃喝坐卧，不是一个小工程。轰先生、妻子绿女士和他的妹妹、儿媳扎着浆洗一新的围裙，为了我们不停地忙碌着。我们品尝着精美的日式菜肴，吃得非常开心。吃完饭，轰先生招呼我们沐浴。

　　我心中有些嘀咕：天这么凉，要是冻出感冒，再转成气管炎，异国他乡的，岂不麻烦?

　　没想到，轰先生一家为我们想得周到极了，先是大小浴巾，再是和式睡衣，最后干脆抱来了两大摞长短袖的棉睡袍，堆在地上，好像两座小山。我们全副武装穿在身上，面面相觑，不由得开怀大笑。打趣说，男的都像鸠山、女的都像阿信了。

　　我们在轰先生家度过了非常愉快的一天。老人家自己种稻田。他招待我们吃的米饭，就是亲手种出来的。我敢肯定地说，这是我平生吃过的最香的米饭了。

　　我们都夸老人家的米好。他笑眯眯地说，我种的柿子那才叫好呢，全日本第一。我们听了频频点头，心想这样善良勤劳的老人种出的柿子一定出类拔萃。

　　轰先生接着骄傲地宣布，他种的富士苹果是全日本第二。他说得是那样肯定，我不由得问：是不是进行过正规的全国评比，您的苹果得了银牌？

　　老人眨着眼睛笑起来说，全日本第一的苹果还没有长出来呢，因为没有第一，所以，我的苹果树就是日本第二了。

我们愣了一下，明白了老人家的诙谐与幽默，也会心地笑起来。不管怎么说，看轰先生的自豪样儿，他的苹果树百里挑一那是没的说了。

吃了午饭，我们和轰先生的文友欢聚座谈。轰先生是作短歌的高手，又是短歌同人刊物《原型》的主编，亦农亦文，深受大家爱戴。

座谈会开得非常成功，但我心里一直惦记着轰先生的苹果树。说起来惭愧，从小到大，我吃过无数的苹果，但还从没有自己亲手从树上摘过苹果。没想到东渡扶桑，到日本的果园来摘苹果，这苹果又是全日本第一，真是一件有趣而又有意义的事情。

我们沿着乡间的小路，缓缓地向轰先生的果园走去。10月的日本晴空万里，干燥凉爽的秋风，带着苹果的甜香扑打着我们的衣襟。远处山峦上最初染红的枫叶，像拍红的手掌，在招呼着我们。

这一带是苹果产地，果然名不虚传。一株株精心培育的苹果树，迎风而立，硕果累累。小路四周的地面，银光闪闪。果树下的土地上都铺着雪亮的金属箔，好像无数面巨大的镜子，用以反射阳光，普照苹果的各个部位。这样结出的苹果不但颜色像玫瑰一般艳丽，而且含糖量高。果园的上空还罩着结实的尼龙网，刚开始我们还以为是防盗，后来一问，才晓得是为了防鸟啄食苹果，这样才能保证每一个苹果都无褶无疤，玉润珠圆。

我一边走一边想，轰先生的苹果树既然是全日本第一，那他树下的银箔一定最亮，他树上的尼龙网一定最大，他的苹果一定像红宝石一般美丽。

正想着，轰先生停下脚步说，喏，到了，你们可以尽情地摘苹果了。

我定睛一看，吓了一跳。这实在是一片太平凡的苹果园。咳！甚至连平凡也算不上的。苹果树上没有遮天蔽日的尼龙网，苹果树下没有银光闪闪的金属箔，树不高大，果不繁密，在周围一大片人工精心雕琢的果园中，显得简朴而随意。树上的苹果因为没有接受到阳光各方面的照射，半边青半边红，远没有想象中那般夺目。

轰先生，这是您的苹果树吗？我半信半疑地问。

噢，我也不知道这是谁的苹果树。不过，你们摘就是了，保证没有人来管你们。别看这树上的苹果不大好看，可它的味道可好了。它里面有蜜！轰先生摇着他聪明的大脑袋，眨着眼睛说。

我们走进果园，七手八脚地开始摘苹果，站在苹果树下大吃起来。平心而论，轰先生的苹果还是相当优良的，甜脆爽口。但因为没有尼龙网和金属箔的养护，果皮上有小鸟啄过的黑斑点，味道也略略有点酸。

人真是不知足的动物。我一边大嚼着轰先生的苹果，一边紧盯着邻居家的果园，心想别人那边像红灯笼一样鲜艳的红苹果，该是更好吃吧。

我们吃饱了苹果，又摘了一兜，才迎着暮色回到轰先生的家。真应了那句中国老话：吃不了，兜着走。

丰盛的晚饭后，轰先生拿出纸笔，文人们开始舞文弄墨了。

我写诗是外行，站在一旁伸着脖子屏息欣赏。

轰先生写下他的一首短歌：

　　我闭着眼睛，四周一片寂静，
　　沿着阶梯，走向湖泊的深处，
　　那里，
　　有什么呢？

那一刻，四周真的变得十分寂静。听了轰先生的诗句，我的心灵深处有一根琴弦被触动，有一种温暖的感动堵塞喉头。

大家笑着追问老人，在湖底到底会有什么呢？

恰在这时，轰先生的妻子绿女士来为我们送茶，轰先生遂一本正经地回答，那里有美人啊！说着，亲热地拍了绿女士一下。

我们大笑，为了轰先生的风趣和他美满幸福的一家。

在轰先生家的榻榻米上安睡一夜。清晨，要告别了，大家恋恋不舍地分手。我为轰先生写下了这样一句话："您使我想起了中国神话中的山野仙翁。"

到了东京，在车水马龙的城市人流里，在扑朔迷离的霓虹灯下，我又拿出轰先生的苹果端详。它朴素天然，携一种大自然的清新气息。其中又注入了轰先生对中国人民的深情厚谊，越发显得沉甸甸了。

我坚信，它是日本第一的苹果。

丹麦的
独腿锡兵

毕淑敏

15

安徒生童话里,我喜欢《卖火柴的小女孩》,喜欢《海的女儿》,最喜欢的是《坚定的锡兵》。有的人把这篇童话的名字翻译成《坚强的锡兵》。相较之下,我还是更偏向"坚定"二字,那种对爱情奋不顾身的投入,还有死心塌地的一厢情愿,让人唏嘘。

童话里的锡兵只有一条腿,真不知道他是如何通过当兵的体检,成了一名肩扛毛瑟枪的勇士。书里给了我们一个解释,说这个锡兵是最后一个被生产出来的,原材料不够用了,所以只有一条腿。按照这个解释,锡兵就是先天性残疾。锡兵历经种种磨难,从未改变对一位纸做的"小舞蹈家"的爱情,直到最后在火中凝结为一颗锡做的心。

当年读这篇童话的时候,就萌生了一个小小的愿望—— 得到一个小小的锡兵。那时候想得简单,以为既然是个著名的童话人物,就该到处有得

卖，就像如今的唐老鸭、米老鼠。屡屡搜索未果，才明白这锡兵是个小人物，并不芳草天涯。看来，要找锡兵，只有到他的老家丹麦了。

到了丹麦，先去看的是海的女儿铜像。铜像矗立在哥本哈根海滨公园的浅海处，身高1.25米。注意啊，不是说美丽的美人鱼身高只有这么矮小，而是因为她取了一个屈腿侧身的坐姿。如果站起身来，就是个高大的美女。再提供一个数字：据说铜像的体重是175公斤，今年（本文写于2006年）已经有93岁了。

93岁的小美人鱼，丝毫不改婀娜多姿的体态，青铜色的"她"坐在一块礁石上，容颜清丽，美丽的发辫垂在腰间，在身后紧贴礁石处，有一条仿佛还在滴着水珠的鱼尾。美人鱼周围能容人站立的地方很狭窄，礁石上又覆满了青苔，又湿又滑，稍不小心就会跌入海里，让你来个不情愿的海水浴。我们很规矩地排着队，依次跳上岩石，迎着光照相。咔嚓咔嚓乱响了一阵之后，突然有人说，这样照法，美人鱼最重要的部分就丢了。

照过的人吓了一跳，马上反驳说："你看，海水啊，蓝天啊，美人鱼

远行，与充满未知的
人生温暖相遇

啊，还有我啊，都照上了，什么都不缺的，肯定没丢掉任何东西。"没照
过的人就停下了踏上苔藓的脚步，眼巴巴地等候着下文，以防自己辛辛苦
苦地蹦跳过去，反倒做了无用功。

发难的那位说："美人鱼啊美人鱼，你们只照了美人，没有照上鱼。
正面取景，好看是没的说，可惜没有尾巴。没有尾巴的美人鱼，人家还以
为是一尊普通的欧洲少女像呢！"

呵呵，尾巴！是的，美人鱼最重要的身份证就是她的尾巴。尾巴里藏
着她全部的秘密和痛苦，当然，也有奉献和快乐。

于是大家重新来过。

听说这座美人鱼雕像早已不是丹麦雕塑家爱德华的原作。美人鱼曾多
次遭到破坏，身首异处。政府为防悲剧重演，现在用的是仿制品，原作早
被国家博物馆收藏。

听说每年有超过一百万的游客和美人鱼合影，有的游客还爬到美人

鱼的身上，做出不雅的动作。政府准备把美人鱼的铜像搬到深海去，这样游客们就只能远远地眺望美人鱼的身姿，呆呆地面朝大海，从海风的呼啸中，去想象美人鱼所经受过的刺骨寒冷、椎心痛苦和致命浪漫。

记得小时候给孩子讲《海的女儿》，孩子对坚贞的爱情似乎不大能体察，只是为美人鱼不能说话而万分苦恼。孩子问："美人鱼没上过学吗？"

我说："这和上学有什么关系呢？"

孩子说："就算美人鱼嗓子哑了说不出话来，可以写一张字条给王子啊，王子一看不是全都明白了？"

我张口结舌，只好说："海底是没有学校的。"

孩子穷追不舍，说："那她爸爸可以教她啊，她爸爸不是国王吗？国王肯定会写字的，要不怎么能当国王？"

我急中生智，总算想到了一个解释，我说："海底王国和人间使用的不是同一种文字，是外语。就算是美人鱼给王子写了字条，王子也不认识……"

惊出了一身汗，才把这段公案应付过去。想想看，如果至善至美的小美人鱼都可以是文盲，早就厌学的孩子们，理由和狡辩一定更多了。

看完了海的女儿，就该去看她爸爸的雕像了。美人鱼的爸爸不是海底的国王，而是丹麦伟大的文学家安徒生。

丹麦到处都有安徒生的雕像，我最喜欢的是哥本哈根市政厅南侧那尊青铜像。早知道安徒生相貌不佳，便做好了看到一张难看的脸的准备，但这座塑像一点都不丑。晚年的安徒生表情安详，头戴一顶18世纪流行的绅士高筒礼帽，挂着一根手杖，有一种若隐若现的沉思和羞怯，据说这是按照1875年安徒生70岁时的样子设计的。游客们纷纷爬上台阶，和铜制的安徒生合影。因为雕像高大，一般的人站在那里，只能到达安徒生的腰际。据说摸到"安徒生"的手、膝盖或是裤脚和鞋子，都可以沾到大师的灵气。这些常常被游客汗手所摩挲的地方，油亮而紫红，好像镶上了红色的

补丁。

这位把童话作为献给全世界儿童最好礼物的大师，自己始终不曾有过孩子，几度情场失意。15岁那年他来到哥本哈根，一生中的大部分时光都是在哥本哈根度过的。

看完了雕像之后，就是寻找安徒生的故居。据说安徒生在哥本哈根住过不止20个地方，现在只把一部分开辟出来供游人参观，最具盛名的是在新港。

新港其实并不新了，早在1673年，当时的丹麦国王哈丁古斯二世为了实现"要让哥本哈根成为跟世界做贸易的城市"的诺言，下令开凿运河将朗厄里尼海的水引进哥本哈根。而在丹麦语中，哥本哈根就是"商人的港口"或者"贸易港"的意思。只是哈丁古斯二世国王并没能想到他的这一纯粹为了发展经济而进行的开凿，最终成就了哥本哈根这座城市的诗情，以及安徒生那些充满了幽默和幻想的童话。

新港狭长的港湾里停满了五颜六色的游艇和帆船，樯桅林立，帆影摇曳。运河两岸仁立着当年码头工人以及琥珀商人和海员们居住的房子，每栋房屋的颜色都不相同，亮蓝、粉红、金黄、春草绿……在夕阳的余晖里，这些五颜六色已有几百年历史的老房子不可思议地年轻。街边是一排排支着太阳伞、座无虚席的露天酒吧，游人鼎沸。

坐在运河边长长的木头上，听着优雅的爵士乐，看穿梭在运河上的游船，一下子分不清到底是在21世纪还是在19世纪。据说因为施行严格的保护措施，这里的建筑和两百年前没有丝毫区别。

这条街是安徒生的心灵栖息地。在街的路口有一座安徒生雕像，雕像的铭牌上记载着安徒生曾分别于1834—1838年、1848年和1875年相继在这条街的20号、67号和18号居住并写作。在这里，他得到过戏剧家、诗人、贵族乃至国王的帮助和垂青，渐渐声名鹊起。只是不巧，20号故居正在修整，我们无法入内参观。在门口和林立的脚手架合影之后，我不停地向对岸眺望。我在寻找房屋与房屋连接的拐角处，我记得在《卖火柴的小女孩》中，那个可怜的小女孩冻饿交加，就是在一处墙角划完了她所有的火柴。我想安徒生写作这篇童话的时候，一定想起了窗外的这些楼房。他坐在窗前，倾听着运河上木船的摇橹声，看着河边酒吧里扯着嗓子不停地举着酒瓶子正在寻欢作乐的海员，想象着一把火柴像火炬一样燃烧……

在丹麦的街头徜徉，我还是念念不忘那个独腿锡兵。

我向导游述说心愿，问在哪里可以买到一个锡兵。导游说："克伦古堡。"从此心中一直默念"克伦古堡、克伦古堡"，好像小孩子买酱油醋，在走向商店的路上不停地嘟嘟囔囔，生怕忘却。

克伦古堡，位于哥本哈根北面海滨，建筑在岩石上，半截身子探进海中。几百年来，它一直是守卫哥本哈根的要塞，至今还保留着当时的炮台和兵器。

克伦古堡位于丹麦与瑞典之间最狭窄的海域，扼住了波罗的海的入口处，名字的意思是——皇冠之堡。这个古堡不仅因为战略地位重要而闻名，更因为它是莎士比亚名剧《王子复仇记》（又名《哈姆雷特》）的发生地。历史上真实的"王子复仇记"是丹麦内陆的故事，莎翁玩了个"乾坤大挪移"，将它搬到了这里。

为什么要移花接木？因为当年的克伦古堡之豪华雄冠北欧。早在15世纪，当时统治全北欧（包括丹麦、瑞典、挪威、芬兰和冰岛的"斯堪的纳维亚联合王国"）的丹麦国王埃里克便看中了赫尔辛格这个极具战略性的瓶颈地带，在此筑堡，向来往北海和波罗的海的商船征税，收取买路钱，约略等同于现今的高速公路收费站。北欧的海上贸易非常活跃，埃里克和他的继承人财源滚滚。赫尔辛格遂从一个渔村一跃成为名震欧洲的海港重镇。后来，丹麦国王弗雷德里克二世娶了年仅15岁的表妹苏菲。为了给新王后提供一个舒适的居住环境，国王斥资把阴森湿冷的中世纪式样的克伦古堡改建成文艺复兴式的豪华行宫。2000年，克伦古堡被联合国教科文组织列入世界古迹名单中。

然而，走进城堡，感受到的主体风格依然是阴暗和压抑的，虽然屋外

阳光灿烂。跟着导游，可在古堡的四翼参观丹麦王族当年的会客厅、起居室、寝室等，看到皇室名贵的家具、摆设、日用品和餐具。古堡的庭院里还有一座精致的小教堂，以供王室成员之用。

比较振奋而有生气的是武士大厅，据说当年是弗雷德里克国王为了讨好酷爱跳交际舞的苏菲而建造的舞厅，全长63米，为当时全欧洲最长的大厅，金碧辉煌，极负盛名。就是今天看起来，也还有不可一世的奢华之气。

堡内除了大厅宽阔之外，到处都很幽暗，的确是发生幽怨故事和血腥政变的好地方。

导游特别提示要留意墙上的七张挂毯。初看起来，这些挂毯除了规模较大之外，并没有非常特别的地方。可是中国人对"大"是有很强的免疫力的，单凭体积来讲，还不足以让我们惊奇。挂毯的主色调是咖啡色，不知是因为年代久远褪了色，还是皇室就喜欢如此暗淡的风格。在一派昏暗之中，在任何角度都可以看到丝毯中的某些部分在闪闪发光。据说这是金线的光芒，它们是用真正的纯金丝编织而成的。

丝毯的主题基本上是人物，为丹麦历代国王和王室成员。当年无数工人不停劳作了整整4年，一共编织出了43张丝毯，每张的面积都是12平方米（3米×4米）。这些价值连城的挂毯，只有14张保存至今——哥本哈根的国立博物馆和克伦古堡各藏一半。

在《王子复仇记》里，有一段弄臣波洛涅斯躲在"帘子"后，结果被哈姆雷特误杀的情节。有学者猜测，莎翁所说的"帘子"，其实指的就是这种挂毯。听到了这个说法，再看那些暗淡的挂毯，就有些悚然。

克伦古堡因莎士比亚而得大名，但只在城堡的外围有一尊小小的莎士比亚像，令人有些费解。如果没有莎士比亚，没有《王子复仇记》，克伦古堡能有今天这样显赫的声名吗？查了一下资料，在世界十大著名古堡中，克伦古堡并未列在其中。如今在人们的心里，它毫不逊色地跻身世界上最著名的城堡之列，恐怕不是因为并不算很大的"武士大厅"，也不是因为那些容颜沧桑的挂毯，而是因为一位作家的一支笔。

好在每年8月间，克伦古堡都会举行与莎士比亚相关的一系列活动。听说从20世纪初起便几乎年年举行《王子复仇记》的公演，许多著名的演员如罗伦斯·奥利华、费雯丽和肯尼斯·布莱纳夫等，都曾在这里演出过。克伦古堡里有他们演出的巨幅剧照，很多游人在此合影。

在克伦古堡，可以远眺四公里外的瑞典小镇海辛堡（也译作赫尔辛堡）。有段城墙很像哈姆雷特徘徊叩问的场景，不知他是不是在这里看到了鬼魂。这样一想，纵然是在烈日下，也生出阵阵寒意。今天丹麦和瑞典很友好，渡轮码头都不设海关，人们可自由来往。但在15—17世纪，两国为了争夺波罗的海巨额利益的霸权，锲而不舍地打了两百年的仗。最残酷的海上战场，就在这里。

听导游说，莎士比亚自己也演过《王子复仇记》。我们忙问他莎翁扮演的是谁。导游说："猜猜看。"有人猜是哈姆雷特，有人说莎翁没有那样高大英俊，可能演的是弑兄霸嫂的叔叔，还有人说他不会女扮男装演了美女或是皇后吧？看大家猜得辛苦，导游索性揭开谜底："莎翁在戏中演的是鬼魂。"

大家就笑起来，城墙就不恐怖了。

到现在为止，我还没有买到锡兵，甚至连一个锡兵的影子也没见到，不由得暗暗焦急。导游让大家自由活动，对我说："你跟我走吧。"

下窄窄的楼梯，台阶之险峻，估计在数百年的历史里，一定让若干宫女摔得鼻青脸肿。好不容易走到一处旅游商品销售点，推开门一看，我不由得欢呼起来。

无数的锡兵列队站在玻璃橱窗中，个个雄赳赳气昂昂，好像在接受检阅。导游说："你挑吧！"然后放下我，回去照顾大家。

这些锡兵都是朴实无华的金属色，仿佛暴雨前厚重的阴云。大的有一拳高，小的只有一厘米，戴着头盔，长满络腮胡子，目光炯炯。虽然形态不一，但每一个都精神饱满，荷枪实弹，随时准备上战场的架势。

我说："我要一个锡兵。"

售货大妈（真的不能称之为小姐，足有50岁了）拿出一个手持盾牌的锡兵，那张盾牌上刻着海扇贝的族徽图案，很是骁勇。

我摇头说："NO。"

她又拿出了一个锡兵，这个锡兵没有拿盾牌，改成拿一柄长剑，寒光凛凛。

导游已经走了，语言不通，我用手势比画着告知她，也不是这个。

大妈脾气不错，思忖起来。我指指锡兵的武器，然后做了一个射击的动作。她看懂了，拿出了第三个锡兵。

这次对了。这个锡兵不是拿着盾牌，也不是舞着长剑，而是提了一支枪。

可惜的是，这不是毛瑟枪，而是一支花里胡哨的短枪。

毛瑟枪是德国人毛瑟发明的一种长枪，在安徒生那个时代，是一种新鲜兵器，类乎今天的手提式导弹吧。安徒生发给锡兵一支毛瑟枪，除了他紧跟世界潮流之外，也说明安徒生实在是很喜爱锡兵，给他装备了最先进的杀伤性武器。

大妈再次思忖，我拼命比画，夸张地表现着枪支的长度，简直快把毛瑟枪形容成大炮了。大妈心领神会，终于从锡兵阵营中拎出了一个肩扛长枪的锡兵。

哈哈，终于大功告成了。这就是那个坚定的锡兵，扛着毛瑟枪，等待着他如火如荼的爱情。

大妈也很高兴，拿出一个精致的小盒子，要把锡兵打包。这时，我突然发现了致命的错误—— 这个锡兵是健全的！也就是说，他的两条腿都完好无缺！这个锡兵——不是那个锡兵！

我急忙阻止了大妈的进一步包装，急赤白脸地说："我要一条腿的锡兵！"

看着她茫然的神情，我知道她完全猜不透我的意思。急中生智，我来了个金鸡独立：把自己的一条腿尽量藏起来，晃晃悠悠地站在那里。以我的老胳膊老腿，完成这个动作并不轻松，踉踉跄跄几乎跌倒。

大妈终于恍然大悟，口中发出"呜呜"的声音，表示她完全明白了我的要求。我以为这一次大功告成了，但老人家拿出来的还是零件周全的锡兵，嘴里还不停地说着什么，脚下还摆动着。

可惜我听不懂，也不知道再如何表演才能得到独腿锡兵。正在百般为难之际，导游来找我，这才听懂了大妈的告白。原来游人们都喜欢买一条腿的锡兵，店里刚好断货了，最快也要几天后才能供货。目前，只能向我提供两条腿的锡兵。

怎么办呢？好失望啊。要么，就永远留下这个遗憾，让那个一条腿的锡兵活在记忆中；要么，就买下肢体健全的锡兵。

大妈冲着导游说着什么，导游却不忙着翻译给我，频频点头。我问导游："她在说什么？"

导游说："她还在推销两条腿的锡兵。"

我问："她具体说了些什么呢？"

导游说："她说，真正的一条腿的锡兵其实并没有完成他的爱情理想，还在进行中。完成了爱情理想的锡兵，已经不存在了，和他心爱的人一道化成了一颗锡心。在人们心里，他就是个健全的锡兵。"

我不知道这是不是一篇非常成功的推销词，总而言之，我被它打动了。是的，一条腿的锡兵，只是他刚刚被制造出来时的模样，之后他就面目全非了。锡兵最完美的时刻在他熔化的瞬间。

我最后买下了一个手脚健全的锡兵，肩扛着毛瑟枪。他是用那把锡汤匙做成的24个完整的锡兵中的一员，我猜想，在他的心中一定怀念着那个同根生的兄弟，虽然他已经变成了一颗小小的锡心。

珊妮兵团

毕淑敏

16

芝加哥一处僻静的街道，除了凛冽寒风的脚步，看不到一个人。找到1504号门牌的时候，一股烈风吹过，呛得我差点摔个跟头。今天要拜访的是"珊妮兵团"。

单从字面上，完全想象不出这是一个怎样的机构。加上它的大名——芝加哥宠物治疗中心，残缺的想象力才有了一点方向。然而，显然是更困难了。注意啊！不是治疗宠物，而是宠物治疗。我穿过20年医生的白大衣，实在难以想象在医生束手无策的地方，那些被人类豢养的动物能有什么高招儿。

说实话，我不是一个很喜欢动物的人。不是因为我吝啬自己的感情，正相反，因为害怕感情的流离失所。想想看吧，大概除了乌龟，所有我们日常亲近的动物，比如鸡鸭鹅兔、猫狗驴马……寿数都比人类要短。如果与之建立起了深厚的感情，那它骤然离去的时刻，会遗下怎样的凄楚！罢，罢！索性将情感的半径缩如毛衣针般短小，相对应的痛苦也会有限。

1504号的楼梯窄得如同天梯，侧着身子上到顶层，是一扇普通民居的门。我们敲门，然后等待。几乎怀疑自己走错了地方的那是一刹那，门开了。在我没看到任何一个人的时候，四股旋风，分别为棕色、灰色、白色、黑色，无声地扑到我身上……吓得我脖颈往后一仰，险些晕了过去。

那是四只狗。被四只大小不同的狗活蹦乱跳地围着身体的感觉，极为奇特。它们闭着嘴，用鼻孔热情地喷着气体，眼神温驯而友好。皮毛摩擦着你的肌肤，好像若干件羽绒背心被挑开了尼龙面子，绒毛满天飞舞，轻暖而撩人。不，不仅仅是暖和轻，更重要的是这些绒毛充满了生命力，不停地变换着方向簌簌流动着，拂过你的全身，仿佛一把奇妙的丝绒刷子，从你的发梢抹到脚踝，直至把你包裹成一根巨大的羽毛……

这是惊恐之中的享受，令人在汗毛竖起的同时想入非非。

我惊魂稍定，才在众多的狗脸之后看到了一张和善的人脸——艾米女士，这家中心的负责人。

艾米把四只狗呼唤到一旁，然后对我说，我们特别设计了这样的欢迎仪式，希望没有吓着你。因为只有它们才是我们这里的主角，它们是只吃饼干不拿薪水的治疗师。

我抚着胸脯说，吓倒是没吓着，只是，它们从不咬人吗？真正的医生都有出意外的时候，这些狗，会不会哪天脾气不好，伤害了病人？谁都有万一，对不对？

艾米女士叹了一口气说，你说得对。在我们人类的社会里，的确是这样的，会有万一。但据我所知，在狗的世界里，发生这种机会的概率要远远小于人类，我不敢说绝无仅有，但我从来没有见过。狗永远是积极的。你见到人类背叛狗，在某些人那里，还吃狗肉。但是，你见过一条主人的爱犬背叛过主人吗？你见过在没有食物的时候，狗把主人吃了吗？没有，从来没有过啊。我们这些治疗犬里，从来就没有出现过对病人的伤害。有

的，只是人对它们的伤害。

　　我心中尖锐地疼了一下，我相信艾米女士说的一定是真的。我还需要了解得更详尽一点。

　　艾米女士说，我们这个中心，成立了11年。我们现在有200多条治疗犬，也就是说，有200多位犬医生。我们的治疗犬到监狱里面为犯人治病，结果那些罪犯用烟头烫伤了治疗犬。即使在这种情况下，治疗犬也没有给那些人以任何回击，它们只是伤心地离开了……

　　我愤愤不平地说，为什么要让治疗犬到监狱里去?

　　艾米女士说，伤害治疗犬的犯人只是极个别的现象，绝大多数犯人对治疗犬都很友善，效果很好。甚至可以说，在某种程度上，治疗犬起的作用比医生还大。

　　这我就有些不以为然了。看得出，艾米非常热爱动物，但是也不能把动物夸大到比人更加能干的地步啊!

　　可能是我的表情出卖了我内心的某些活动，也许是艾米常年同犬打交道，神经和感知异常灵敏，总之，她以下的话似乎是针对我的念头而来。

犯人犯罪的原因有很多很多，但其中最根本的原因是丧失了对人的信任。教育他们今后不犯罪的办法也有很多，但最根本的是要他们恢复对人的信任，让他们内心深处的良知苏醒过来。也许人的语言难以抵达的地方，治疗犬可以达到。是的，它们不会说话，可是它们有对人一往情深的信任，它们单纯而友善，执着而可爱。在监狱里的那些人，几乎已经忘记了被另一个个体信任的感觉，但是，在治疗犬这里，他们突然得到了。信任给予人的动力是巨大的。治疗犬让一些作恶多端的人流泪，让他们重新思索自己的人生。

我听得感动，说，训练这样打不还手骂不还口的治疗犬，是不是非常困难？

艾米说，是很困难。只有很少的一些犬具备优良的治疗犬的素质，选择这样的犬，再进行严格的训练，最后参加特别的考试，然后才有进行治疗的资格。

我说，这么难啊？

艾米说，是啊。

我说，都有什么试题啊？您不要怀疑我知道了会透题，我在万里之外，一定会保密的。

艾米说，比如说，在考试中，有一个题目，要求治疗犬连续地舔人的手掌达若干时间，很多犬就难以通过。有一些犬是可以训练出来的，有一些犬是无法训练出来的。只有那些最友善、最耐心并且喜欢交往的犬，才能过关。

我心里替那些犬大抱屈。当然了，犬是经常舔主人的手掌，但那是它在表达自己的情感。若是要求它对一个不认识的人反复做这样的动作，就像要求一个小伙子对一个陌生的老大娘不停地说：我爱你爱你爱你……真够受罪的。

艾米说，你一定想问，为什么要这样呢？

我连连点头。

艾米说，治疗犬对偏瘫后遗症和老年性痴呆的治疗效果很好。其中很重要的一个治疗方案就是治疗犬用舌头抚摸老年人的手指。人的手指上有很多神经末梢，这种抚摸对人的神经的恢复非常有帮助。若是一只耐性不良的治疗犬，干着干着就烦了，摇摇尾巴自己跑了，那怎么行？治疗常常是很枯燥的，一只好的治疗犬深深地懂得这一点。它们执行治疗任务的时候，非常敬业，极为投入。治疗完成了，犬也累坏了。有时，两个小时的治疗之后，治疗犬要深睡一天。

我说，艾米女士，您本人一定是训练治疗犬的行家了。

艾米女士说，惭愧得很，我训练的一只治疗犬，刚刚在考试中被刷下来了。

我说，为什么呀？

艾米女士说，它的注意力不够集中。有一条是考验治疗犬的耐心，要它们端坐若干时间。当还有一分钟就要结束考验的时候，考官突然放出一只猫，让它从犬的面前飞跑而过。我的那只考试犬没能经受住考验，它看了猫一眼，浑身就不自在起来，坚持了若干秒，最后还是一跃而起，追那只猫去了，结果前功尽弃。

艾米女士说得很伤心，那情形像极了孩子勤奋苦读之后却未能金榜题名的失意母亲。

艾米女士说，芝加哥的很多家医院都同她联系，请治疗犬到病房里施治，治疗犬供不应求，计划已经安排到了两个月之后。前些日子，韩国的一家医院也请艾米女士带着治疗犬到他们那里现场操作。美国联合航空公司特地批准了这些治疗犬免费飞越重洋。只有最优秀的犬，才能得到这份殊荣。任务特殊，也有些艰巨。比如有一个科目，是让病人训练犬学会打篮球。治疗犬就要乖乖地跟随着病人的脚步，做这个训练。开始的时候，它们一窍不通，然后在病人的训练中逐渐进步，最后成功地掌握这个动作。这个训练，会让病人感受到成功，并且不厌其烦，学会交流和合作。

我说，这很有趣啊。

艾米女士说，若是我告诉你，我们的治疗犬早就掌握了打篮球的动作。但是它们要做出一无所知的样子，然后慢慢地进步，你觉得怎样？

我说，这是人都难以完成的作业。

艾米说，优秀的治疗犬能够成功地做到这一点。它们懂得循序渐进，懂得让训练者有成就感。狗非常忠诚，它是把人当成它的头狗来效忠的。

告别的时候，艾米女士和治疗犬一道欢送我。我一一抱起治疗犬，表达一名人医生对四位犬医生的敬意和谢意。我问艾米女士，哪一位是珊妮？

我想，那只威武高大的母犬应该是珊妮了，好像含威不露的资深女医生。

没想到，艾米说它的名字叫采茜。至于珊妮，是这里最好的治疗犬，所以整个队伍以它的名字命名，叫作珊妮兵团。不巧的是，珊妮今天出诊去了，到病人家里做治疗，很晚才会回来。

无缘见到这支部队的总司令，甚为遗憾啊！当沿着陡峭的楼梯走下，我故意把脚步放慢，期待着，也许正赶上珊妮出诊归来呢。

斯特朗的
地毯鞋

毕淑敏

17

这是一家老年人活动站，在新奥尔良。新奥尔良是个美丽的地方，古老的橡树像虬蚺的幽灵。活动站在郊外，周围是贫民区。这是黑人聚居的地方，以前黑人是不能进城的。一栋简陋的楼房，早先是黑人的旅馆。石头砌成的墙，有一种沉稳的结实。进得门来，看到的都是白发苍苍的头颅，不论头发下的面孔是何种颜色，头发都是白而暗的。人的头发真是很奇怪，不管它们年轻的时候是黑的、棕的、黄的……到了尾声，一律都变垩白。我问安妮，白色的头发老了，会是怎样？安妮说，它们依旧是白色，但无光泽。

看来，亮度比颜色更能说明一个生命的状况。

很多老人在这里活动，有的打牌，有的下棋，还有三三两两地谈天健身。一些人聚在一起，听一个女孩儿讲解台风的知识。听众多是一些老女

人，耳力不佳，女孩儿不得不扯着嗓子反复重复。这么大分贝的音量，要在其他场合，一定会引起他人的侧目，但在这里，大家见怪不怪。

老女人们对台风的兴趣让我感动。我不知自己到了这个年纪，还会不会对在远方出没的台风抱有如此新鲜的兴趣。我原来以为，只有上班和旅游出差的人，才会对天气的变化充满了关切，那背后是不要迟到、不要受凉、不要忘了带雨伞……的忧虑。

在这些垂垂老矣的妇人面前，我觉察到了自己对天气的功利。她们不会上班，不会出差，说一句不好听的话，其中的绝大部分人，今生今世再也没有力气走出新奥尔良的橡树树荫了。可她们依旧睁大混浊的眼睛，努力分辨台风经过的途径，痴心地关注着和自己毫不相干的天气，这也许就是人和自然相濡以沫的渊源。

有一棵树，一棵假树、工艺树，做得很逼真，赭的树干，绿的枝条，大约有一人高，摆在活动站很显眼的地方。树上挂着很多树叶，当然也都是人造的。每片树叶上写着一些字，或者是一幅小画。比如一片蜡烛形的

叶子上写着：记住我有一只大鼻子的快乐的镶满皱纹的脸……然后是抖动的签名。

我问活动站的站长古薇尔女士，这是什么？

她说，这是曾经在这里活动、现在已经去世的老人从天堂写给大家的信。

我的头皮轰的一声。死人是不能写信的，这是常识。古薇尔女士已经75周岁了，胸膛饱满得如同揣着两个大波罗蜜。她步履弹性很好地走来走去，使人无法怀疑她的说法。

新奥尔良一共有20所这样的老年活动站，每年需经费500万美元。经费的来源主要是四方面。联邦政府、州政府、地方政府一共可拨款400万美元，还有100万美元的"洞"，就要靠自筹和社会捐款来解决。今天来活动的老人共有70多位，但有1000多位老人要求将免费的午餐送到家，所以，活动站的工作量很大。

我一边听着她的介绍，一边锲而不舍地惦念着那棵有着奇异叶子的树。

古薇尔女士终于讲到了这棵树。噢，是老人们共同栽下了这棵树。每一位老人都知道自己死后，在这棵树上会有一个位置悬挂自己的树叶。他们会生前就在这片叶子上写下给大家的信，然后保存在自己的亲人那里。如果他们没有亲人了，就保存在活动站里。他们去世之后，他们的家人就会把他的叶子送来，挂在这里，永远的。大家常常来看望这些叶子，念着上面的话，有很温暖的蒸气，从这些叶子上蒸发出来，进入我们的眼睛……

古薇尔女士这样说着，我就看到她的眼睛湿润起来。哦，我错了。古薇尔女士久经生死，在说这些话的时候，神采飞扬，很为自己发明了这棵沟通生死的树而骄傲。不是水汽进入了她的眼睛，是水汽进入了我的眼睛。

与楼下的喧闹相比，楼上是静谧和安详的。有几位老人在绣花和织毛

线，古老的女红的气息从风烛残年的鼻孔呼出，让人走路和说话都变得叹息般轻轻的。

旁边有一个小小的橱柜，陈列着老人们的工艺品。一套极其美丽的婴儿装，雪白的翻卷的绒毛，精美的图案让人爱不释手。我很想买下，但偷偷觑见标价，要50美元，囊中羞涩，不敢问津。但我决定斟酌力量，一定买下一件老人们的产品，不单是留作纪念，也为了尽一点绵力，包括让制造者有一份成就感。因为古薇尔女士说，老人们的产品收入绝大部分都捐给活动站，自己只取很少一点。

一双用黄色和蓝色毛线织成的地毯鞋，大而柔软，蓬松得如同两只小哈巴狗。虽然我家并没有地毯，我还是把它们买下来了。然后我对古薇尔女士说，我能和"鞋匠"照一张相吗?

古薇尔就拉着我向一位老人走去。

她身材瘦小，坐在轮椅中。在身体和轮椅的空隙中，夹着两团大大的毛线球。她的手指干枯如藤，但依然很有力地操纵着两根毛衣针，上下翻动。在她的身边，摆着刚完成的一只地毯鞋，红黄相间，鲜艳如枫。

她叫斯特朗，今年86岁了。她患糖尿病很多年了，两条腿都截过肢，眼睛已近乎失明……古薇尔介绍说。

我这才注意到斯特朗老奶奶轮椅下的"腿"。白色的套鞋中，是冰冷的金属。风在她的腿间，毫无障碍地吹过。

斯特朗老奶奶笑着说，很高兴从中国来的客人喜欢她的地毯鞋。她说，那套美丽的婴儿装也是她织的，只是现今年龄大了，有些力不从心，就专门织地毯鞋了。

我抚摸着一位没有脚的老人织出的精美的地毯鞋，心中充满痛彻的谢意。她把自己对脚的期待，织进鞋里了。

甲虫
冰激凌

毕淑敏

18

　　芝加哥可真冷啊！从机场出来，寒风一拳砸了过来。真想头也不抬随便撞进哪家饭店，有热牛奶就是天堂。可惜，不行啊！按照计划，我们必须在当天晚上赶到美国伊利诺伊州的小镇弗里波特。

　　乘坐"灰狗"客车，在暮色苍茫的美国中部原野上疾驰。树叶红黄杂糅，现出凋零前不可一世的瑰丽。广阔的土地，远处有高大的谷仓……

　　从青年时代起，每当面对巨大场景的时候，我就有一种轻微的被催眠的感觉，好像魂飞天外，被一种超自然的力量所震慑。我会感到人是这样渺小，时间没有开始又没有终极，自我只是一个微不足道的点，在太阳的光线之下蒸发着……我在西藏的时候，常常生出这种感念。这次，是在美国的旷野，突如其来地降临了这种久违的感受。我就想，每个人的历史，如同嗜血的蚂蟥，紧紧地叮咬着我们的皮肤，随着我们转战天下。也由

远行，与充满未知的
人生温暖相遇

此，我深深地记住了伊利诺伊州的黄昏。

我们乘坐玛丽安夫妇的车到达岳拉娜老人的家的时候，天已黑得如同墨晶。

在黑魆魆的背景下，老人的窗口如同一块蛋黄晕出轮廓，花园的树丛像一只只奇异的小兽，蹲着、睡着。玛丽安夫妇把我们放在花园小径的入口处，就告辞了。

家中有孩子，在等着我们做晚饭。他们说。

我本来以为同是一个镇子的乡亲，玛丽安夫妇接到了我们，把我们平安送到了岳拉娜老人的家，他们之间会有一个短暂的交接仪式，把我和安妮像接力棒似的传过去。但是，没有，他们的车在黑暗中远去，留下我们在一栋陌生的房屋门口。

岳拉娜是一位有趣的老人，她已经87岁了。这是车开动以前，玛丽安留下的最后一句话。

天哪，87岁！真是一个很大很大的年纪了。我甚至在想，这样大的年纪了，为什么还愿意招待外国人？怀揣着疑惑，拖着行李箱，我们走到这栋别墅式住宅的门口。在电影中，此时的经典镜头是双扇门嘭地打开，灯光泻出，好客的主人披着屋里的暖风和光芒迎了出来，热情的话语敲击耳鼓……但是，没有。也许是因为车子停靠的地点比较远，也许是老人家的耳朵比较背，总之，当我们以为房门会应声而开的时候，房门依然紧闭。

寂静中，有一点凄凉，有一点尴尬。很久以来，可以说自从踏上美国土地的那一刻开始，我就在等着这一次的经历。在普通的美国人家中度过几天，是令人神往和想入非非的。在介绍行程的册子上写着，岳拉娜老人是一位农民，于是我想到了黄土高原的老大娘和无边无际的金玉米，虽然我知道这会是完全不同的场景。

有一百种想象，就是没想到在漆黑的夜里，站在陌生人的门口，等待着叩响无言的门扉。

安妮轻轻地敲着门。可能是太轻了，没反应。安妮加重了一点手指的

力量。门开了。

岳拉娜是一位驼背的老奶奶，穿着粉红色的毛衣，下身是果绿色的裙子，看得出，老人家为了我们的到来是专门做了准备的。她的目光有一点严厉，和安妮的寒暄也不是很热情，虽说言语不通，我也看得出，她有些不满，甚至是在责备我们。

安妮笑笑对我说，她说我们到得太晚了，她在为我们担心。晚餐早就做好了，她一直在等我们，都快睡着了。

我立刻从这种责备中感受到了家的温暖。是啊！从小，当我们玩得太晚回家的时候，你还指望在第一时间得到的是温暖的问候吗？通常的情况下，你收获的肯定是责备。唯有这种责备，才使你得到被人惦念的感动。

老人用极快的速度端出了晚餐，看来，她是个身手麻利的人。首先映入眼帘的是一盆深红色的豆子汤，汁液内有若干的漂浮物，看起来黏稠而复杂。安妮问，这是什么煮成的？

岳拉娜老奶奶正在操作的手被问话打扰，有些不耐烦地说，这是豆子汤。

安妮询问的积极性并未受到打击，我知道她是为了我，让我能更多地了解到美国普通民众的生活，包括他们的食谱。于是，安妮锲而不舍地问，豆子汤是怎么做出来的呢？

老奶奶露出不胜其烦的样子回答道，就是用豆子—— 红豆子煮的呗，里面要加上猪肝和鲜肉，要煮很长时间。

到底要多长时间呢？安妮问得真详细，让人疑心她以后要依样画葫芦地也烧一碗豆子汤。

老奶奶看来是被这样的穷追猛打闹得无计可施，只好停下手里的盘碗，认真地想了一下回答道，要煮八个小时。如果你没什么事，不妨煮上一天，时间越长，越好吃。

好了，问到这里，算是告一段落了。安妮不易察觉地向我递了一个眼神，意思是—— 关于这道汤，咱们是明白了。

我点点头。我不想让老奶奶觉得安妮是一个弱智的孩子，我知道，安妮这是为了让我多一些感性的知识。我愿和安妮同甘苦共患难。于是，我带着夸张的表情说，八个小时，甚至还要多！这是很难做的汤啊！

没想到老人家一点也不领情，撇撇嘴说，有什么难做的？普通的汤而已！

于是我和安妮意识到，在这样一位历尽沧桑的老人面前，最好的尊重就是封起嘴巴，睁大眼睛，竖起耳朵。

主食是老奶奶自家烤的香蕉夹心面包，非常香甜，好吃极了。

我和安妮埋头吃饭喝汤。一是饿了，二是不知这倔老太太爱听什么。依目前的情况来看，我们埋头吃饭，就是她最高兴的事了。

饭后上的甜点，是老人自己做的红草莓冰激凌。在晶莹的冰激凌碗里，我一眼看到一只红黑相间的甲虫。它甚至还是活的，虽然被寒冷和糖分腌得萎靡不振，但从冰箱来到了温暖的餐桌，在明亮的灯光照耀下，渐渐地恢复了生机，收敛的翅膀也扇页般地张开了。

一只甲虫。安妮眼尖，最先发现，叫起来。

我也看到了，小声重复着——一只甲虫，好像，是瓢虫。

岳拉娜老奶奶说，是的，肯定是瓢虫。虽然我看不清，可我知道它是瓢虫。红草莓是我从自家的花园里摘的，下午才摘的，很新鲜。在草莓的叶子里，经常有瓢虫，还有一些不知名字的虫子。我的手，就在摘草莓的时候被虫子蜇伤了。

老人说着，把她布满老年斑的手伸到我们面前。那一刻，我和安妮无言，连礼貌性的惊诧和同情都忘了表达。一只苍老的手，手背处红肿得像个小面包。为了远方的客人，老人家从早上就开始煮红豆汤，下午又到花园里摘新鲜的草莓。

这只瓢虫是可以吃的。老人没注意到我们的感动，颤颤巍巍地把瓢虫送到嘴里。我想，这种吃法一定来自一个世纪以前。

饭后，老人领着我们参观她的家。她花了两万美元买下了这套老年公

远行，与充满未知的
人生温暖相遇

寓的租住权。也就是说，只要她在世，就可以住在这所房子里。如果她感到自己需要人照顾了，就可以付出较多的费用搬到有专人护理的楼舍里。如果她的身体进一步衰退，就要住到老年医院里去，一天24小时都有医生护士照料。当然费用也就更高了。在老年公寓居住的老人，只拥有房屋的使用权，如果他不幸去世了，房屋就由老人中心收回，老人的家属和后人不再享有房屋的继承权。

客厅很大，有专属于老年人的那种散漫的混乱和淡淡的陈旧气息。在客厅最显著的一面墙上，挂着很多盘子。

这是我年轻时周游世界的时候买的。每到一个地方，就会买一个那里的盘子。每当看到这些盘子，我就好像又到了那些地方。岳拉娜老奶奶一边指点着，一边很自豪地说。

我看到了北美风格、南美风格、欧洲风格和亚洲风格……还有不知是哪里风格的盘子，它们挂在墙上，好像很多只眼睛，眨着不同的风情。

你看，我还有一枚中国的印章，那是我在上海刻的。你可以告诉我，它在汉字中是什么意思吗？老奶奶说着，拿出一个锦缎的小盒，小心翼翼地打开来。

我看到了一方并不精致的印章，刻得很粗糙，石料也不名贵，总而言之，是在旅游旺地小摊上常见的那种简陋蹩脚的货色。看到老人那么珍爱的神情，我也显得毕恭毕敬。这是什么意思？老人指着"岳"字。这是山峰的意思，高高的山峰，我说。哦，山的意思。那么，这个呢？老奶奶又指着"拉"字。我沉吟了一下，觉得这个"拉"字实在是不易解释。就算我勉为其难地做出一个动作，解释了"拉"，但马上她又要问起"娜"，我可就真说不上来了。看着老人求贤若渴的样子，我可不敢扫了她的兴。这样想着，我就说，在汉字里，有一些字是必须连起来用的，不可以分开。您的名字中的"拉娜"这两个字就是这样的，它们连起来的意思就是——美丽的女孩。

美丽的女孩？岳拉娜老奶奶重复着，重复着。

我说，对了，就是这个意思。您的名字整个连起来念，意思就是——站在高高的山上的美丽女孩。

我说完，看着安妮，给她一个清晰的眼神。安妮，你可千万别揭穿我的解释。

安妮低下头，我看到她在悄悄地笑。

这真是很有意思的名字。好啊！我很喜欢我的名字的中文意思。我要把它告诉我的好朋友。岳拉娜老奶奶心满意足地说。

老人蹒跚着，指给我们看卧室和卧具。两张并排的单人床，好像幼儿园大班小朋友的宿舍。床上铺着雪白的绣花床单，熨得平板如铁，好像用米汤浆过。

这是60年前的床单了。我那时刚刚结婚，一下子就买了两条，一直用到了现在。

我和安妮熄了灯。在黑暗中，我对安妮说，我从来没有在一条有着60年历史的床单上睡过觉。

安妮说，不知我们会做好梦还是做噩梦。

我想会是好梦吧。

那一夜，睡得很沉，什么梦也没有做。早上醒来，天空把空气都染蓝了，岳拉娜老奶奶要带我们到教堂去。

她把车库的门打开，开出一辆墨绿色的捷达车。老奶奶穿了一套杏绿色带条纹的羊毛衫裙，很高兴地发动了车。

我这辈子还从未坐过一位87岁的司机的车。我悄声问安妮，这么大岁数的司机，还让上路啊？

安妮说，你是不是不放心？没事的。我昨天同老奶奶聊天，得知她已在这镇子上住过几十年，所有的路，她闭着眼睛也开得到。再说了，我估计所有的村民都认识这辆墨绿色捷达，看到老奶奶来了，都会让她三分的。

教堂很近，但车走得很吃力。安妮悄声对我说，老人家的手刹一直拉

着，没放下。安妮是一个非常优秀的司机，对这种情形简直如鲠在喉。我要告诉老人家。安妮说。

我说，不可。

安妮说，为什么？这样对车是很大的磨损，而且也不安全。

我说，你刚才不是说过了吗？在这样萧条的小镇上，是不会有什么危险的。如果你说了，老人会不高兴的。不如你找个机会，悄悄帮她拉起手刹。

安妮说，我还是要告诉她，我已经闻到橡胶的煳味了。

于是，安妮就对岳拉娜老奶奶说了关于手刹的事。果然，老奶奶没有一点感谢的意思，气呼呼地说，我的手刹没问题。然后，她就很生气地继续向前开车。

安妮不再吭声。我对安妮说，一只老母鸡哪里肯听一枚鸡蛋的教训？这下你明白了吧？

安妮说，可我明明是为了她好。

我说，为了她好，就让她感到高兴吧。手刹不拉起来，当然是不好，可是你告诉了她，手刹还是没拉起来，老人家还很生气。你想想吧，究竟怎样更好？

安妮说，你这样一讲，我就把另一句到了舌头边的话压回去。

我说，怎样的一句话？

安妮说，我看到岳拉娜老奶奶的羊毛衫背后有一片污迹，好像是洒的菜汤。说还是不说？我决定不说了。

我说，安妮，我赞成你把这句话忍回去。老人家的眼睛实际上已经看不到这样的污迹了。在她的眼睛里，杏绿色的羊毛衫是很美丽的，她很想在我们的眼中也是美丽的。我们就帮她维持住这样的想象吧，这也许是比说出真相更难达到的关切。

这样嘀咕着，乡村的小教堂已经到了。

大家穿得都很漂亮，教堂里弥漫着温暖的气氛。牧师在一系列的宗教

仪式之后，说，在过去的一周里，谁家有亲人生病或是逝去，或者是自己的伤感和悲痛的事件，都可以在这个场合与大家分享哀伤……

我看到身边的岳拉娜老奶奶跃跃欲试。我有点奇怪，从昨天到今天，老人家的情绪一直很正常，她有什么伤心事呢？

果然，牧师的话音刚落，岳拉娜就猛地站起来，动作之敏捷和她的年龄都有些不相称了。全场的目光聚向她。她深吸了一口气说，我有一件事要向大家报告，我的家里来了两位客人，她们是东方人，是从遥远的中国来的……

老人讲得很是得意，但全场有一些骚动。因为众人的心理是预备听到一个忧郁的信息，但岳拉娜老奶奶实在是喜气洋洋的。

老奶奶一边说着，一边示意我和安妮站起身来，向全场人打个招呼问好。我们站起来，向大家微笑。

稍有一点尴尬。我猜，老奶奶一定是从走进教堂的那一刻就期待着站起来报告自己家中的事情。她根本就没听到牧师的话，不知道自己现在有点不合时宜。

场上安静了片刻，大概大家也需要一点时间调整情绪。好在人们很快就把肃穆的表情变成了笑脸，回应着我和安妮。

然后是大家为海地的饥民捐款。礼拜过后，在教堂的小图书室里，还有一个小小的活动。

这个小小的活动是对正在放映的一部关于死亡的专题片发起讨论。大家围着一张橡木长桌子坐着，桌上摆着几碟香喷喷的小点心。我发现在讨论开始的时候，没有人吃这些点心。当讨论到某一个时刻的时候，大家都不由自主地吃起点心。我知道，那是这个话题引起了众人普遍的焦虑。

今天讨论的题目是"死亡是一关"。

在美国，人们正在发起"进一步了解死亡"的运动。随着现代社会的发展，死亡被隔绝在白色笼罩的医院里面，死亡变得神秘和恐怖以及不可思议。因为技术的发达，使死亡的过程变得漫长，使人们在死亡面前反倒

远行

与充满未知的
人生温暖相遇

丧失了尊严。人们需要优雅宁静的死亡空间，这最好就是在家里。

这部电视专题片，说的就是怎样死在家里。有人说，美国人是一个非常怕死的民族，因为这里无灾、无饥，也无战争，离死亡好像很遥远。大家害怕死亡，不愿看到死亡，就把死亡封闭起来。现在，美国人勇敢了，把死亡从白色的囚笼里放了出来，在光天化日下讨论。

一个男人说，死亡对财富和精神都是巨大的打击。

听的人频频点头。我觉得这是一个很有趣的说法。这句话的主语是谁呢？想必不是指那个死去的人。他已经不在了，无所谓精神还是财富。那么，这句话指的就是活着的人了。死亡对精神是巨大的打击，我可以理解。但是，对财富……我就有些不大明白了。

另一个人说，死亡时，最重要的是要让人们知道爱。无论是那个死去的人，还是活着的人，都要知道，有人爱着我们，我们的爱也已被接受。

讨论的形式是看一段录像，大家交谈一番。专题片上出现了一个濒临死亡的人，可能是忍受不了疾病的痛苦折磨，或者是被无望的等待煎熬得心烦，他对前来看望他的医生说，我为什么还不死呢？快让我死了吧！

看到这里，我有点替那个医生着急。面对这样的病人，你该如何回答呢？安慰吗？故意说些乐观的话？王顾左右而言他？似乎都不是好办法。如果我在现场，无奈之中也许会佯装未曾听见，转身就走。但我知道，濒临死亡的人有一种属于死亡的智慧，你骗不了他。

正心焦着，只听得屏幕上的医生和颜悦色地对濒死之人说，你的时间还没有到。时间到了，你会死的。

我以为那个病人会痛苦，没想到，他反倒安静了。

到了下一个镜头，那个人就要死了。他的至爱亲朋围着他的病床，坐成了一圈。人们轮流低低地对他说着什么。

我悄声问安妮，他们对他说什么？

安妮说，他们在给他讲故事。

我说，是关于死亡的故事吗？

安妮说，不是，是关于爱的故事。

后面的镜头，就是那个人死了。他的家人把他的骨灰撒到芦苇丛中，一边撒，一边念叨着："你从这里来，你还到这里去吧。"

专题片最后表达的主旨是，死亡的人和他的家庭都需要帮助。死亡的人去了，但生活依旧在继续。镜头上，前面出现过的那位医生，又到死者的家中去了。在沙发上，以前出现过死者和医生谈话的情景，现在，一切依旧，只是那个人不在了。画面变换出某种模糊的镜头，在沙发的那一头，死者微笑着坐在那里，瞬间又不在了，只剩下枯寂的沙发。但是，生活还在向前走着，可以看到，他的家人已经逐渐从悲哀中走了出来。

这不是一个轻松的节目。由于电视的直观性，死亡变得更清晰和没有距离感。我觉得观看的人心情很不平静，但大家都很努力地看着，思索着。

安妮说，毕老师，这一路，我们似乎总是离不开死亡的话题。有的时候，我真的感到承受不了，想跑到大街上、阳光下，呼吸正常的空气。

我说，是啊。我也有这种窒息的感受。死亡原本是很正常的事情，正是我们把它弄得不正常。这是普遍的过错，现在要开始纠正它啦！

从教堂出来，时间已经不早了，岳拉娜老奶奶征询我们到哪里吃午餐。有两个选择，一是回家，她给我们做午餐；二是到老年中心，吃老年人的聚餐，饭票是6.25美元。

我和安妮选择了后者。让一位87岁的老奶奶做饭给我们吃，心里不安宁，再可口的菜肴也会变成对胃的压迫。况且，我也非常想知道老年中心的饭菜究竟怎样。

餐厅充满了粉红、嫩绿、湖蓝、奶黄等娇俏的颜色，还有许多有趣的小玩意儿，让人一点也不感到衰败和颓唐。老人们陆续到了，大家围坐在长方形的餐桌旁，盛菜的盘子在众人之间传递着。

食谱有黄油、饼干、面包、猪排、炒豆角、煮甜萝卜、炸红薯、蓝莓派等。

远行，与充满未知的
人生温暖相遇

营养是足够，味道却实在不敢恭维。不管是什么主料作料，都是黏黏糊糊一派混沌，比起中餐的色香味俱全来说，天上地下。端盘子的是一个身材高大到你可以怀疑他是篮球中锋的青年，两只眼睛的距离较一般人要远些。盘子在他手中仿佛都是纸片。他的笑容很单纯，初看之时，充满天真，看得多了，就觉出刻板。安妮小声对我说，他是一个智障青年。

我说，那为什么让一个残疾人来服侍老年人？

安妮说，在美国，人工是很贵的。服侍老年人也不是非常复杂的工作，经过训练，智障人士也可以学会日常操作，而且他们会非常尽职尽责，热爱这份工作。这不是各得其所吗？

我对于纯粹的美国饭最好的摄入状态是达到半饥半饱。照这个标准来说，我这顿饭吃得不错。

饭后，岳拉娜老奶奶载着我们在镇子里游荡。我之所以说游荡，是因为老人家并没有一定之规，开着开着一个急刹车，原来路口正是红灯，她没有看到。吓得我们赶紧把安全带绑得紧紧的。

在小镇的博物馆里，我看到很多妇女缝制的工艺被子，很像我们的百衲衣，由很多碎布拼接起来。只不过那些碎布不是从一家一户那里讨来的，而是把现成的好布剪碎，再千针万线地缝缀起来，真是辛苦异常。

岳拉娜老奶奶问我，你猜，缝制一床这样的被子要多长时间？

看着她很希望我猜不出来的眼神，并且判定我必然犯下猜得时间偏少的错误，我决定不能让她得逞，显出我不具备常识，就拼命把时间猜长一些。

每天缝制多长时间呢？为了胜券在握，我先要把标准工作日的时间搞清楚。

八个小时吧。其实，这活儿一干起来，就会有瘾。一有空就会趴在案上缝制。不过，我们就按每天八小时算好了。岳拉娜说。

那么，需要一个月。我指着一床看起来花样最繁复的被子说。

话一出口，我就从老奶奶得意的笑容上，知道我的答案覆没了。

一个月？你想得太简单了！告诉你吧，像这样一床花被，没有三四个月的时间，是断断做不出来的。岳拉娜很权威地说。

我相信她说的是真的。可我想说，美国妇女的手艺是否笨了一点？我相信，这类型的被子，在中国妇女手里，一个月的时间绰绰有余了。

我问老人家，这里有您缝制的被子吗？

岳拉娜立刻腼腆甚至羞惭起来，说，这里哪能有我的被子？我的手艺差得多呢！（晚上我在岳拉娜家，看到了老奶奶缝制了一半的花被。还真不是她老人家谦虚，她的手艺实在是够糙的了。）

在艺术馆里，我看到了一架瑰丽异常的中国屏风。岳拉娜很夸耀地对我说，这是二十世纪这个镇上的美国传教士从中国带回来的，精美极了。据说是唐代的，很少见的。她说话的口气非常坦然，丝毫没想到我是一个中国人。我看到自己祖先的遗物在异国他乡漂泊，感到一腔酸楚。

我用手抚摸着屏风上的螺钿仕女图案，它们的温凉细腻，灼痛了我的指尖。我不能确认它们是否真是唐朝的文物，但它们的确是很古老的。幸

好它们受到了很好的保护，也许从更广大的范围来看，我的哀伤可以稀薄一些。

小镇很冷清，年轻人都到城市里去了，留下的都是老人。地面上铺着黄叶堆积而成的地毯，更添一分凄清。老奶奶又领我们到了镇上的图书馆。那是一栋有了年头的楼房，书不算多，大多数也很破旧了。和想象中的数字化闪烁不同，图书馆是传统和暗淡的。老奶奶说，她经常到这里来借书看。

又参观了一家由贵族豪宅改建的博物馆，显示着二十世纪这个小镇的风貌：那时的服装，那时的餐具，那时的装饰，那时的工业……

是的，那时，这个小镇生产精美的铁玩具。在展柜里，摆着铁制的炉子、房屋、蒸汽机车、各种机器模型，制造得惟妙惟肖。还有很多古老的工具，让人想到熊熊的炉火和叮叮当当的金属声。但是，现在这一切都消失了，空无一人的厂房，丛生的荒草……人们都聚集到大城市去了，这里是一个虽未被遗忘却免不了委顿的小镇。

我在小镇的商店里买了一只铜制的小铃铛。晃晃它，会有脆得让人心疼的声音响起。说明牌上写着，一个世纪以前，美国乡村小学，就是摇起这样的小铃铛告诉孩子们：上课啦！

最后到了当年林肯和道格拉斯辩论处参观。那是一座小小的土丘，碧绿的草在秋风中有一点苍黄。一处宁静的地方，两尊铜像，林肯坐着，道格拉斯站着，看不见的机锋在空中交错。我觉得这两位的姿势有点特别。想来若是一般的雕塑家，会把正义的林肯塑成侃侃而谈的站立姿势，也许再加上强有力地挥舞着的手臂什么的，把道格拉斯塑成仰视的模样。但是这处雕像别出心裁。林肯坐着，举重若轻。道格拉斯虽然站着，在感觉上却比坐着的林肯要矮。谁更有力量，就不言而喻了。

我在林肯的传记中看到这样的记载：在伊利诺伊州，道格拉斯先生对来自本州各地的农民发表了长篇演说，宣讲他于1854年提出的新法案。这个法案对奴隶主势力明显是有利的。林肯对这篇演说给予回击，评价了道

格拉斯的所有观点。林肯以异常的激情和活力对这一法案进行了攻击，逐一揭露其欺骗性和虚伪性，法案被批驳得原形毕露，体无完肤。从林肯口中说出的真理在燃烧，他激动地颤抖着，道格拉斯对自己失去了信心，意识到了自己的失败，局促不安……整个会场死一般地寂静……

今天，这里也是非常寂静。一个多世纪以前的唇枪舌剑，已经被萋萋青草吸附，只留下旅人的凭吊。

也许是因为白天跑得多了，这一夜，又是无梦到天明。和岳拉娜老奶奶告辞的时间到了，我拿出一条中国杭州产的丝绸围巾送她，她很高兴。

分别了，我看着她佝偻的身影，突然非常感伤。在老奶奶87年的人生里，可能多次接待过外国的访问者，也许她会很快忘记我的。我知道，今生今世，我再也看不到这位老人了，就算我几年后有机会再到美国来，就算我会再次寻找到这个美国中部的小镇，岳拉娜老奶奶还能继续到花园里为我们采摘新鲜的红草莓，还会有一只红黑相间的美丽瓢虫醉倒在冰激凌里吗？

在北欧
游轮上

毕 淑 敏

19

从芬兰到瑞典，我们乘坐的是"维京"号游轮。也许是因为"泰坦尼克"号留下的印象太深刻了，我上船的第一个动作就是鬼鬼祟祟地瞭着船的两舷，想数数救生艇的数目够不够。其实数也是瞎数，谁知道船上有多少人呢？

到了吃晚饭的时候，就大概知道有多少人了。晚饭被安排在九点半，即使此刻是北欧的白夜期间，太阳下班很迟，这个时辰吃饭也还是相当晚了。导游跑去联系，企图把我们的吃饭时间提前，未果。游轮方面的答复是：食客众多，只能分期分批地享用大餐，已经安排在这个时间，无法更改。

入乡随俗吧。

时辰到，进了餐厅，真是蔚为壮观的饕餮大军。自助餐形式，几百

个不锈钢的食槽彻头彻尾地敞开心扉，各色食品竭尽全力讨好你的视觉、嗅觉，透过它们和你腹中的肠胃打招呼。无数人端着盘子，在美味之中遨游，如同饥饿的鲨鱼。

餐厅位于整艘游轮的正前甲板处，四周都是玻璃，可以把它想象成行进中的水晶宫，游客们就在这座劈风斩浪的宫殿里，有惊无险地大快朵颐。

得知我们能够在"维京"号游轮上享受美食，送我们上船的芬兰导游不无羡慕地说，我到芬兰七年了，还没有乘过游轮。据说，船上的大餐会让你一辈子难忘。

中国人吃饭好扎堆，有了美景，有了美味，当然要有佳客，说说笑笑当作料，才有滋有味地惬意。伙伴们很快就发现这愿望成了窗外波罗的海的一朵泡沫。餐厅能接待的人数有限，一批人抹着嘴巴走出，另一批人才能鱼贯而入。吃完的人散居在各处，腾出的位置也星罗棋布。这直接导致了我们虽然获准进入餐厅，但并没有现成的位置候着，全靠见缝插针。

没有那么大的缝隙，可以一下子插入这么多"中国针"，只能化整为零分而治之了。

我端着盘子在熙熙攘攘的人群中寻找座位。一处偏僻的位置，一张两人小桌，一个黄种人在独自进餐。男性，个子不高，大约30岁的年纪，服饰整洁。我猜他是一个日本人，也可能是韩国人。说实话，哪怕有一线希望，我也不愿意和一个日本人同桌进餐，但环顾左右，桌满为患，再咽着口水四处游逛，有点像丐帮。

我用汉语说，这里有人吗？

没指望他能听懂。在海外旅行的经历，使我有一个收获：你不会说当地语言也无大碍，大胆地自说母语好了。反正人们萍水相逢之时，能够交流的信息是有限的，配合着手势和表情，大致也能猜个八九不离十。千万不能钳闭双唇什么也不说，那才是真正的闭目塞听、一头雾水。

我相信以我端着盘子没着没落的样子，他一定能明白我的意思，摇头

或是点头就可答复。没想到，他非常清晰地用标准普通话回答我说，没有人，你可以坐。

我大喜过望。不单是因为有了座位，更是因为在这里遇到了同乡。我如释重负地放下盘碟，说，中国人？

他略微迟疑了一下，说，冰岛人。

我大吃一惊，说，你一个冰岛人，居然把汉语说得这么好啊！

他微笑了一下说，我以前是中国人，十几年前加入了冰岛国籍。

原来是这样。我说，那你就是冰籍华人了。怎么称呼你呢？

他说，你就叫我阿博好了。

我坐在阿博对面，开始吃我的很晚的晚餐。动了刀叉之后，才发现这顿大餐并不像想象中那样诱人。不怪游轮上厨子手艺不精，是我失算。单凭目测一见钟情，拣来的食物多半口味诡异。比如一种美若珊瑚的红豆子，每一颗都像宝石放射光芒，我以为是外籍的红豆沙，舀了偌大一勺，吃到嘴里方品出拌了羊油和蜂蜜。平素我不吃羊肉。

炸鸡、蔓越莓、番红花鳕鱼、牛蒡扒、惠灵顿牛排、迷迭香、酸辣墨鱼、酪梨、红酒烤肉……你很难猜出色彩艳丽的食物中蕴含着怎样陌生的原料和味道。拣到盘子里就都是菜，不得不通通吃掉，以防服务生对中国人有微词。只是照单全收很辛苦，吃相也不轻松。

阿博看出我的窘态，慢慢地等我吃完，说，我和你一道再去添些食物。我知道有一些东西比较合东方人的口味。

有了阿博做向导，在食物摊中游弋，好比有了指南针，东西好吃多了，起码入口不再龇牙咧嘴。

阿博说，客人来自四面八方，游轮上各种口味的饭菜都有。

我说，没有看到中国饭啊！

阿博说，他们主要还是接待欧洲人，当然以西餐为主。以后中国人来得多了，他们也会做中餐的。

我说，你当年怎么想起到冰岛呢？

阿博说，我很想到海外留学，成绩不是很好。美国的学校考不上，英国学费又太贵了，就到冰岛来了。在冰岛学习冰岛语，有奖学金，就这么简单。

我说，你喜欢冰岛吗？

他说，喜欢，不然我不会入籍。

我说，冰岛有什么好处，这样吸引你？

阿博说，第一是我喜欢冰岛的水。冰岛是个资源非常丰富的国家，特别是水，简直取之不尽，用之不竭。冰岛人口很少，又有广大的冰川，简直就是一个大水库。第二是我喜欢冰岛的风光，像月亮一样。

我有点搞不明白，就问他，什么叫像月亮一样，是又大又圆的意思吗？

阿博说，我说冰岛像月亮，是指它的美丽和寒冷，还有荒凉。当然了，还有各种宝藏和让人充满了想象的寥廓空间。

我说，哦，明白了。第三点呢？

阿博说，第三是我喜欢冰岛的姑娘。她们热情豪放，敢爱敢当。如果喜欢你，就狂热似火地和你相爱。不喜欢了，就恩断义绝地同你分手，绝不拖泥带水。如果是你不干了，就直截了当地告诉她，她也不会哭哭啼啼缠着你不放。如果有了孩子，就跟你算清抚养账目，然后痛痛快快地奔自己的前程去了，再不会寻死觅活地找你麻烦。只是冰岛的法律很保护女子和孩子的利益，就算你是个富豪，如果离上几次婚，也就成了穷光蛋。

我说，看你对冰岛女子这样倾心，想必一定是娶了当地姑娘。

阿博说，曾经有过这样的想法。冰岛出美女，那里的女孩子也很阳光。她是我在一次圣诞节的聚会上遇到的，名叫黛比。我们一见倾心。那一天，正是北极圈内最黑暗的时分，天上出现了美丽的极光，是淡绿色的，横跨整个天穹，好像一匹无与伦比的绸缎，妖娆得令人恐怖。好在两个人在一起，什么都不怕了。那天我们喝了很多酒，分手的时候，彼此恋恋不舍。黛比说，咱们到乡下去吧。我说，这样寒冷，到乡下去岂不要冻死？黛比说，你跟我来，会把你热死。我就和黛比上了路。

前几天刚刚下过一场暴风雪，公路上的雪虽然被铲雪机清除了，但两侧的积雪有好几米高，穿行在雪巷中，好像童话世界。

我随着黛比到了冰岛首都雷克雅未克郊外的一座别墅。房子几乎被皑皑冰雪掩埋，只有房顶高耸的壁炉烟囱，证明这里曾有人居住。冰岛的富人通常在郊外都有这样的住所，主要是夏天来游玩，到了冬天，就人迹罕至了。我说，黛比，你有钥匙吗？

黛比说，这是我亲戚家的房子，我有钥匙，但是，没带。

我说，这不和没有钥匙是一样吗？黛比说，当然不一样。我有钥匙，说明我有支配这套房屋的权利。我说，权利是一回事，我们进不去，这就是另外一回事了。

黛比说，谁说我们进不去呢？

我说，没有钥匙，你怎么进去呢？

黛比说，这太简单了。说着，黛比走到窗户跟前，扒开积雪，用靴子

猛地扫了过去，玻璃应声而碎。黛比矫健地跳了进去，然后从里面把房门打开。我大吃一惊，说，你近乎强盗了。

黛比笑起来，说，维京人的祖先就是海盗。

那一次，我和黛比在乡下的别墅待了三天三夜。屋内储备有很多罐头食品，还有饮用水，我们吃穿不愁。取暖和洗澡也没有问题，设备很齐全。窗外是极其寒冷清澈的星空，身边是极其温暖柔软的姑娘，那种感觉真是欲仙欲死。三天以后，我们回到都市。黛比对我说，咱们到此为止吧。

我大吃一惊，说，为什么？我们才刚刚开始。黛比说，我有男朋友，只是这一阶段他不在。现在他就要回来了，我们就结束了，这就是一切。谢谢你给予我的美好感受。说完，她就翩然而去。

我知道这对黛比很正常，但我难以接受，久久伤感。后来，我决定还是找一个中国的传统女性做妻子。文化这个东西，像胃一样，换不掉的。我不希望我的女儿在14岁的时候就把男孩子领回家。不希望我一推门看到他们在床上做爱，我还要心平气和地说，对不起，打扰你们了，然后镇定地转身离开。我做不到……

阿博举起一杯酒，我用手中的矿泉水和他碰碰杯，预祝他早日找到中意的中国新娘。

吃罢晚饭，已近深夜。我到船上的免税商店转了转，里面也是熙熙攘攘、热气腾腾，人们提着装满酒和化妆品的袋子兴高采烈。还有很多娱乐设施，因为疲倦，听说人也很多，我就没去浏览。

这艘游轮就叫作"维京"号。维京人是日耳曼人生活在斯堪的纳维亚半岛地区的一支，也称诺狄人，至今德语中"北"仍和此发音近似。维京人人口不多，却是欧洲历史上影响很大的一个种族。他们的足迹北达格陵兰、冰岛以及俄罗斯腹地，南及地中海南岸温暖的亚历山大港和耶路撒冷，西抵不列颠、爱尔兰，东达北美洲东北部。他们在这些地方耕种、放牧、交易，凭着当时欧洲最出色的航海技术，到处拓殖和贸易，在今瑞典、丹麦、挪威等地安营扎寨。连远在加拿大的圣劳伦斯湾也曾是维京人的殖民地。近东的拜占庭有精锐的维京人雇佣军团，英格兰、爱尔兰、法兰西都有他们的占领区和政权。现代英语最常用的词汇中有900多个来自维京语。英国东北部的600多座村庄至今还沿用维京地名。法国船长口令中的"左（babord）""右（tribord）"也是维京航海家留下的。爱尔兰的首都都柏林的奠基人，也是维京人。在俄国，时至今日，普京和叶利钦互称"先生"时，说的还是维京人古老的词汇。

维京人的基本生活方式是农耕，他们的农庄以家族为单位。但他们并不是自给自足的小农，他们还下海捕鳕鱼，腌渍以后卖给西欧人。他们从事国际贸易，有石制、陶制、木制以及兽骨、兽角制成的日用器皿、金属制品、毛纺织品、珠宝饰品等。传统沿袭至今，只不过贸易的品种改成了集装箱码头、战斗机、轿车和移动电话。他们还大量倒卖各地土特产，考古中发现的存货就有斯堪的纳维亚的磨刀石和染料、荷兰的布匹、地中海的丝织品等。

严酷的环境和落后的生产方式，使维京人的文化处于相当原始的状态。神话、英雄史诗都在吟游诗人口头上流传。维京人是尚武的。他们的神谱中有两大神系，最崇高的主神名叫奥丁，属于埃西尔神系，与雷公索尔为伴。他创造了世界上的一切，并拥有全部的知识，但最重要的是他是战神，主宰生死。另一个被称作瓦尼尔的神系，由弗雷和他的妹妹弗雷娅组成，相对温柔些，主管繁殖和财富。维京人信仰骁勇善战，宣称懦夫将被送进寂寞的地狱，而勇敢战死的人则升入乐园瓦尔哈拉。

实话实说，我觉得北欧的自然环境挺恶劣的，如果没有那些郁郁葱葱的树木，简直就是穷山恶水。在这里生长的维京人，如果不剽悍，早被别的部族消灭或赶走了。他们敬畏大自然的力量，相信即使是他们全能的大神，也战胜不了命运的安排。好在他们也达观，相信彻底的毁灭之后将是新一轮重生，周而复始，生生不息。

维京人并非没有文字，只是北佬传下来的由24个字母组成的书写体

系，比较原始，又没有好的介质，只好刻在木头和石头上，这样就只能作为记录，而不方便交流。为了刻画方便，字母都由直线和折线组成，没有现代字母的曲线，如现在的"O"是圆圈，而当时则是个菱形。这种文字是后来的英语的原型。而沉郁寡言的维京人还嫌24个字母太复杂，逐渐简化成16个，表达能力就更差了。有时候，人们就把维京人简称为"海盗"。

我不知道阿博在雷克雅未克郊外遇见的女子是不是一个海盗的后代，但那种性格显然和生长在温带的中国人有相当大的不同。

在心理学里有一种人格名称，叫作"T型性格"，简称为"海盗性格"，代表着创造性，外向型，爱冒险，喜欢生活多姿多彩，喜欢生命力淋漓尽致地发挥。他们喜爱追求新奇和未知，喜欢不确定性，喜欢复杂与刺激，爱把生命搞得像"一次事故"。有生理学家研究指出，这些人与生俱来有一种"刺激"基因，需要经常性的强力刺激，才能保持生命的张力和兴奋，只有不断地冒险，他们才感觉到自己还活着。

据说，爱因斯坦就是这样的人。

也许，黛比就是这样的人。

突然记起阿博的一段话。阿博说他和黛比分手的时候，天空也飘荡着北极光。这一次的北极光是橙红色的，飘散着，很凌乱，好像火焰或者是巫婆的眼光。

我说，什么时候才容易出现北极光呢？

阿博说，有三个条件。

阿博很喜欢把问题梳理成几个点，也许因为是学管理的吧。阿博说，最容易出现北极光的日子，第一是要在冬天的12月。第二是要天气特别晴朗，如果有大风的搅动，极光就会躲藏。第三是要特别寒冷。

阿博说，真奇怪，那三天都有北极光出现，第二天晚上的北极光是金蓝色的，好像深海的海草，也像黛比的头发。

清早起来，站在甲板上，呼吸着海风传递的湿润，渐渐地接近了港口。瑞典到了。上岸的时候，我又看到了阿博。彼此间隔着很多拉杆箱和双肩包，我们只是微笑着颔首，算是招呼，算是告别。

　　旅途就是这样，我们会在某个地方以出乎意料的方式遇到某个人，彼此一点都不了解，却说了太多的话。

　　从此天各一方，也许永无相见。祝福他。

如果你半夜时
在极光中看到她

毕 淑 敏

20

我第一次看到她的时候，吓了一大跳。

甲板上有一个游泳池，面积不大，只有几十平方米吧。泳池灌的是海水，有管道与大海相通。游轮航行的时候，海上有三尺浪，泳池里就有浪三尺。从这个角度来说，该泳池是大海的一个微缩版。当大海翻卷巨大波涛的时候，泳池里也是惊涛骇浪。有一次我看到巨浪拍打着泳池的岸边，激起猛烈的水帘，当时如果有人在池里，一定会被这个浪拍得百骸寸断。

看到这里，你一定会说，这样危险的泳池，谁还敢游泳呢？是啊。有专门的人看管泳池，每天早晨把洁净的海水抽到池里，每天晚上再把池水放回海里。如果中途起了风浪，黑人水手会用一张巨大的网先把池面罩起来，让人无法游泳，以保证安全。我刚才所说的那个滔天巨浪，就是透过网眼看到的，当时已经不允许任何人下水游泳了。

　　说了这半天游泳池，该说说这个女人了。我第一次看到这位老女人，是在正午的阳光下，她脱去外面的罩衫，正要沿着扶梯走下水中。

　　顺便说一句，这个露天泳池旁边没有换衣服的地方。如果你要游泳，就得在宿舍中换好游泳衣，到了岸边，扒下外面的衣服即可。

　　我看到这老女人的第一眼，就庆幸自己是在青天白日下与之晤面。如果是在半夜时分，如果是在或隐或现的海水中，如果背后正好有诡谲的霞光或是极光，那么，我一定会以为自己碰上了妖怪。

　　这老女人身高大约1米半，瘦弱矮小。头发干枯，脖子上的青筋一直延续到手部，皮肤好像多年前的旧宣纸，残破却又有一种奇特的韧性。最骇怪的是她的双腿，高度罗圈，就是双膝紧闭，腿弯处也可以夹进一个篮球。她的五官藏在深密的皱纹中，几乎可以忽略不计，好像你看到的只是一段枯老树干。

　　她穿的游泳衣是那样破旧，且式样古怪，让人怀疑是不是自己缝制的。就在我这样观察和思考的当儿，她已经沿着扶梯下到了水中。

　　我原来以为她可能是渔民的女儿吧，就算是打扮十分落伍，泳技一定是不差的。谁想这个期待也落了空，老人家用一种北极熊般的姿势游泳，简直就是站在水里蹒跚走动。

　　天啊，我都为她害臊。因为无论从景观还是实用的角度来说，我觉得这位老人家的游泳都是出丑。

　　然而，她就那样优哉游哉地游着，旁若无人。

　　等她游走（真正是游走。因为根本不能算是游泳，是在水中艰难地跟跟跄跄地行走）告一段落，爬上岸来，那模样更是惨不忍睹。典型的幼年营养不良佝偻体形，加上老年后的骨质脱钙，她只比骷髅多一口气啊。

　　然而正是这一口气，让她显得与众不同。她开心地在水龙头下仔细地冲刷身体，然后很仔细地用毛巾擦干每一颗水珠，好像她那残败的身体，是一具名贵的瓷器。再之后是兴致勃勃地披上外衣，迈着罗圈腿走下了甲板。

我呆呆地看着她的背影，心想，她以后还会来游泳吗？

后来，我又多次在游泳池边上看到她。终于，我决定打听一下她的身世。原来，这位老人已经86岁了，她以前是个鱼贩子，卖了一辈子的鱼。现在，她老了，不在小店里上班了。有一天，她突然对儿孙们说，她要到海上去，要去环球旅游。原因嘛，很简单，卖了一辈子的鱼，可是还不知道鱼的家乡是怎样的。就这样，她就一个人登上了环球游的轮船。

从听到她年岁的那一刻，我就肃然起敬。第一，我不能保证自己能活到86岁这样的高龄。第二，我能保证的是，即使我活到了86岁，我也决然没有勇气环游世界。第三，她不是一个美丽的女人，甚至可以说外表上是非常丑陋的女人，可她没有丝毫的气馁和畏缩，自由自在地表达着自己，放纵着自己，展示着自己，悠闲天然。这正是我一辈子向往的境界，目前还差得太远。

远行

与充满未知的人生温暖相遇的

戴胡子的
女法老

毕 淑 敏

21

法老是对古埃及国王的称呼，在埃及语中称作"佩罗"，现在的读音来自希伯来文的音译。它在象形文字中的意思是"高大的房屋"，后来代指"王宫"，理由很简单，王宫是最高大的房屋。新王国第十八王朝时，国王图特摩斯将"法老"的意思来了一个变化，成了"居住在高大宫殿中的人"，于是"法老"就顺理成章地成了对国王的尊称。

在埃及国立博物馆里可以看到一位法老的雕像，下巴颏儿上长着茂密的胡须，向前探出，好像一块洗袜子的小搓板，十分可笑。

还没等我笑出来，导游说，这是一位女王，她戴着假胡须。

一提到埃及的女王，我等游客做出恍然大悟的样子，知道知道，原来这是埃及艳后克里奥帕特拉。

导游正色道，克里奥帕特拉只是王后，而这是真正的法老，她叫哈特

舍特谢晋，拥有无上权力的古埃及女王。

女王和王后是有区别的。前者亲握权杖，而后者只是权杖的老婆。

后来，在尼罗河西岸帝王谷众多的祭庙中，看到女王哈特舍特谢晋的神庙是那样地美丽独特，据说这也是全埃及最优美典雅的建筑。在卡纳克神庙里，有哈特舍特谢晋为自己矗立的方尖碑，高29.5米，重达350吨。在上埃及阿斯旺的花岗岩采石场，还有一块重达1000吨的未完成方尖碑躺在山坡上，据说也是哈特舍特谢晋为自己建造的，因为开凿中石头出现裂缝才半途而废。

反复听到这位女法老的名字，看到和她有关的遗迹和景色，就对她生出了好奇。查了资料，才知道哈特舍特谢晋在位时间是公元前1490—公元前1468年，拥有当时世界上最强大的军队、最强盛的经济。她不是傀儡，而是控制着埃及最高权杖的真正的法老。她在执政期间，对内不用严刑峻法就维持了安定的秩序，对外不损一兵一卒就获得了和平。

但女人是不能成为法老的，尽管哈特舍特谢晋才能出众，也无法改变这一钢铁般的传统。她也颇动了些脑筋，先是在登上王位之前命人为自己

编撰传记，并雕刻在大方尖碑上，非说自己是太阳神的嫡亲女儿。为了让神圣感进一步加强，她还在方尖碑的顶部放置了很多金盘，用来反射太阳的光芒，以便向所有人证明她的确来路不凡。

一不做，二不休，女法老让她的建筑师把她刻画成一个有胡须的平胸战士形象。女法老每次在公共场合出现，必定是着男装并戴着假胡子。其实她有着柔和的面部，外带轮廓清秀的眉毛和大眼睛，是个十足的美女。

王室的恩怨和历史的偏见遮盖着历史的天空，无论女法老的政绩怎样突出，传统的以男性为中心的社会都是不会容忍一位女性担任法老的，就算她杜撰出了自己是太阳神的女儿这样的神话也万万不行。

结局在传说中是这样被描述的：哈特舍特谢普刚刚驾崩，一伙军人就袭击了宫殿，把和她有关的一切都毁掉了。神庙中，她的浮雕和塑像或者被砍掉了脑袋，或者被砸断了臂膀。她的墓穴被洗劫一空，神庙墙壁上她的名字被刻意凿平。在整个埃及的官方记录里，和她有关的记载都被销毁了……

哈特舍特谢普执掌法老的权杖22年，古埃及的男人们希望她的这段历史不曾存在过。她的雕像在被焚烧之后再泼上凉水而变得残缺不全，至今还能看到烟火的痕迹。她的名字也从方尖碑上被涂掉，取而代之的是她的父亲、丈夫和继子的名字。

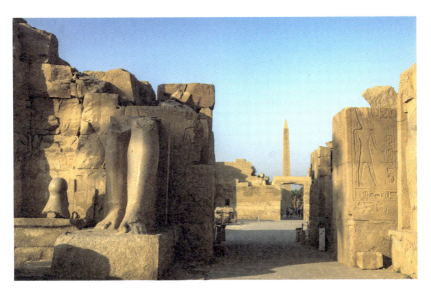

　　但历史还是记住了这个曾经当过法老的佩戴假胡须的女人。在今天的埃及，在游客们眼中，最美丽的法老神庙是哈特舍特谢晋的达尔巴赫里神庙，最高的方尖碑是卡纳克神庙中赞叹哈特舍特谢晋的方尖碑。正如哈特舍特谢晋自己在碑上所写："未来看到我的纪念碑并讨论我的所作所为的人，切勿说一切不曾发生过，或将它看作我的自我吹嘘，而应当称颂她当之无愧，她的父亲也深感安慰。"

　　埃及是非常值得一去的国度。你不去美国，不去日本，你还可以想象，而且你的想象基本上是符合实际的。但你若不去埃及，你想象不出那里的神秘。

莎草纸和
生命之匙

毕 淑 敏

22

　　到埃及旅行的时候，我带了一个电话号码——3488676。别人以为是一个好友或是某个机构的联系电话，其实否，它是一个售卖莎草纸的商店。到了开罗之后，我对导游说，我要找到这个商店，据说它是在一条船上，叫作莱凯布博士莎草纸研究所，位于吉萨谢拉顿饭店南面。

　　导游是一位永远戴着头巾的阿拉伯女性，由于热带阳光的直射，皮肤黝黑，看不出年龄，名叫丽达。丽达的墨绿色头巾包得很严实，用一种带着彩色珠子的大头针把头巾的边边角角都别在鬓间，锱铢必较地把每一根头发都深藏起来。没有一丝头发露出的女性让人感觉到寒冷和严厉。我总怕那些大头针会伤了她的脸，但她自己毫无畏惧的样子。丽达毕业于埃及大学中文专业，没到过中国，中文说得不太好，但我们略为思索一下，听懂是没有问题的。比如她介绍神庙壁画上一位女神用"胸前的奶粉"喂

远行，与充满未知的
人生温暖相遇

养另外的神，我们就愣了，不知"胸前的奶粉"是个什么东西。再瞅瞅壁
画，原来女神是用乳房哺育小猫头鹰，恍然大悟。她说，莎草纸啊，哪里
都有，我会带你们去买的。

　　可能是因为常常写字的缘故，我对纸有一份特别的尊敬，约略相当于
老农喜欢好骡子、好马、好镰刀。

　　莎草纸在英语中写作"papyrus"，它是希腊语"papuros"的拉丁文
转写，也是英文中"纸（paper）"一词的词源。出发之前，看了很多有关
莎草纸的资料，但还是没法想象莎草纸的模样。也许是对蔡伦造的纸印象
太深，无论怎样琢磨，纸依然只能是我们平常所见的A4纸的架势，至多把
它想成早年间用的草纸模样，也许因为都属"草"系，私下里又觉不敬。
在古埃及，莎草纸是很神圣的，将莎草纸尊称为"pa—per—aa"，意思是
"法老的财产"，表示只有万能的法老才拥有对莎草纸的专有生产权。带
有皇室"胎记"的纸张，应该骨骼清奇、法相庄严才对。

　　在丽达的带领下，我们走进一个院子。水塘里生长着一些碧绿的草

梗，初看起来有些像芦苇，但是比芦苇要粗壮和挺直。丽达说，这就是纸莎草，阿拉伯音译为"伯尔地"。听说在尼罗河谷野生的纸莎草，茎秆可高达三米，长得比甘蔗还要粗，简直像丛林。我们看到的家养纸莎草远没有那么剽悍，高约一米，直径和大拇指相仿。无论粗细，纸莎草的茎秆都是三角形的，属多年生绿色长秆草本植物，切茎繁殖。茎中心有白色疏松的髓，茎端有细长的针叶，如披头散发的小号松树。

现在，允许我把两个名词说清楚一点。纸莎草是一种草，就是能做成莎草纸的草。莎草纸是一种纸，是用纸莎草做成的纸。有一点像绕口令，是不是？

第一眼看到成品莎草纸的时候，有些许失望，没有想象中的珠光宝气，不像完整的纸，像一种编织物，平凡而暗淡。

要具体形容它的长相，容我把话荡开一点。丽达曾经说过，埃及到处都是卖莎草纸的，不要随便买，不然你们会上当。

我们就好奇，说，一张白纸，还有什么猫腻呢？

丽达听不懂"猫腻"是什么，就说，这和猫没有关系，和香蕉有关系。

我们就更不明白了，说，纸和香蕉有什么关系？

丽达说，也不是和香蕉有关系，是和香蕉皮有关系。假冒的莎草纸，是用香蕉皮的内层做成的。

在丽达的解释下，我们终于明白了。香蕉皮被剥下来之后，内皮有一种丝缕样的网状结构，好像一些年代久远的旧白绸糊在香蕉外皮之内。把这些香蕉的内皮叠加在一起晾干，就大致完成了假冒莎草纸的造型。真的莎草纸在外形上和香蕉皮莎草纸非常近似。

现在，你能否想象出莎草纸的样子呢？

在这家店铺中，除了种植有纸莎草的样本外，还展示莎草纸的制造过程。先将纸莎草茎的硬质绿色外皮削去，把浅色的内茎切成40厘米左右的长段，再把里面的芯剖为竖条，然后一片片切成薄片。切下的薄片要在水

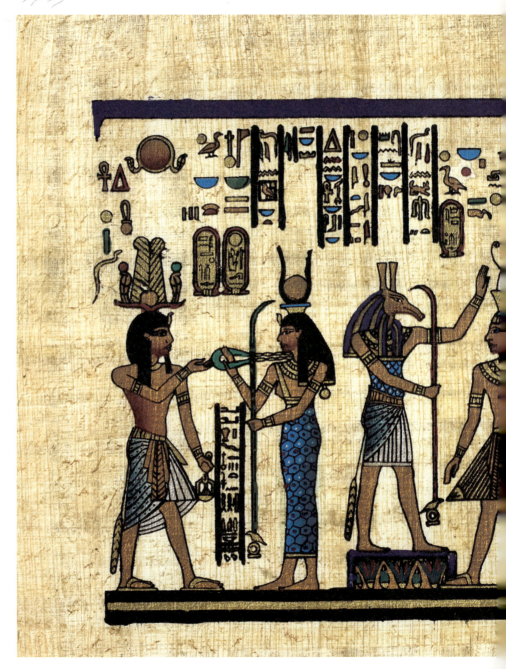

中浸泡至少6天，以除去所含的糖分和胶质。之后将这些竖条并排摆成一层，然后在上面覆盖上另一层。记住啊，两层薄片要互相垂直，类似经纬相交的编织工艺。再然后，将这些薄片平摊在两层亚麻布中间，趁湿用木槌捶打，直到将两层薄片打成一片，并挤去一切能够挤去的水分。现在，纸莎草的膜片已经相当干燥了，但是还远远不够，要用石头等重物压（以前是手工，如今多半改为机器压制）。压后再晾干，等到彻底干燥后，用浮石磨光，此时就得到莎草纸的成品。为了使墨水不至于洇开，还要在书写的那一面施胶，让莎草纸更臻完美。

莎草纸和蔡伦造纸之间最大的不同，是蔡伦纸要经过多种介质的发酵和搅拌，然后还要把纸浆晒干，蔡伦纸其实是一种混合的物质。我记得授课时老师讲到蔡伦造纸要用旧渔网，以增加纸的韧性。我曾举手提问，如果旧渔网用完了怎么办，蔡伦是停产还是改用新渔网？老师斥责道，真是没脑子！蔡伦不会用新渔网的，那太浪费了。再说，新渔网没有旧渔网好用，捣不烂的。那时候到处都是江河，旧渔网多得很，根本就用不完。一席话如醍醐灌顶，至今想起来，还觉得老师硬是英明，那时候到处都是江河啊！

莎草纸是单纯和唯一的，它只用一种原料，也不搅拌和发酵，只是把水分沥干。利用植物纤维进行编织，没有制作纸浆的步骤，因此不是造纸。从这个意义上讲，莎草纸更天然和纯粹，虽然不是很洁白，但泛着柔和的象牙黄的光泽，有着永不重复的纵横交错的纹路，柔韧而抗压。纸莎草在古埃及是象征永恒的神草，用来造纸已经有五千多年的历史。它不怕折卷，不怕水浸，如同一种不死的精灵，在几千年后，色彩依然鲜艳如初。

古埃及人对纸莎草十分崇拜，把它当作王国的标志。在壁画中，你常常会看到国王手持纸莎草茎状的权杖。莎草纸后来成为地中海地区一种通用的书写材料，希腊人、罗马人以及阿拉伯人都曾经用它不倦地书写过。和子孙昌盛的蔡伦纸相比，莎草纸命途多舛。它被使用到8世纪左右，就渐渐消亡了。从阿拉伯传入的廉价纸张代替了烦琐的莎草纸—— 在此之前，羊皮纸和牛皮纸已经在很多领域取代了莎草纸。它们来源广泛，在潮湿的环境下更耐用。

在欧洲，幸好教会对莎草纸独有青睐，直到11世纪左右依然在正式文件中使用莎草纸。现在留存下来具有确切年代的莎草纸实物文件是一份1057年的教皇敕令和一卷书写于1087年的阿拉伯文献。

莎草纸消亡以后，制作莎草纸的技术也因缺乏记载而失传。后来，跟随拿破仑远征埃及的法国学者虽然收集到古埃及莎草纸的实物，也没能复原其制造方法。直到1962年，埃及工程师哈桑·拉贾（Hassan Ragab）利用1872年从法国引种回埃及的纸莎草，重新发明了制作莎草纸的技术。

我们看到的就是这种死而复生的莎草纸制作方法。除了制造工艺之外，这家店铺的墙上、玻璃框内陈列着各色各样的莎草纸画，尺幅从一本书大小到一丈见方应有尽有。题材大多取自流传几千年的神庙壁画，也有埃及的风土人情和阿拉伯文字，所绘人物有一种特殊的生动。如果脸面是侧向的，身体就是正向的。或者相反，脸面是正向的，身体却是侧向的。不知为什么，古埃及人的身体和头颅好像总是不屑于完全统一。画以线描为主，勾画准确，线条中间填满了饱胀的颜色，多以金、蓝、红为主，颜料是由动植物和矿物为原料特制而成，色彩夸张而浓烈。可惜我们对古埃及的历史不是很了解，搞不清画中人物的起承转合，只有目瞪口呆的份儿。在二楼售货处，摆着用纸莎草编织的篮、罐、鞋、帽、绳等各种工艺品，售货员们穿着传统的阿拉伯袍子，和满墙满地的画交映在一起，更让人眼花缭乱。看看标价，很不便宜，就和丽达讨主意。丽达说，买这里的，别的地方常常是假的，没办法识别。你们要选好的，这里的最好。

但我们还是不愿轻易掏钱包。看起来工艺并不是特别复杂，一张画就要几百元钱，是不是太贵了呢？丽达说，你看墙上。

我们就看墙上。丽达说，墙上有你们领导人的照片。我们果然看到了出访埃及的领导人在这里参观时的微笑照片，于是便放下心来。

买了几张画之后，我看到一张绚烂的莎草纸，四周的图案是雄赳赳气昂昂的太阳鸟，中心写满了字。我问丽达，这是什么东西？

丽达永远是言简意赅的，说："文书。"

我说："什么文书呢？"

丽达说："契约。"

这基本上和没回答差不多。我也能看出它好像是一份证书，但证明的是什么呢？是尼罗河上的某一块土地的归属，还是金字塔下某一群骆驼的主人？

我穷追不舍地问，丽达终于说："结婚证。"

我说："谁的结婚证呢？"

丽达说："谁的结婚证都可以的。"

看来，丽达是没有法子说得更清楚了，我站在地中央，独自猜想这张纸到底是怎么回事。售卖此物的盛装小姐看我迷惘的样子，拿出一支蘸满了金粉的笔比画着。这可不是一支普通的笔，是纸莎草茎削成的三角形短棒，笔端蘸着金粉，熠熠闪光，好像一支魔棍。小姐手舞足蹈，不停地用魔棒在契约上笔走龙蛇。我问丽达："她要干什么？"

丽达说："她在问你的名字。"

我奇怪，说："我的名字和她有何相干？"

丽达说："你和谁结婚了，她就用古埃及文字把你们的名字写上去，万古长青。"

原来是这样。我想告诉丽达，这里用"白头偕老"可能比"万古长青"更相宜，想了想，没说。这是一种用法老的文字复制的结婚证书，款式完全是复古的，和从木乃伊身边挖出来的结婚证书一模一样。只要告诉这位小姐你需要填写的名字，现场办公，她很快就可以把夫妻的名字写好，交到你手中。

当然，收费也不菲。

写到这里，我介绍一下古埃及的象形文字。

在埃及漫步，你总是会不期然遭遇这些古老而神秘的符号。它们镌刻在石碑上，描画在神像旁，在金字塔，在法老墓，到处都有它们魔幻般的身影。它们不像是字，像是一些绘画和咒语，讲述着绚烂而复杂的历史。

资料上说，古埃及的象形文字，真的就是一种绘画形式的文字体系。前身基本上就是图域，是一种靠想象描写的象征符号，被古埃及人用来记载事件。它用一定的图形表示一定的事物或概念。画三条波浪的横线表示"水"，画两座夹峙的河谷边的山峰表示"山"，画个中间加点的圆圈表示"日"。后来有了表意字，如画许多小蝌蚪象征成千上万的"多"字，牛在水边奔跑表示饥渴的"渴"字，这多少有点抽象的含义。要是写成一个句子，表达一个比较完整的意思，就把这些单个的图画符号组合在一起，构成一个复杂的表意图形。初时常用的象形字有五六百个。用这样的图画符号记录发生的事，显然不太方便。写一个字就需要画很多画，遇到复杂抽象的概念或事物，有点少慢差费。后来，古埃及人把象形字发展成为表音字，放弃原来的字义而赋予其一定的声音，甚至连声音也不全部采取，只采取第一个音节。例如：埃及人把猫头鹰叫作"姆"，它的图形既表示猫头鹰，又表示"姆"这个声音。这样的表音符号有24个，都是辅音。没有元音。

这种象形文字（又称圣书体，或碑铭体、正规体）的文字体系，同苏美尔文、古印度文以及中国的甲骨文一样，都是独立地由原始社会最简单的图画和花纹衍生出来的，它们仿佛是寓言，甚至是魔术。这种神秘的字体由于形体复杂，书写速度太慢，所以那些经常要使用文字的僧侣逐渐将其简化，并采用速写与圆笔的形式创造了一种草书体，这就是人们所说的僧侣体了。僧侣体文字先是用来抄写文学作品和商业文书等，到了第二十一王朝前后，僧侣体才开始用于书写宗教文献。

公元前525年，古埃及被波斯人征服。此后，埃及人被迫使用波斯文字来记载发生的事情。而记载古埃及历史的那些图画和图形，随着掌握这种技术的祭司逐渐去世，后来竟没人能识，成了天书。

历史蹒跚向前，当马其顿人、罗马人在金字塔和狮身人面像下面徘徊时，只能惊叹眼前建筑的辉煌灿烂，却对其他情况一无所知，因为完全读不懂古埃及的文字。灿烂一时的古埃及象形文字，湮灭在历史的荒凉蔓草之中。

1799年，拿破仑率军远征埃及。他手下的军官布夏尔带领士兵在罗塞达城附近修筑防御工事时，发现了一块黑色玄武岩断碑。碑上用两种文字、三种字体刻着同一篇碑文。最上面用的是古埃及的象形文字，中间是古埃及的草书体象形文字，下面是希腊文字。这就是著名的"罗塞达碑"。

发现"罗塞达碑"的消息在当时的《埃及通讯》报上发表后，立即引起各国学者的浓厚兴趣，他们纷纷试图译解碑上的文字。碑上的希腊文很快就被读通了。碑中间的那段文字也很快就被确认是古埃及的草书体文字。但是，尽管学者们能借助碑上的希腊文领悟到象形文字和草书文字的含义，却依然没有解开古埃及的象形文字之谜。

年仅11岁的法国少年商博良决心揭开"罗塞达碑"上古埃及文字的秘密，让石碑说话，告诉人们古埃及的秘密。为了读懂埃及象形文字，他勤奋工作了21年。商博良发现，古埃及人写国王名字时都要加上方框，或者在名字下面画上粗线。"罗塞达碑"上也有用线条框起来的文字，是不是国王的名字呢？经过不断探索，商博良终于对照着希腊文，读通了埃及国王托勒密和王后克里奥帕特拉这两个象形文字。它们可以从右到左，也可以从左到右，或者从上到下拼读出来。商博良由此确信，象形文字中的图形符号，总的来说，代表的是发音的辅音符号。商博良经过不懈地努力，到了1822年，这个在一千多年间始终令人茫然不解的埃及象形文字之谜，终于解开了。

原来，"罗塞达碑"上的碑文是公元前196年埃及孟斐斯城的僧侣们给当时的国王写的一封歌功颂德的感谢信。这位国王就是第十五王朝法老托勒密。他登上国王宝座后不久，取消了僧侣们欠缴的税款，并为神庙开辟了新的财源，对神庙采取了特殊的保护措施，给僧侣们带来了一系列好处，很快赢得了僧侣们的敬仰。僧侣们写了这封感谢信，并把其内容用三种文字刻在这块黑色玄武岩碑石上。

小小的罗塞达城，由于有了这块借以解开埃及象形文字之谜的碑石而举世闻名。不过，这块著名的碑石如今并不在埃及，而是被收藏在伦敦的大英博物馆里了。

埃及象形文字与汉语所不同的是，它们依然保持单独的图形字符。这种文字可以横写，也可以竖写，可以向右写，也可以向左写，到底是什么方向则看动物字符头部的指向来判断。至于在单词单元上，则怎么匀称美观怎么写，只要不影响意思，上下左右，天地自由。

我们一下子从开罗的售卖莎草纸的商店，跑到了几千年之前的古埃及象形文字，罗列的这些资料有点枯燥，请原谅。简言之，古埃及文字是充满了想象的自由散漫的文字，它们花哨而饱含着魔法的意味。比如，和现代字母"A"相对照的古埃及象形文字，大致像一只神态自若的鸟。和现代字母"F"相对应的好像是一条蜿蜒的蛇。和"B"相对应的近乎一只向左撇着的脚。和"U"相对应的仿佛是一圈盘起来的绳。"Z"则像两把背道而驰的匕首……

当然，以上的描述，仅仅是我在对照着商店里发给我们的字母表匆匆一瞥所得出的粗浅印象，很不准确。未曾请教过专家，甚至也没有和丽达核对过，丽达此刻正忙着呢，被大家东拉西扯地砍价，根本没工夫理会这样枯燥的问题。

一位朋友可以用法文和售纸小姐交流。我说，古埃及文字能书写咱中国人的名字吗？

朋友说，这还不简单嘛，你的名字是由哪些字母组成的，她在表上一对照，依样画葫芦地把象形文字填到莎草纸上，不就大功告成了？

我有心想买，说，你帮我问问，价钱可否商量？

朋友如实翻译过去，售纸小姐很优雅地摇着头，不停地说着什么。

不用朋友翻译，我也知道没戏。果然，朋友说，小姐告知我们，莎草纸本身的价钱虽然并不是很贵，但所用的颜料都是由矿物质提炼的，很珍稀。特别是书写名字的金粉，用的是真金，可以保证永不变色。人们当然希望自己的结婚证书能够长久保存，以象征爱情的永不褪色吧。所以，不能便宜。

得，缄口吧。在这样的攻势之下，你甚至觉得如果继续讨价还价，就是对姻缘的大不敬了。

我在国内的一对朋友正准备结婚，我决定为他们置办一张法老的证书，当作独特的贺礼，婚礼时拿出来也许会震惊四座。我正在一笔一画地书写他们的名字时，站在一旁的朋友悄声对我说，建议你还是不要这种古怪的结婚证。

我一惊，停了笔，说，怎么啦？

朋友说，一个已经覆灭了的王朝，一种已经消失了的文化，一份已经无人能识别的文字，这吉利吗？

哦，哦！我还真没从这个角度想过问题。我说，你的意思是……

朋友说，反正要是我结婚，就不喜欢这种东西。

我看着这位朋友年轻的脸，心想也许她说得有道理。我已经上了年纪、饱经风霜，对兆头之类的东西就趋向麻木淡然。但年轻人也许比老年人更迷信呢，还是尊重他们的意愿吧。

我就放下书写名字的笔，对售纸小姐说，对不起，我不要法老的证书了。小姐惊异地扬了扬眉毛。眉毛很细很弯，轻轻抖动。

我对朋友说，可我还是非常想要莎草纸。

朋友说，你的意思是要一卷空白的纸吗？

我说，是的。我喜欢这种以几千年前的古老工艺制出来的纸，喜欢它能够经历几千年的风霜依然洁白柔软。

朋友说，这很简单，我来跟她说，就买几张空白的莎草纸吧。

我也以为这是很简单的事，不想朋友却和售纸小姐好一番交涉，小姐还请示了一个长胡子的中年男子，可能是他们的领导吧。最后好不容易才成交，价钱是彩色画的80%。我说，什么都不用画了写了，为什么打折并不多？

朋友说，我也是这样和他们论及的啊。我说，不是说颜料很贵吗？不是说金粉很贵吗？现在我们不要这些东西了，为什么价格并不便宜？他们说，从来没有人单独买过空白的莎草纸，这等于让他们售卖原料。他们如果很便宜地把莎草纸卖掉了，就没法经营了。本来他们只同意打九折，现在还是优惠了呢！

我说，谢谢你了，就这样吧。

待我付完钱之后，兴冲冲展开看着空白的莎草纸往外走时，售纸小姐还和朋友喋喋不休地说着什么。朋友只是微笑，也不答话，和我一道挽臂走出。

我随口问道，她和你说什么呢？

朋友俏皮一笑，说，我不告诉你。

我好奇起来，说，售纸小姐虽然长得俏丽，可你也是个漂亮的中国MM，也没法向你施展美人计。到底是什么意思呢，还不可告人吗？

朋友说，她说你没有购买法老的结婚证书，都是因为我向你说了什么。她希望我以后再来的时候，不要破坏他们的买卖。

我说，小姐的眼睛够毒的。

朋友说，她还看出你非常喜欢空白的莎草纸，说哪怕是9折，相信你最终也会购买。她对我说，为什么要这样拼命地为了别人讨价还价呢？如果最终以9折成交，他们会只收8.5折扣的钱，把那0.5的折扣让给我。这样他们能多赚一些，我也可以有点小收入。她还说，如果我不习惯从他们那里拿回扣，也可以在我购买他们货物的时候，把这点钱折算进去……

为之绝倒。阿拉伯人会做生意，由此让我深深佩服。

还是对法老文耿耿于怀，觉得一定要带走一件铭刻着古埃及象形文字的纪念品，才算来过埃及。

我对丽达说，哪里还有法老文的东西？除了莎草纸画以外。

丽达说，我会告诉你的。

我就死心塌地地等着。这一天终于等到了。一只小帆船带我们到尼罗河上冲浪。护送我们的水手，是两个当地的土著黑人。他们几乎不说话，只是露出雪白的牙齿微笑。帆船到达尼罗河上游的河口，丽达指着远处一座红色小楼对我们说，这就是英国推理小说女王阿加莎·克里斯蒂住过的地方。我们说，就是那个写作《尼罗河上的惨案》的阿加莎吗？丽达说，就是她。我们说的《尼罗河上的惨案》是在这里写的吗？丽达很实在地回答，这我就不知道了。但是，她住过这里，尼罗河的风光一定给了她灵感。

这话肯定对。

写到这里，让我介绍一下尼罗河。在埃及走动，你就是围着尼罗河转，甚至在飞机还没有降落的时候，你就在空中看到它庞大的水系。这是一条如此浩渺博大的河流，让你不由得敬畏和爱戴。

通常我们面对地图是"上北下南"，但面对尼罗河方位的时候，称呼就恰好颠倒了过来。尼罗河是从南方流向北方，所以当人们说到上尼罗河的时候，指的是南方；说到下尼罗河的时候，指的是北方。

尼罗河是世界第一长河，全长6670公里，流域面积334.9万平方公里，起源于非洲中部的乌干达和埃塞俄比亚，往北途经尼罗河三角洲后注入地中海。

几千年来，尼罗河每年6—10月定期发洪水。尼罗河流经埃及的那一段，只占全长的六分之一。河流泛滥，一般来说是坏事，但对于埃及来说，是大大的好事。每年，当尼罗河发源地埃塞俄比亚山区进入雨季的时候，尼罗河河水就上涨。从7月中旬开始，洪水滔滔，开始淹没埃及的盆地。8月河水上涨最高时，河岸两旁的大片田野被完全淹没，成为沼泽，人们纷纷迁往高处躲避。10月过后，洪水消退，留下了肥沃的淤泥，大自然给埃及的土地普遍施了一次肥料。在这些一把能攥出油的土壤上，人们栽培了棉花、小麦、水稻、椰枣等农作物，大获丰收，在干旱的沙漠地区形成了一条生机勃勃的"绿色走廊"。富饶的尼罗河河谷的收成足够全国人民的吃食，剩下的财力就去修建金字塔，也成为产生古代文明的一个摇篮。想想那神妙的象形文字，就能体会到当年得天独厚的埃及人过着怎样异想天开的日子。只有富足与闲暇，才能产生出如此匪夷所思的复杂文字，直到今天还令人叹为观止。

丽达告诉我们，埃及的旅游收入占到了国民收入的70%以上。埃及人称尼罗河是他们的生命之母。而开罗是尼罗河送给埃及的礼物。

开罗位于尼罗河三角洲的顶部附近，东、南、西三面都被撒哈拉沙漠包围，气候炎热干燥。公元969年，美洲大陆还没有被发现之前，开罗已是阿拉伯帝国法蒂玛王朝的国都了。"开罗"在阿拉伯文中是"胜利"的意思。

开罗的市区分布在尼罗河两岸，尼罗河是开罗新旧城区的分界线。东岸，有着建于11—16世纪的老城，开罗的名胜古迹大多集中在这里。其中有建于12世纪的萨拉丁城堡和许多著名的清真寺，还有具有阿拉伯古代风貌的大市场，市场上陈列着铜器、纺织品、地毯、琥珀、香料等物品，空气中都弥漫着奇异香料的气味。老城区的房屋比较低矮，街巷狭窄，保持着古代风貌。尼罗河西岸，是19世纪以来迅速发展起来的新市区。新市区内高楼林立，187米的开罗塔高高地俯瞰着全城。在宽阔的新区马路上，到处奔驰着电车和汽车。而在老城的街道中，不时可以看到古老的马车和沙漠特有的骆驼在往来。

我们的小帆船停在了尼罗河的中心，这里水天一色，让你生出航海的感觉。两个黑人突然拿出很多木雕和石头的项链、耳坠等，向我们兜售。丽达说，他们很辛苦，工资也很低，如果买一些他们的货物，就是帮助他们。我买下了一串木制的项链，是由十几只木雕角马组成的，算不上精致，但自有一种野性的韵味让你感动。每只角马都是寥寥几刀，就雕出了奔跑的英姿。你不得不承认，这些无名的工匠并不是有多么出众的手艺，

只是他们的眼睛无数次地遭遇过角马的奔驰，所以哪怕是最蹩脚的手艺人，也沾染了角马魂灵的神韵。

买完黑人的物件之后，丽达很严肃地对大家说，在埃及，导游向客人私下兜售旅游纪念品，是犯法的。如果被举报，就会面临很严重的处罚。但是，我不忍心看你们买到伪劣的产品，埃及人向游客售卖不良的物品，是很有本事的。

我们就笑起来，这些天的经历，证明丽达所言不虚。但是，丽达说这些，是什么意思呢？有点自曝家丑的意思，让我们无法贸然回应。丽达说，有人希望得到一些有法老文的纪念品，我认识开罗一家很好的银饰店。他们可以为客人定制手链，用皮和银来制作。在银饰上，可以用法老文把你的名字刻在上面，还有一些美妙的吉祥的图案可以选择，比如猫头鹰、太阳鸟、生命的钥匙等。

风帆落下来了，小船在尼罗河的中心好似一片树叶，随着尼罗河的水波微微荡漾起伏，让人有一种微醺的昏然。

我问丽达，什么叫生命的钥匙？

丽达说，在古老的埃及传说中，每一个生命降生之后，并不是马上就打开的，需要生命的钥匙。只有用生命的钥匙打开的生命，才会更有意义和幸福。

哦哦，古埃及人可真是聪明啊！他们把生命分成了两种，被钥匙打开的和没有打开的。想来这两种生命的质量和结局也应是不完全相同的。本想和丽达问个清楚，无奈当时丽达忙着收钱，不忍心坏了她的买卖，心想以后再问吧。

我对丽达说，那我就要一只手镯吧，用法老文写上我的名字；再要一把生命的钥匙。

丽达很仔细地记下了大家的不同要求，有的人要太阳鸟，也有要猫头鹰和鳄鱼的，反正在古埃及的神话中，世上万物皆有灵性，都有丰富的寓意和祝福。她又拿出一卷小尺，说手腕的粗细是不同的，特别是皮革制品，要稍微宽松一点。我就让她量了手腕，并特别把尺码放大了一些，以防老年越发富态的时候套不进这生命的钥匙了。

　　离开埃及的时候，行囊里多了一卷无字的莎草纸，一串非洲木雕角马的小项链，一只用法老文雕刻着我的名字的手镯，银饰中央是一把生命的钥匙。

高速公路拐角处的
笑脸

毕淑敏

23

　　走的地方多了，对形形色色的民间传说，比如关于某地山川由来，已兴趣淡然。几乎都是悲情爱恋故事，压迫的一方（可以是上天、父母、巴依老爷或是头领等，总之势力强大）要拆散痴心男女。男女无奈只好逃亡。最后不是男的变成了山，就是女的变成了河……恕我缺乏怜悯，主要是再三感动后心生倦意。若这世界上的山水皆悲男怨女所化，触目皆是，地球也太苦涩了。

　　巴尔干半岛上的斯洛文尼亚是个小国，面积两万多平方公里，人口200万。

　　它可算是巴尔干半岛上的一个异类。在原南斯拉夫阵营中，它的经济状况一直是最好的。除了经济富庶之外，斯洛文尼亚的民族矛盾相对缓和。这在以火药桶著称的巴尔干半岛，可算一枝独秀。它的民族单纯度很

高，斯洛文尼亚族人占了83％以上。而像战火纷飞的克罗地亚，克罗地亚族占89.65％。塞尔维亚就更小一些，塞尔维亚族人仅占65％。

于是当年的斯洛文尼亚就打起了小九九，觉得继续留在南斯拉夫联邦体系内，会被塞尔维亚、马其顿这些穷伙伴拖了后腿。若能单独立国，经济就可以一马当先，小日子会更滋润。

斯洛文尼亚人还有一个有利条件，就是在第一次世界大战之前，被奥匈帝国统治了数百年，绝大多数的斯洛文尼亚人都精通德语，这对经济发展很有裨益。

在历史的缝隙处，常常透出嫌贫爱富的冷光。

南斯拉夫领导人铁托1980年逝世，维系南斯拉夫统一的最后一根缆绳就此断裂。斯洛文尼亚政府马上动手自行进行一系列政治、经济改革。它

于1989年9月通过修正案，重申斯洛文尼亚加盟共和国有脱离联邦的权利。一年多后，1990年12月23日，斯洛文尼亚进行全民公决，88%的人赞成独立。这符合民族自决原则，也具有国际法上的正义，斯洛文尼亚觉得有理有据了。它率先与南斯拉夫联盟一刀两断，1991年6月7日，单方面宣布独立，随即撤下边界关防处南斯拉夫的标志，改换门庭为斯洛文尼亚标志，并阻挠南斯拉夫联邦的边界管理人员赴任。1991年6月25日，斯洛文尼亚正式宣布独立，6月26日举行了独立仪式，拍马便走，一骑绝尘。南斯拉夫当时雄风犹在，一看这还了得，于独立仪式之后，6月27日和斯洛文尼亚部队爆发冲突。

如果联邦军只是和斯洛文尼亚军队交火，结局尚是未知之数。祸不单行，和斯洛文尼亚同时宣布独立的克罗地亚，境内塞裔与克裔冲突扩大，使得居中介入的南斯拉夫联邦军队不得不两边兼顾，压力倍增。

斯洛文尼亚截断了南斯拉夫联邦军的补给线路，甚至不惜击落由斯洛文尼亚人驾驶的联邦直升机，昭示意志顽强势不两立。在欧洲各国的声讨下，7月2日，南斯拉夫联邦军决定先行撤退。7月7日，在欧洲共同体调停下，南斯拉夫联邦共和国和斯洛文尼亚共和国达成停火协议。南斯拉夫军队决定完全撤军，斯洛文尼亚方也买个面子，宣布暂缓三个月独立。

7月8日，斯洛文尼亚政府发表胜利宣言。从6月27日至7月7日，速战速决，总共只打了十天，史称十日战争。

斯洛文尼亚因此役一举独立，盼来梦寐以求的经济自主。他们的算盘打得不错，预言成了事实。1995年，国家人均收入超过了1万美元，进入了发达国家行列。2004年5月1日，和东欧七国及马耳他、塞浦路斯同时加入了欧盟。和同门入伙的兄弟比起来，斯洛文尼亚位列国民生产总值第一名；人均生产额已经超过了葡萄牙，和希腊匹敌。2007年1月1日，斯洛文尼亚加入欧元区。2007年12月21日，成为申根公约会员国。

斯洛文尼亚是我们这次巴尔干半岛之行的第一站，半夜抵达它的首都卢布尔雅那，夜色中，看起来和德国的风貌很相似。第二天市内游览后，

我们赶赴联合国世界文化和自然遗产布莱德湖。

我在西藏待过，见识过这世界上最洁净的高原湖泊，对看湖这件事，基本提不起兴趣，曾经沧海难为水；加之睡眠不足，一开始无精打采的。先是见到湖边古堡，地势险要。此乃德国亨利二世于公元1004年修建的，依山傍水，易守难攻。现在没有军事用途了，不过在石缝中凿壁而建的堡垒，是消夏避暑的神仙所在。沿着登山的马道缓步攀缘，抵达古堡。转过城池一角，鸟瞰布莱德湖。这里已是半山，湖的全貌尽收眼底，静谧安详，如同一池靛草熬煮出的蓝色染料。高度让人们忽略了微风拂起的细碎波纹，湖面似刚刚熨平的碧蓝丝绸，毫无瑕疵。远处有峭立的阿尔卑斯山，雪山不似冬季时的丰饶，积雪消融，如同一件白蚕丝勾连而起的网衣。

古堡的狭小平台上，有一中世纪工匠打扮的小伙子，赤着脚，腰下围着羊皮肚兜，表演欧洲传统的印刷术。据说欧洲的第一本书，正是这里印造出来的。客人可以亲自操作古老印刷机并带走自己的成品。

作为中华民族的子嗣，打小儿就知道活字印刷术是中国发明的。特别是那个发明人名叫毕昇，和我同姓，更有亲切感。不过这里用的是雕版印刷技术，由于弄不清两者的区别，我感觉一头雾水。

在唐朝，汉代造纸术西传，丝绸之路那一端的阿拉伯商贾，也同时见识了中国当时所用的雕版印刷术，但他们对这项技术不屑一顾。为什么呢？阿拉伯人认为中国人在印刷时，给印版上墨用的刷子是猪鬃所做。如果用此法印刷《古兰经》，违背教义，亵渎神明。阿拉伯人的宗教顾忌，使他们罔顾这一发明，阻止了中国雕版印刷术向西传播。

蒙古人征服欧洲，印刷术传至西亚、北非一带，随后进入了欧洲，其中印刷纸牌是重要功能。别看纸牌不起眼，由于是欧洲人的至爱，它成了雕版印刷术最得力的推手。

拉丁字母结构简单，数量只有26个，其实比汉字更适合活字印刷。遗憾的是拉丁字母字形圆润，刻字时不易下刀。1450年，德意志人约翰内斯·古登堡在美因茨，发明了哥特体拉丁文金属活字印刷技术，解决了长期困扰欧洲人的字形问题。有些欧洲人坚持认为古登堡是在1440年从葡萄酒压榨机受到启发，改进了机器设计，开发使用了凸起的活字。不过，经过大量的研究与考证得出结论，西方的活字印刷术确实来源于中国。古堡中的小伙子没把这件事搞明白，介绍时用的通通是德国发明说。

在沉暗石屋中，我用欧洲古老的雕版印刷方法，印制了一张有我和丈夫姓氏的纸函，证明吾等曾到此一游。所用的纸乃古法制造，纸所用染料，皆为山间的花草汁液或矿物粉末。我选的是灰蓝色调的纸张，觉得布莱德湖不可能总是风平浪静，风暴即将来临时的湖光大致是这个样子吧。整个费用八欧元，耗时大约五分钟。

先是自己选中意的雕版。图案各式各样，有风光和传说人物等，我挑了一张布莱德湖全景的雕版。安装好纸张，以刷子用力刷匀油墨（刷子的确是动物鬃毛所制，但不能确定是否为猪鬃）。使尽平生气力，用手柄搅转转印机，同时用力向下压。然后静默，等待。片刻后，打开机盖，就能看到一张印好的证书安静地躺在那里，大功告成。对了，最后还要点上一滴酒红的火漆封蜡，然后以金属模具印上古堡的标志……

沿着古堡漫步，耳边又响起关于湖的传说。16世纪时，一对有钱的年轻伴侣到此地游玩，喜欢这里的风景犹如仙境，决定离别家乡常住于此。他们用自己的积蓄修缮了破旧的教堂，从此过上了幸福美满的生活。不料战争骤起，为抗击奥斯曼土耳其人大举入侵，丈夫参军抗敌，走后没写来只言片语；爱妻苦等，坚信他会回到美丽的布莱德湖。九年后，有准信儿传来，丈夫已战死疆场。妻子悲痛欲绝，变卖所有家产，花钱铸了一口大钟捐给湖心岛上的教堂，寄托哀思并祝福他人。大钟装上船，从湖边往湖心岛运送时，狂风大作，船倾斜致使大钟沉落湖底。直到今天，人们还能隐隐听到来自湖底的钟声。

不料，超凡脱俗的布莱德湖也落此窠臼，我对导游说。他是个高大的精通中文的斯洛文尼亚小伙子。

远行，与充满未知的
人生温暖相遇

导游说，巨钟沉入湖底只是传说，主人公倒是确有其人。悲伤的妻子离开了布莱德湖区，在意大利的罗马终老一生。湖心教堂里有一口重达178千克的大钟，是那位妻子死后，当地大主教捐给湖心教堂的。

导游是兼职，主业是开一家小家装公司。他说，你既然不喜欢那种爱情传说，那我来告诉你另一个版本的故事。你知道，斯洛文尼亚只有布莱德湖心这一座岛屿吗？

想起中国有大小岛屿5000多座，岛屿岸线总长1.4万多公里，我不禁愕然。

我忙着掩饰，幸好小伙子并未察觉，他自问自答道，这还不错了呢，以前整个国家连一座岛屿都没有。

这也太凄凉了。心里想着，颜面上努力掩饰惊讶。

小伙子说，这里以前住着一位仙女。

我点点头，美丽的地方，本该是仙女的地盘。就算普通人，在这里也会飘飘欲仙。

仙女家靠着一条路，每天都有很多牧羊人，赶着他们的羊群唱着歌从仙女家门口走过。仙女嫌太吵了，终于有一天生气地搬走了。她施展魔法，为自己在湖中心建起了一座小岛，从此过上了宁静的生活。

第一次听闻这么恶的仙女，不像心怀慈悲的天人，倒像是孤僻冷漠的贵族老妇。

导游继续说，没有任何道路可以通向湖心岛，只有人工摇船，所以岛上非常静寂。有一座教堂，情侣们可以敲钟许愿，祈祷爱情天长地久。上岛之后，有99级台阶。如果丈夫可以背着妻子走上这99级台阶，一定会终生幸福。

于是同行中夫妻档的朋友们，多相戏言。女人问，你能不能把我背上去，以见证爱情牢靠？男人雄赳赳气昂昂答，当然！

我先生听闻此话，脸色大变，想必怕我提出此等要求，背上超重的我，估计连五级台阶都上不到，就会被压瘫在半路。我赶紧说，自己爬

上去。

碧蓝如翡翠的湖水来自阿尔卑斯高山雪水，清透见底。我们乘坐手摇橹船，航行十余分钟到达湖心岛。岛不大，只有几百平方米，绿树掩映着一尊小小的肃穆教堂，宛若童话城堡。我不知好歹地问，那怕吵的仙女故居在哪里呢？

没人理我。

178千克的大钟不时被人敲响，声震环岛。估计仙女阁下已经搬往高耸的阿尔卑斯山顶，唯一打扰她老人家的就是雪水融化的滴落声。

返回时，船家把我们放在岸边，我们绕着湖缓缓行走。风光优美，不时有野生的天鹅冲过来大声嘎叫，估计是我们无意中闯入了它们的领地。天鹅们凶猛骁勇地发泄不满，音色也煞是难听，它们躯体洁白，却一点儿也无芭蕾舞剧中的温柔。

路过一片静谧森林。导游说，山坡上边，就是铁托曾经居住的休养地。

我说，你们怎么评说铁托呢？

导游说，年龄不同的人，对铁托的看法也不一样。比如这个别墅，就是斯洛文尼亚人送给铁托的，对他很尊敬。铁托曾在这里招待来访的各国政要，像赫鲁晓夫、英迪拉·甘地、金日成等。但对我们这一代人来说，他已经成为历史，对我们没有实际的影响了。他当政的时候，南斯拉夫联盟在世界上很有发言权；现在，分裂成了很多小国，没有人重视我们的意见，但是人民的生活毕竟比以前要好多了。

一处浅湾，风光旖旎。湖岸像一条绿色的舌头，轻轻探向湖面。在一棵大树树干上，悬挂着一张A4纸大小的塑封照片。一个七八岁的美丽女孩，唇红齿白酒窝深陷，笑盈盈地张望着四周。

我刚要问，突然发现前面公路急转弯处也有照片悬挂。不过，这次是两个成年男子的彩色照片，挤眉弄眼地俏皮微笑。

我问导游，这是什么意思？

他脸色凝重起来，说，这些人已死去。死亡之地就是悬挂照片的地方。看到他们的微笑，对活着的人是个警醒，对死去的人是个祭奠。

我张口结舌，缓了半天才说，这都是罹难场所？

导游说，是的。女孩是在布莱德湖边溺亡，那两个小伙子是因为车祸。在我们的文化中，人们认为死者会在他们最后离开人世的地方周围徘徊，人们到那里纪念他们，他们的魂灵会感应到。

我说，挂照片需要办什么手续吗？

导游说，要向有关部门打个报告，一般都会批准。特别是在高速路边上的这种祭奠图片，也会起到交通警示的作用。人们会想，啊，多么年轻的生命啊，就在这里夭折了。我可要小心……

我说，收费吗？

导游说，不收费，但是也不会出费用，都是遇难者家里操办的。

我说，想象中，这种照片应该是黑白的，比较庄重。可这里的照片，都是欢快欣喜的样子。

导游说，人们都愿意记住亲人最好的模样。就是那些逝去的人，也希望以最神气的表情留在人们记忆中。所以，我认为黑白照片不好，还是彩色的好。看到的人也会心情好一些。对吧？

我说，对。

他山之石，可以攻玉。国人多用恐怖的画面来提醒人们注意灾难。比如不要带爆炸物的提示，就把爆炸之后血肉模糊的尸身或面目全非的建筑等展览出来，让人不忍卒看。

后来，我在高速公路上，多次看到这种突如其来的照片墙。有一次，居然看到了一组群像。数了数，一共是五个人，有男有女，有老有少，好像是一个家庭。正在开车的司机叹息道，全家都死了，那个车祸一定很惨。说着，他的车速明显慢了下来。

这是个充满温情的方法。既告慰了亲人，又提醒了众人。每当在高速路的急转弯处看到这种图片时，都深感生命的可贵和脆弱。

　　不过，这法子在中国恐难全面推行。中国人多，若是以此法纪念，只怕有些路旁会摆成长廊。满世界游走，我常常感叹，中国人口众多，有很多在小国卓有成效的方法，在中国就搞不赢。人多和人少的确是大不一样的。比如国外可以随意进入草坪行走坐卧，在中国你试试看，马上就会赤地千里寸草不生。

　　分手的时候，我对导游说，你中文不错，为什么不专职做中文翻译呢？

　　他说，来布莱德湖的中国客人还不够多。如做专职翻译，我会养活不了自己的。

　　我说，那你试试做些文字的翻译工作，再加上做中国贸易什么的。

　　导游用手搔着金色的短发说，那不成了纯粹的脑力劳动者了吗？

　　我说，这有什么不好？脑力劳动者又不丢人。

　　导游说，我觉得一个人专做脑力劳动不好玩。

　　我说，看不出来，你还特别喜爱做体力劳动。开装修公司就是因为常做体力劳动吗？

　　导游思忖着说，专门做体力劳动也会烦的。我觉得最理想的状态就是可以经常在脑力和体力劳动之间转换，做做这个，再做做那个。比如40%的脑力劳动，60%的体力劳动，就很好。

　　中国古话有句"随心所欲"。如果能自由地选择劳动方式，的确是大自在。

战壕城
失恋博物馆

毕淑敏

24

　　问过九个人，克罗地亚的首都是哪儿？都说不知道。又问了第十个人，她也是一脸糊涂相。哈！此人正是我。

　　出发去克罗地亚之前，我没做功课。

　　出外旅游，我不喜欢事先阅览太多资料。事到临头，便充分暴露出我的不学无术和孤陋寡闻。这毫无疑问是一种愚蠢，但我顽固地认为——难道不就是因为对外面世界所知甚少，才去旅游的吗？如果一切都了然于胸，还有什么理由去跋山涉水？

　　为了让那震撼和惊诧来得更真实和劈头盖脸，为了给自己更多的借口出外闲逛，我经常特地拒绝预习。就像球迷不希望别人提前告知比赛结果，我不愿把自己的头脑屏幕，变成先行者的跑马地。

　　这样做的好处不必多说，从一无所知到略有所知，犹如提着空篮子的农妇在树丛中采野蘑菇，惊喜不断。坏处就是懵懂出发，回来后才发现遗落了很多重要景观。

时间是有限的，遗落是必然的。就算我们千百次地走过小径，也会忽略花绽的轻响和雪落的飘零……

在遗落和惊讶之间，我宁愿选择后者。人生就是不断遗落的过程，在抛却了少年、青年和中年之后，我尚余晚年。谁都知道晚年是一个不容易惊奇的时辰，我可不想再丢失了让我惊诧莫名的机缘。

抵达萨格勒布的时候，正是傍晚。由于这一路总是白天赶路，到达目的地的时候，已是暮色苍茫。区分只是暗黑深浅不同。最暗沉的夜色是阿尔巴尼亚，抵达首都地拉那已是子夜12点。最薄的暮色就是眼下的克罗地亚首都了，刚刚下午4点。

正是5月底，接近北半球极昼时刻，白天的尾巴绵延不绝，拖得很长。尽可以把这时刻当作正午，因为太阳要到深夜11点才彻底下班。

萨格勒布位于克罗地亚的西北部，意思是"战壕"。萨瓦河在东侧流过，将整个城市分成了三部分。一条古路依山而上，教堂、市政厅等古老建筑群就傍着石头路，挂在半山上，这就是老城区。不管世界上何处的人，都以高处为上，这里也被称为上城。上城之下，就是下城了。有广场和商业区，还有歌剧院，地势比较平坦。除此之外，是后来建设起来的现代化市区。

中国的城市都在搞现代化，不管你到哪里去，都有一个高新技术开发区。主人们一定要引领你到那里去看看，眼巴巴地等着听你赞叹——像外国一样啊。

真正到了外国，主要倒是让游客们看他们的老城区。在萨格勒布，参观的路线基本就是上城和下城两部分。至于"二战"后建设起来的新城区，根本没排进游览表。上城的圣母升天大教堂，无甚特别处。进入老城，小巷曲折，路面是由硌脚的小石块组成，不知多少人踩踏过，依然顽强地高低不平。小巷两侧是小店，卖珠宝时装什么的，间或有各色酒吧。

远行

与充满未知的
人生温暖相遇

各种风格的建筑保留着中世纪不修边幅的参差不齐。说起克罗地亚，这弹丸之地饱经沧桑。倘若比作俊俏女子，就是身世坎坷，一嫁再嫁，总是遇不到良人。早先属于希腊城邦，然后是亚历山大帝国、罗马帝国、拜占庭帝国、奥斯曼土耳其帝国……近代加入南斯拉夫联盟，又经过血火之战才得到独立。

多个时代都在城市风貌上有所孑遗，同行朋友看到这种复杂风情的建筑群，举着照相机一边狂拍一边说，这里比罗马怎样？我说，风格不一样，罗马比作100分，这里的纷杂，可打50分。

拐过一条街，看到圣马可教堂，倒有几分特别。它的屋顶用不同色彩的巨瓦，组成了色彩斑斓的纹章图案。听说是本城的城徽，外带两个臂章加衬底，分别代表中世纪克罗地亚的三个古王国。在我的印象中，教堂是神圣所在，似乎没有这样被人间放肆地利用，犹如巨大的广告板。随着所走之地渐多，除了特别需要证明我在现场之外（比如在尼泊尔恒河上游，我和焚尸的火焰需一道留在图片中。在墨西哥，我对当地小吃好奇，就留下我在小巷中捧着猪皮饼大嚼的身影），我不大在风景区留影。一是觉得没有建筑古老，自惭形秽。二是觉得没有风光秀丽，怕污了大自然的好颜色。这教堂有些特别，又动了凡心留影。衣着被朋友们大为耻笑，说我所穿军绿色T恤衫，和背景糊在一起，像一个野菜团子。之后沿崎岖狭路下降，到了耶拉希奇广场，此为下城的中心。

国外的广场，每每令国人失望。"场"的模样是有，"广"说不上。就连声名显赫的莫斯科红场，看起来也就是马路膨胀了一段，和想象中的辽阔，差距相当大。下城广场面积，基本上相当于小学足球操场。中心矗立着青铜雕像，初看起来，也和欧洲其他城市的雕塑大同小异，有高头大马和搏杀的勇士。不过听完了介绍，还是留下印象。这位英武挺拔的战将，是克罗地亚反对奥匈帝国的民族英雄耶拉希奇总督。塑像立于1866年。到了南斯拉夫时期，主流意识形态要表现历史是人民所创造，反对帝王将相，威武的总督就灰溜溜地下台了，换成游击队员塑像。克罗地亚独

立后，又把总督塑像从博物馆请了回来，重新屹立街头眺望城乡。佩服克罗地亚人办事留有余地，换在咱们这儿，总督雕像当年撤下时，就会砸碎化成铜水，再等不到囹圄复出的那一天。

克罗地亚国小学问大，历史上曾出现过三位诺贝尔奖获得者。各种电器中必不可少的特斯拉线圈，就是由克罗地亚物理学家尼古拉·特斯拉发明并命名的，他就在我们近旁永垂不朽。还有常用的钢笔，也是由克罗地亚人爱德华·番卡拉发明的。现在英语中的"pen"这个名词，就是由他的名字"番"而来。克罗地亚还有一个值得大书特书的发明，就是领带。一听说这里是领带的老家，男士们纷纷解囊大买此物，好像去了新疆不能不带回哈密瓜。

萨格勒布还有一个绰号，叫作"博物馆之都"。我爱逛博物馆，觉得这是了解一地的捷径，且价格低廉冬暖夏凉。如果是自由行，我一定会用大把时间浸泡在博物馆里。可惜和众人一道，时间有限，只得放弃。博物馆要细嚼慢咽，走得太快，除了夸口曾去过那里之外，所得有限。

正当我为无法参观博物馆暗自神伤时，突然看到街边民舍的窗户里有一本红色封面读物，上面以中文大书"失恋博物馆"。旁边还有一系列装帧相同的册子，用不同的文字书写着，也是"失恋博物馆"字样。

我刚开始认为它是一种行为艺术，片刻后大悟，这就是大名鼎鼎的"失恋博物馆"真迹所在！以前在资料上看到过世界上有这么一座博物馆，但忘记了它在哪儿。不想在克罗地亚首都的小巷中，猝不及防与它迎面相遇。

门票只收克罗地亚货币库纳，我们彼此把钱包翻了个底儿掉，都没有库纳，问欧元能用否，被坚拒。眼看着就要过门而不得入，忽然有人问起可否刷卡，答曰，行。大喜过望，每人3欧元，约合人民币25元，得以参观。

无人讲解。博物馆因开在老城区内，只有一层，想来以前是民房。一间间斗室墙壁被打开，合成一个松散整体，总面积有几百平方米。朴素的本色地板，墙壁雪白。沿墙壁四周摆着陈列柜，摆放着世界各地捐献来的失恋展品。

展品大多平摊在柜中展示。有些悬挂在墙上，排列无甚章法。当你以为走到尽头时，突然出现一道横廊，拐入后另有一番天地。照明灯很少，光源来自半透光的天花板，最大限度地利用自然光线，明亮但并不耀眼，散射暧昧暖光。想想也是，你说一个收集失恋信物的地方，太光鲜亮丽了，自然和氛围不符。若是太压抑阴晦了，恐也不是兴建者的初衷。

此馆创始人是电影制片人维斯蒂卡和设计师格鲁比希奇。十年前，他们结束了长达四年的恋情决定分手时，不想把分手这件事当作"一种疾病"来处理，而是庆祝两人在一起度过的美好时光。他们突发奇想，倡议让朋友们捐赠出废弃的爱情纪念品，以资留念。日积月累，收藏品越来越多，他们决定办一座失恋博物馆。

他们希望参观者们在目睹别人的失恋之后释怀疗伤，尽快走出自己失恋的阴影。希望让失恋者们知道自己的境遇并非千载难寻，而是无独有偶，你不孤独！这世界上曾有那么多人因为失恋捶胸顿足悲痛欲绝，然而生活依然按部就班地向前。看山盟海誓随风飘逝，看情深义重化为恩断义绝。参见过大巫中巫们的陈迹之后，众小巫哭丧着进来，微笑着走出。

据说创始人在兴建这座博物馆的过程中，勠力同心，最后分而复合，花好月圆之后干得更起劲了。该馆已拥有世界各地失恋者捐赠的展品共计1000多件。2011年，欧洲博物馆年会授予其"欧洲最有创意博物馆奖"。2012年，克罗地亚旅游部门将其评为萨格勒布市第三个值得参观的地方。

我沿着墙边展柜，悄然踱过。陈列物品基本上都是破旧而衰败的，稍觉诡谲。因物品是旧时互赠礼物，多是家常俗物。不像我们平日所观赏的博物馆，皇家贵胄稀世珍宝，灿然夺目。二是失恋物品多有年头了，难免污损。再说伤心之物，被主人压在箱子底儿，未曾得到很好的翻晒保护，暗淡失色不说，霉锈斑斑也常见。基本上也没有值钱的东西，比如钻石珠宝黄金首饰什么的。我估摸恋人们往来信物中，一定也曾不乏好东西，分

别时也不一定都物归原主。失恋者们或许把贵重之物留下了，只拣些寻常物件捐出供人观赏。

即使有这些先天限制，一路走过，一件件展品参观下来，我们还是感慨万千。展品中最常见的是日记本、求爱信、洋娃娃、餐具等"恋爱见证"。每件展品下都有文字说明，创办人声明并未曾加工过，都是匿名捐赠者自拟的。

显要位置，竖立一个假肢，具体说就是从膝关节以上离断的大半条假腿，夺人眼球。乍看过去，有点儿瘆人。标签上写着这样一句话——它"忍耐的时间比爱长，其材料也比两人之间的感情更坚固"。

估计捐出这物品的是女子，因为假肢比较粗壮，看来是男式的，还带着小半截大腿。假肢的材料似是工程塑料加金属。这女子总结出来的教训也算得上言简意赅，切中要害。你想啊，工程塑料和金属多经久耐用，几百年不会分解。破碎的爱情，的确甘拜下风。我的思绪一时走得远了，想那男子离家出走大约是在一个清晨吧。他套上了自己新的假肢，从此决绝而去，再也不会回头看失恋的女人和自己的旧假肢了。有个词叫作"弃如敝屣"，在这件展品前，可以改作"弃如敝肢"了。又发奇想，那男子该不会是单腿一步一跳地离开的吧？

人们也许永远无法知道事情的全貌，看到的只是遍地疑问。

最简洁的展品是一把钥匙。捐赠者写道："自从发现他是个骗子，这东西对我来说就再也没有任何意义了。"

我可以感到她的愤怒。但一把钥匙流落在外，总会让主人不安。精神上的一刀两断最重要，钥匙还是给他寄回去吧。不知那个花心男子，会不会有一天来到这座博物馆，看到他自家钥匙陈列于此，落荒而去？

一条糖果色的丁字裤标签上则写着："他本人跟送的礼物一样廉价、低劣。"

丁字裤是化纤产品，非常劣质，可以想见那个男人的品位。再加上送女友丁字裤，其中肉欲的象征性非常明显，狎昵之味甚浓。

场中最大的展品是一架三角钢琴，有六七成新。我不懂乐器，不知牌子的好坏，估摸不出价格。它的说明写得比较详细，钢琴上还有"出售"二字，放在这里寄卖。

主人叫莱拉，不到30岁，是英国埃塞克斯郡的一名歌手。她说："2005年送我钢琴的人和我只交往了相当短的一段时间，其间他不时为我买香槟和奢侈品，花了很多钱，我都不觉得我们在恋爱。关系只持续了大约两个半月，分手时他送了我一架钢琴。对一般人来说，把钢琴作为分手礼物实在是太奇怪了。我想，它会让看展览的人们扬起微笑。"

我看着钢琴，并没有扬起微笑。我想——什么人愿意买这里出售的钢琴呢？它弹出的曲调是否充满莫名其妙的困惑？再者，依我的观念，既然分手了，就别要人家这么贵重的礼物了，也好让自己云淡风轻，放下后患。想那女子，每过一段时间就要打电话询问博物馆——我的钢琴卖出去了吗？

有参观者说，当你在展品之间四处走动的时候，会从标签上读到各种各样的故事，它们中有些宣泄着愤怒与痛苦，有些则充满了快乐和释然。

我在一件展品前感到了强烈的纷扰。一把斧子，雷厉风行凶神恶煞的样子。这是一名德国女子捐出来的，说她在失恋之后买了这把斧子，把同居时的家具劈成碎片。她在说明中颇有幽默感地写道："越劈，我的沮丧就越少。就这样，这把斧子就被提升为疗伤工具了。"

严格讲起来，我觉得这把斧子不能算作纪念物，因为它是在失恋后买的，男人没有看到过这把斧子。斧子承担了排解痛苦的任务，是个工具。我个人建议，斧子有点儿暴力，用笔锋把对此人的愤慨宣泄出来为妥。若是实在难以抑制怒火，不妨找个旧羽绒枕头暴打一顿，直打到枕皮爆裂，羽絮翻飞。一只打爆了不解气，可以升级为一对。至于家具，实在不想要，丢到垃圾箱里，让别人捡去吧。

有一架钟表让我感动。挂在墙上，不走。永恒地停留在了一个时间，好像一个人死去了。

有Skype（互联网电话）标志的时钟。捐赠者在钟的表蒙子上写了"分手在Skype"字样。她的故事是这样的："我每天都计算着时间，远在欧洲的他是睡了还是醒了？我们以电邮、电话、Skype等多种方式交流，但最终还是在Skype上分了手。"

毫无疑问是异地恋，网恋也说不定。尽管周围不乏网恋成功的例子，但我仍然对这种恋爱方式抱以浓厚的疑问。爱情这事，需要眼耳鼻舌身的全面接触，包括生物免疫系统是否相契合，基因是否匹配，都要有近距离的磨合才可定论。语言和文字的交流，只是一部分。这一部分固然万分重要，但伴侣毕竟不是工作同伴，不是开电话会议就能决定的事。我觉得这姑娘不用太伤感，这个钟表在某种程度上挽救了她。如果问人们，当你的伴侣并不适合你的时候，你是希望在恋爱的时候终结这段感情，还是愿意在结婚之后以离婚来收场？我相信大多数人都愿选择尽早结束联系。顺带说一句，给人送钟，按照中国人的说法，确有不祥。

咦，写到这里，我突然惊奇地发现，为什么留下展品的都是女人呢？

揣摩。女子怀旧，加之珍惜物件，念念不忘并易怀恨在心。

我加快了脚步，四处搜寻，终有所获。一个男人写道："它是我前女友给我的礼物。我们分手后我才知道，她对我有多重要，我们分手全是我的错，我太年轻，不懂得珍惜。"

那情深意长的礼物是一条中档皮带。

还有一件展品，分不出是男是女所捐，姑且放在这里。它名为"爱情香炉"。上面只写了三个字"不管用"。想那主人曾经净手焚香不断祷告，希望爱情终成正果。享受香火的神仙们太忙了，没理这个茬儿。

眼球被吸引过去的展品，基本上还都是女子所捐。

一块稍有破损的汽车侧视镜。捐赠者说，有天晚上，她丈夫的车停"错"了地方，停到了别的女人门前。第二天早上丈夫回到家，若无其事地说，醉汉发酒疯搞坏了他的侧视镜。于是她提出分手。

故事浅尝辄止。侧视镜是谁摘下来的呢？侧视镜坏了就会停错了地方？多么难以自圆其说的谎言。可以想见这女子当时义愤填膺，不仅仅是背叛，还有欺骗。不仅仅是愚蠢，还有狡辩。不过，侧视镜无辜，摆放在这里，不是失恋信物，而是出轨证据。

展品里有很多毛绒玩具。有只布龙虾，样子不美观且污渍累累。捐赠者来自萨拉热窝，而且还和中国有点儿关系。这姑娘写道："我的前男友是中国人，我们在美国相识，后来我回了萨拉热窝，他去了新加坡。从那里他给我寄来了这只龙虾，我每天把它放在枕边睡觉。但最后我们还是分手了。"估计这只龙虾成了替罪羊，被扔过摔过，所以鼻青脸肿面目全非。

还有一只不算太大的旧毛绒泰迪熊，半死不活地蜷缩在玻璃柜里，可怜兮兮。署名"太天真"女士捐赠。她在情人节收到这个礼物，可是发现男友感兴趣的只不过是她的身体，而非内心……

特别喜欢毛绒玩具的人，多是在婴幼儿时期没有得到父母足够的重视

和爱抚，他们的皮肤饥渴一直携带到了成年。所以，送毛绒玩具给别人和特别爱接受毛绒玩具的人，比较容易被温柔的呵护打动，有时会被人攻弱点加以利用，上当受骗。他们以为找到了如父母怀抱一样的温柔窝，其实不过是粉红色陷阱。

最令人伤感的展品，是一位美国女子的熨斗。"我曾用这熨斗熨我的婚纱，但现在除了它什么都没有留下。"我一时搞不清——她的婚礼究竟有没有举行呢？这件婚纱到底在太阳下穿过没有呢？是新郎官在婚礼前变卦不肯结婚了，还是婚后他们分道扬镳，这女子一点儿经济上的分割都没有得到，就卷着婚纱净身出户了呢？

这个世界上没有经历过失恋的人，大约很少吧？这个世界上，死于失恋的人，大约不是很少吧。"少年维特之烦恼"就是明证。失恋是人类的一种病，对于很多青少年来说，直接演化成一场危机。从这个意义上说，"失恋博物馆"真是非凡创意，给了人们一个疗伤的所在。

失恋到底失去了什么？人们多以为失去的是另一个男人或女人对你的爱。其实，真正将我们打翻在地并由失望引发的绝望之感，源自我们被所相信、所喜爱的人否定了。于是有人顺势得出悲惨判断——自己是不值得被人爱的，自己是没有价值的，甚至没有资格活下去的。

失恋引发自卑，这才是最可怕的。只要你不自卑，爱自己，无论失恋当时的感受多么痛楚，终归会走出来，重新意气风发。

失恋博物馆以貌似悲剧实则喜剧的方式，鼓起人们走出失恋的勇气。你不必自卑，你也不孤单，看看全世界，失恋的人多着呢。从失恋中走出来后，照样嬉笑怒骂。

你会在此窥到很隐秘的物证——人们在恋爱中馈送了什么？你会发现，原来平常物居多。所以，大可不必送一鸣惊人惊世骇俗的礼物。寻常人还是做寻常事为好。我对于那些999朵玫瑰、用烛火摆出心形或是拉一群不认识的人扯着横幅吼一嗓子"我爱你"的举动，都不大看好后事。壮怀激烈机关算尽的举措，不容易长久。当另一方被感动得忘乎所以涕泪滂沱时，也就失去了理性判断的冷静。双方头脑发热，以为今后天天莺歌燕舞烈火烹油。不料降温之后，一切复常，柴米酱醋九九归一，接下来的日子会觉得索然无味，寡淡的日常生活不足以刺激荷尔蒙的汹涌分泌。由奢入俭难，漫长的一生一世就难坚持了。

人间百态在此上演。对于失恋物品，刀剁斧劈者有之，拿出来拍卖最后挣一小笔零花钱者有之。有些人毫不饶恕，另外一些人莞尔一笑……大千世界无奇不有，相比之下，悲哀不过沧海一粟，不必太过执着。

然而我内心深处，深信有一些感人至深的失恋，是任何物品都难以寄托和承载的。能拿得出来并供人把玩的，或多或少有故事和追悔，从广义上讲，这种失恋者是爱表演的。一些无怨无悔的失恋，只能在心中埋葬，连墓碑也不留一寸。

失恋博物馆大受追捧。据说它已在17个国家的25个城市举办过展览，参观者达近百万人次。由于失恋的永恒性，这个博物馆也会收集到越来越多的展品，有越来越多的人来参观。

我对博物馆的负责人说，可以将窗户上摆着的中文解说词卖给我一本吗？她说，不行，我们只有一本。我说，那可以把电子稿发到我的信箱里吗？她思索了一会儿说，可以。于是，我在异乡的土地上，一笔一画留下自己的邮箱地址，回国后开始了漫长的等待。为了保险，我让另外一位同伴也留下了邮箱地址，怕万一出了什么纰漏，还有个补救。

时至今日，还没收到相关的第一手资料。我只好依靠自己当时的记忆写出上文。不准确之处，祈请原谅。

我仍然期待着哪一天打开邮箱，会收到来自克罗地亚首都萨格勒布的邮件。

人生充满温暖未知相遇的 与 远行

死海按摩

毕 淑 敏

25

　　站在死海边，影影绰绰看到对岸的房屋，比这边要高大漂亮。死海经常有雾，眺望远处，好像隔着一盆巨大的热水。

　　那边是以色列。约旦人告诉我。

　　那时的我，没有奢想到对岸去。我这个人，遇事不悲观，但也算不上太乐观，多抱听天由命之心，凡事难得有太具体的期望。比如在国外看到壮美景观，很多人常说的话是：我一定还要来！我就很没出息地想——够了。此景只应天上有，一辈子能看到一次，已是莫大幸运。不再祈求更多了。

　　我父亲20世纪70年代曾任新疆吐鲁番军分区政委。那里是全国最著名的低地，海拔为-154米。从此我便对低洼处格外留意。吐鲁番有一景，名艾丁湖。当时介绍说艾丁湖是世界第二低洼的盐水湖，仅次于死海。

我兴致勃勃地赶到艾丁湖，看到的是无边盐碱沼泽，湖水几乎干涸，赭的沙砾和白的盐壳粘在一起，仿佛大地残破的盔甲。然虽是丢盔卸甲，质地仍坚硬无比。我在那里没有看到任何动物，没有地鼠，没有飞鸟，连蚂蚁也未曾见。苍黄中带着嶙峋绿色的碱蓬与抗盐的不知名的野草，披头散发萎靡不振地贴附在白花花的地表上，随着漠风起伏，算是另类的"波光粼粼"。

为什么说它"波光粼粼"？因为湖水虽然枯了，但沙层依然保持着当初波浪翻滚时的姿态，留下抑扬顿挫的节奏。

我自言自语，怎么就干了？

陪我来艾丁湖的维吾尔族大叔，长相有一点儿像库尔班吐鲁木老人家，也有茂密的大胡子，只不过尚未全白。他说，水嘛，原来有的，后来嘛，慢慢没有了。天上雨少得很，白杨沟河的水也小小的。来一个水，太阳晒走200个水。慢慢慢慢地就干了。你要看水，远远远远地朝里面走，西边还是有一点点水的。艾丁湖在我们的话里，是月光湖的意思。最早是满月，现在只是月牙了，新出来第一天的月牙……

酷热，气温大约有45°C，不忍看没有水的湖泊，谢了库尔班大叔，我独自离开焦渴的湖区。

艾丁湖是2.49亿年前喜马拉雅山造山运动的产物。没想到，世界第二低地，居然和世界上最高耸的山脉沾亲。魁伟挺拔的大哥，有个黄皮寡瘦的小妹，身段匍匐在海拔之下。不过遥想亿万年前，艾丁湖也曾风姿绰约丰满饱胀过，那时它裙裾飘飘，是近5万平方公里的内陆海，无边汪洋。

去过了第二，向往着第一。

死海是东非大裂谷逶迤龟裂的最北端，西岸为犹太山地，东岸为外约旦高原。中国古代有一凶猛瑞兽，善吞万物而不泄，纳食四方之财皆为己有，名为貔貅。死海可称为水界貔貅，只有入水口没有出水口。约旦河自北方流入这片被称为"地球的肚脐眼"的洼地，每年慷慨地向死海注入5.4亿立方米水。另外还有4条不大但常年有水的河流，从东面涓涓注入。倘死

海有知，应衷心感谢约旦河等一干人马。它们粉身碎骨地投入，死海才能历经亿万年高蒸发量的折磨，尚能长袖善舞。1947年时长80公里，宽18公里，享有1020平方公里的面积，现在只剩一半了。湖面平均深300米，最深处415米，一眼望过去，湖水呈深宝蓝色，非常平静。湖面上没有任何船只航行，湖水蒸发形成浮动的浓雾，让它神秘莫测。

湖岸荒芜，几无居民。关于死海的名称，最直接的解释就是这里没有植物和动物。盐分极高，且越到湖底越高。这么说吧，海水含盐量为35‰，死海的含盐量为250‰，深层水中干脆到了327‰，是普通海水的8~10倍。每1公斤死海水里，就有1／4以上的盐。吓死人！不幸从约旦河游来的鱼，一进死海瞬间死亡，变成了咸鱼。

凡奇异之处，必有传说。据说远古时候，此地男子骄奢淫逸多恶习。先知鲁特劝他们改邪归正，但他们充耳不闻拒绝悔改。上帝决定惩罚他们，便暗中谕告鲁特，叫他携带家眷离开村庄。且告诫他离开村庄以后，不管身后发生什么事，万不要回头去看。鲁特在规定时间离开了村庄，走了没多远，妻子好奇，偷偷地回过头去望了一眼。瞬间，村庄塌陷了，出现在她眼前的是一片汪洋大海，海水苦咸。

这就是死海。上帝惩罚那些执迷不悟的人：让他们既没有水喝，也没有水种庄稼。据说那个女人化成的石头现在还立在那里，不过我没有看到。

不知道为什么，在世界各国的古老传说中，都有悲惨地化成石头的女人。通常是为了爱情而张望太久，这一次是因为回头看。也许，人生是不要回头看的。非要看，你就变成了石头。我另外得出的结论是，上帝烂熟心理学的惩罚原理：第一是狠，你做不到不折不扣地服从，偷吃了苹果，就被赶出家园。你回头偷看，就变成石头。第二是要快，扫地出门，刻不容缓。变成石头，更是眨眼间的事。第三是要广为传布，众所周知，以示警诫。关于蛇和苹果的故事，是这个世界上流传最广的故事吧？那女子变成的石头，至今兀立在死海边，成了反面教材，被人指指点点。

终于来到了约旦的死海对岸，住进了遥望中高大美丽的房子。

死海边建有很多疗养设施。最早的建筑簇拥在死海边，类乎我们的湖景海景房。后起的建筑，距离死海边就比较远了，要乘一种小型的电瓶车往返。

死海漂浮，是最叫座的活动。所有的人都尝试着把自己的身体平摆浮搁在水面上，让一种不可能变为凡常。不要以为死海浮力大到了人沉不下去，这个动作就毫无难处。淹不死是一回事，让你能够面露悠闲惬意躺在水面上潇洒晒太阳，那是有技术含量的。

一脚踏入死海之水，如同猝入狂风之中。虽然表面上波澜不惊，巨大的阻力却无所不在地包绕着你，让你迈不开步。你不可能在死海中游泳，哪怕你原来是游泳健将。理由很简单：这个水不是普通的水，是富含盐类的高浓度的浆。刚才说过，死海水富含盐，比重高达1.17～1.32，而人体的比重只有1.02～1.09。就像你不可能在飓风中完成一套标准体操，强大的风阻会不容分说地修改你的动作。死海水使你彻底改变了水是至柔之物的俗念，你被迫放弃了在水中随心所欲的习惯，屈服于水与盐合谋之后的强大制约。

正确的姿势是你先平稳地站在水中，然后缓慢走到稍微深一些的水域，把一只手臂放入水里，这样另外一侧手臂或腿便会浮起。把背像一块木板绷紧并倾斜，缓缓插入海水中，逐步试探着平躺，直到完成安稳的仰卧式状态。

在这个过程中，你要充分相信死海水的浮力。这个信任度既不可太大，比如你以为无论怎样仓皇入水，死海都会像温柔的床垫把你托举起来……切记并非如此，死海没有那样柔曼体贴，它是一个有着强烈自主意识的刚硬存在。但也不能不相信死海，以为它没有法力承接你的肉身。死海完全有这个本事，只要你把自己平稳地摆放其上，死海就能成为你平铺直叙的铺板。

我很奇怪为什么没有人详尽地描述这个过程，让很多人吃了苦头。如

果不得要领，被死海教训一下那是不由分说的。忘乎所以跳入海中，贸然戏水，晶莹剔透的死海水，就会珠圆玉润地溅入你眼。如同奇诡刑法，痛楚令你骇然大叫。你要事先带一瓶淡水，放在岸边。这样一旦惨剧骤降，马上冲洗，尚可挽狂澜于既倒。不然的话，你必须流出足够悲痛的热泪，才能以这种较淡的盐水，冲刷较浓的盐水……

你不幸吞入了死海水，那滋味也会令你终生难忘。它不但极咸（你可以想象一下把300克盐，融入1000毫升水中的滋味），外加多种矿物质协同作战之后的苦和涩。当它舔过腔内之时，以烈焰撩拨形容都是仁慈的，简直就是火红棍子沿着喉咙下戳。以我的医学知识判断，食道黏膜表层会被它瞬间凝固。如果不幸将海水咽到胃中，欲吐不能，连带肠胃受损，会难受好几天。

另外亲切提示，确保自己在浸入死海之时，体肤完整白玉无瑕。不然的话，你就会在第一时间，感知锥心刺骨的剧痛。不论是蚊虫的叮咬，指甲的划伤，还是不小心的磕碰，无论多么细微，都狼烟四起，向你紧急报警疼痛。什么创可贴防水药膏一律不管用，你唯一能做的就是足够的思想准备，忍着乱针刺般的痛在水中遨游。

岸边的盐晶坚硬带刺，日照之下，闪闪发光，可和钻石媲美。走在上面，就不那么美妙了，犹如铺设了一席铁苍耳的地毯。第一次到死海边，我感叹它们的美丽，取了一小块包在餐巾纸里。回到家后满怀希望地打开，看到的是一小撮盐末。

说了这许多死海的坏话，来说说死海的好吧。

虽然满身伤口去游死海，考验意志，但无论怎样痛灼，请你放心，不会感染。那么高的盐分，早把细菌病毒统统杀死。

人漂浮死海，就暂时地借用海水力量，对抗了地心引力。你的肌肉不必负担保持你姿势的压力，它们略带紧张但是好奇地进入了逐渐松弛的状态。平日和我们寸步不离的重量感不可思议地丢失了，意识进入玄妙的虚无状态。有人说在死海中漂浮40分钟，相当于沉睡8小时，可以忘却烦恼，身心松弛。

恕我直言，人在死海中不可能悬浮那么长的时间。想想看，一条青翠的豆角浸入30％左右的盐水中，细胞会脱水，渗出浆液，它的表皮会皱缩宛若咸菜。如果你不想变成一个"闲（咸）人"，第一次浸泡最多以五分钟为限，请见好就收，早早上岸。如果你能在死海边多住几天，据说随着慢慢适应，可以相应延长时间，每天延长两分钟。记得千万不要在正午烈日当头的时候在盐水中待得太久。死海地势低洼，烈日如火，如同凹透镜，光箭聚焦靶心——那就是你的身体。身下是镜面般的死海水面，毫不吝啬地闪射强光，你很快就会脱水灼伤，如同半熟的鱼啦！

来到死海的客人，都会做死海SPA。SPA这两年叫得很响，其实就是泰式按摩。发明者其实不是泰国人，而是印度王的御医吉瓦科库玛。僧人们把他的医疗手法传入了泰国，在异国他乡发扬光大，成了强身健体治疗劳损的利器，据说已经流传了4000多年。

中式按摩注重的是经络和穴位调理，泰式按摩似乎更在意活动关节。按、摸、拉、拽、揉、捏十八般武艺齐上阵，自下而上从足部向心脏方向进行按摩，力道像鹰的羽毛渐次掠过身体，能快速消除疲劳。据说除了促进体液循环，保健防病之外，还有健体美容的功效。于是俊男靓女们不管有病没病，都趋之若鹜。

死海SPA可不讲究这些手法，最大的利器就是那一摊摊死海泥。

当地人告诉我们，死海泥是宝贝，可以分解为硅盐、锌盐和溴盐，以及一系列稀有元素的化合物。它能清除老化皮脂，消除疼痛，愈合伤口，并且增强组织再生能力，让肌肤恢复弹性与光泽。

如果你初次SPA后，第二天感觉到有关节酸痛，那么恭喜你，这就是疗效显著的指证了。死海中的锰和钠等元素还可以促进头发生长。早在公元前3000年，也就是距今5000年前，死海边就建立起了专业的护肤品生产工厂（估计就是挖出死海泥加上一些香料打包运走）。从死海边山洞的坛子里发现的古卷记载着，争夺宝藏的战争从未停息过。埃及艳后克娄巴特

拉，刚登上王位，就撺掇情人安东尼攻占今天的以色列区域，其重要目的之一，就是在死海边建立皇家美容工厂，制造自己专属的美容产品。在这个女子震惊世界的美丽中，死海泥立下了汗马功劳。

别以为死海泥俯拾皆是，泡在其中的人，自己就能完成死海泥的敷贴。假设你艰难地蹲下身体（因为盐水的阻力太大，使得平日轻而易举的动作，变得不容易），在死海的泥床上，用力地抠下去，就剜出一块黏糊糊的泥巴，然后你同样艰难地抬起手臂（同理，要穿越黏稠的死海盐浆），攥着手心举出水面。手中的死海泥流淌得所剩不多了，你把它涂抹在身体上，再一次下潜到死海底……可惜第一次涂抹在身上的死海泥已经干了……

所以，在死海边自力更生做死海SPA，理论上可行，实操很难。本想把身上涂得像个兵马俑，最后落荒而走。

也许有人说，躺在死海岸边，钻入泥滩，用泥把自己包裹起来，岂不也能成就天然SPA？

痴心妄想啊！死海岸边不是泥土和沙砾，而是尖锐的食盐晶体。四角尖锐，稍有不慎，就会把你的脚掌扎破。胆敢糊上身，痛死你！

SPA室要预约。不苟言笑的护士小姐，示意我到12号SPA室。屋子很宽敞，洁白的床上铺着一张巨大的塑料布，没有其他任何设施。我正揣测死海泥在哪里呢，进来一位金发碧眼的SPA师。

她对我说，请您先到淋浴房里，冲洗干净。然后穿上这套SPA服。

所谓的SPA服，是一套无纺布做的背心内裤，还有一顶白色浴帽。虽说是白色的，因为质地很薄，看起来像半透明的塑料袋。

我略迟疑，这东西穿在身上，估计和不穿没太大的区别。

SPA师看出了我的疑惑，告诉我说，因为过一会儿会把死海泥敷在身上，实际上没有人能看到你的身体。想想也是，死海泥如铠甲护身，什么衣服都没它遮挡力强。

浴室里摆满了洗浴用品，在资源有限一切厉行节约的以色列，这种安排的用意，只有一个：希望所有做SPA的客人，都把自己洗刷得一干二净。估计不清洗净，死海泥的效用就无法达到极致。洗心革面之后，穿上形同虚设的SPA服，走出来。站到SPA师面前，有点儿不好意思。说实话，我这一辈子还真没和一个洋人，如此坦诚相见。

SPA师露出职业性的微笑，示意我在SPA床躺下取俯卧位。

截至目前，我还没有见到这次活动的主角死海泥呢。这房间里该不会有一条大的输泥管道，SPA师一拧开关，就会有源源不断的死海泥涌流出来，如同泥石流一样，把我埋起来吧？

幸好没有那般险恶。SPA师推来了一个车，车上有大塑料袋，体积和50斤富强面粉袋相仿佛，内容物漆黑一团，正是来自死海深处的泥浆。她把塑料袋拉链打开，将死海泥倾倒在我身上，SPA正式开始。

从SPA师拎起泥袋的麻利劲儿来看，估计长年干这活儿，手指很有力量。

死海泥在我身上慢慢蔓延，刚开始感觉到的是一种混凝土般的重量，然后是一种煮好后凉了半小时的热粥糊上来的温热。我惊讶地发现，死海泥已被加工成温热的，比体温略高。有一种温暖的力度渐渐将身体包裹，越来越沉。SPA师将大袋的死海泥浇注在我身上，好像我是一根水泥桩。平滑的泥浆沿着身体轮廓堆积，突然很不合时宜地想到——人被活埋的时候，大同小异。

SPA师用她的手指，在我的后背蜻蜓点水般地掠过。完全不是按摩——既不是中式的，也不是泰式的。她只是将没有分布均匀的死海泥浆抹平，像一个负责的瓦工，不让地砖背后的水泥存在空白。

当我以为SPA师将有进一步动作的时候，她用纤纤细指将那块塑料布包裹起来，然后向我做出嘴角上翘的表情，引导人觉得那是一个微笑。她说我如有不适，可以用铃呼唤她。然后飘然而去。

留下我在黑黝黝的死海泥壳里，浮想联翩。

我的一位朋友，是开SPA店的，生意兴隆。她说，你知道什么人最爱进

SPA店？

我说，不知道。

有些人的问题，是不允许你不回答的。他们会在追问中，获得快感。

女友恰是这种人。她换了方式卷土重来，问，你觉得是男人还是女人爱做SPA？

我说，男人吧。你没看到那些突袭整治的活动中，逮住的多是男人。

她愤然了，说，偷换概念。我说的是正规SPA，不是香艳场所。

我道，那应该是女人多吧。

她笑起来说，恭喜你答对了。反正我的店里，做SPA的女人多。

我说，那你店里的SPA师，是男的多吧？

她义正词严地说，我店里的SPA师，都是女的。

我肃然起敬，说，那你是如何用一些女人把另外一些女人忽悠来做SPA的呢？

朋友不理睬我的挑衅，说，女人们自愿来做SPA，我那里都是回头客。

我说，SPA有什么魔力吗？

朋友说，爱做SPA的女人是有特点的，她们多已过了女人最好的时光。很年轻的女孩，很少有人坚持做SPA。

我说，是否你心狠手辣收费太高？

朋友说，我是明码标价买卖公平。这么说吧，最爱做SPA的女人，除了剩女，就是离了婚的女人。

我说，这又是为何呢？

朋友说，SPA，说白了就是人与人之间的抚摸。大龄女子，没有人爱抚，皮肤就饥渴了。她们多是正经的女子，不是随便让人摸的，只有花钱来做SPA。离了婚的女人，原先尝过抚摸味道，陡然间消失了，皮肤就呻吟。她们被自己的身体搅得烦了，就找到我的店里来。皮肤不管那么多，只要有人精心地一寸寸地擦拭过它，它就知足了。时间长了，它还会上瘾呢。所以，我对服务员说，请尽心用力地抚摸，是不是SPA的正规手法，并不是最重要的。重要的是，你爱惜了她的肌肤。

我不知道是该赞同还是反驳她的话。对于SPA，我不懂，但对于皮肤的功能，略通一二。

皮肤有六种基本感觉，即触觉、痛觉、冷觉、温觉、压觉及痒觉。其中触觉又包含了至少十一种截然不同的感觉系统，如接触觉、滑动觉等等。遍布人体体表的全部面积，说白了，就是人的游离神经末梢的终端。它们密连成网，万分敏感。遇有刺激，就持续放电，传导到中枢神经系统。

拿手指尖打个比方，平均每平方厘米分布有2500个神经元，能对仅重20毫克的飞尘做出反应。这种功能，人还在母腹中就熟练掌握了。你没看到那些准妈妈经常抚摸自己的腹部，小小的胎儿就感到安全，用肢体活动回应母亲。

千万不可小看了我们的皮肤，它可是名门贵胄。它和大脑共同发源于人体胚胎的第三层，也就是外胚层，和我们的整个神经系统是同门兄弟。说简单点儿，你可以把皮肤看作是人脑的外层，神经系统的延伸。

人们的皮肤是需要刺激的，用"爱好"来形容这种需求，嫌温良了，简直就是癖好。

中国有句俗话，父母打孩子的时候常说："你皮痒了，找揍啊？"

在那些长久被父母忽视，没有抚摸也没有碰撞的孩子那里，我真见过为了能让父母的手掌和自己有所接触，他们不惜惹是生非讨得一顿打，以安抚皮肤的焦渴。当然，打人的人和被打的人，对此都不自知。为了让我们的孩子更少调皮捣蛋和逆反，有的时候，只需要母亲父亲爱抚的触摸。君不见在动物那里，舐犊情深是一段佳话。

记得小时候，常见有些男孩子无事生非地在墙角处挤成一团，咯咯地笑，而且轮换着到最里层去，那里压力最大，身体的各个部位都会被挤压到，好似丰收的葡萄串最内里藏的那颗。那些不受重视的孩子，即使在这样的游戏中，也被甩在最外层，只是"挤"的动力，没有享受被挤的资

格。这个游戏，被男孩子们称为"挤油油"。我曾经百思不得其解，后来学了医学，才明白这是缺少爱抚的孩子们的自救。

恋爱中的男女，是一定会抚摸的。至于接吻，那就是定向的黏膜与黏膜之间的抚摸，原理同上。

开店的朋友对我说，我还要开发一些模拟情人间的抚摸动作，会让人们接受按摩后，念念不忘欲罢不能。

我吓了一跳，说，纵是同性，这样也不大好吧？

朋友说，看你想到哪里去了！我主要让按摩师抚摸她们的背部。背部这个区域很古怪，按说你露出脊背并不涉及敏感区域，穿比基尼的女子，大幅度地裸露后背，是女子身上最不怕曝光的部分。但一个人最不能自触的部位，非背部莫属。只有另外一个人才能不遗漏地触抚你的背部。小的时候是父母和亲人担当此责，成人之后就只能由伴侣承担。背对于女子是神奇的，按摩的频率不要保持均一。人不是机器，力度忽轻忽重，更有梦牵魂绕的感受……

对于这番奇谈怪论，同意难，反驳也难。

当小孩子受到惊吓而惊恐不安啼哭不止的时候，最有效的方式就是把他抱起来，紧紧搂住，抚摸他的头顶和肢体，孩子就会神奇地安静下来，因为他知道有人在疼惜他保护他，他是安全的。别以为只有儿童才嗜好大面积的身体接触，就是成年人，也难逃窠臼。比如朋友沮丧不安孤独退却时，你伸出温暖的臂膀，搭在他的肩头，就如同一管强心剂注入，他会体验到有人同在的安然。知道自己并没有被整个世界抛弃，起码此刻你就陪在他身边。勇气渐渐回到身上，能量一点点积聚起来……初次会面的人凭借着握手，也能感觉到对方的温度与力度，做出是敌是友的初步判断。人们渴望彼此相亲相爱，是原始本能的呼唤。

反之，那种根本不体察对方的需求，不尊重对方的界限，一厢情愿贴抱，就是冒犯和袭扰。说得更严重些，就是进攻和侵害。因为它违背了良知和社会道德规范。

　　我对朋友说，但愿你的SPA师，完成对人的关爱和商业的丰收。

　　我窝在黑泥中胡思乱想。泥是单纯而温暖的，没有任何气味（我想象中似乎应该有类似臭鸡蛋的硫化氢味道，但是，的确没有），就像纯净的盐，没有气味。它们随体赋形，将一种温和的力道赋予我。它们的重量和能量，缓缓地潜入我的身体，如同暗夜雄浑的风。

　　大约半小时之后，黑泥SPA接近尾声。身穿黑色工作服的SPA师无声地回到房间，示意我时间已到，请冲刷死海泥，SPA到此结束。我从塑料布里钻出来，好像冲开一只巨大的黑蚕茧。

　　把自己收拾利落之后，我问了SPA师一个问题。

　　你们的SPA似乎不怎么讲求手法？

　　这不能称之为SPA。没有什么手法，我们有的只是死海的水和下面的泥。我们只依靠这些天然之物，它们蕴藏神奇的力量会帮助到你。不过仅此一次，不会有非常显著的效果。你要住下来，慢慢地享受死海的馈赠。

　　SPA师临走的时候，指了指我的耳朵微笑。不知何意，凑到镜前一照，才发现耳轮下方没洗干净，还有一小块死海泥牢固地贴在那里。再度冲洗后，我走出12号SPA室，身心轻灵。我不知道是SPA的功效，还是这里的空气格外有治疗效果。

　　死海疗效最有说服力的一点是——这里海拔低，此地为地球表面气压最高的地方，空气中的氧分压也最高。人在这里如进入高压氧舱，神清气爽，呼吸畅快。如此说来，虽死海名中有"死"字，却是地球上充满活力的地方。

无伤不香

毕 淑 敏

26

　　我在密林中跋涉，探望不知名的香草。这是印度洋上的一个小岛，以盛产香料闻名于世，俗称为香岛。我的头上顶了一顶香草的花冠，手腕子上悬了一圈香草的手环。手指上，戴着香草编的戒指。走动的时候，香风袅袅。这些香草饰品，都是当地土著的孩童，一边走一边将拦路的香草采撷下，随手编起来送我的。

　　香草名目繁多，这个是口红的原料，那个可以烤羊排……刚开始我还努力默诵它们的名称，但很快就放弃了劳而无功的努力。浩如烟海，实在太多了。

　　印度洋的和风从树叶的间隙处吹拂，在这异国的土地上，脑子里想到的竟是屈原。他酷爱香草，把《楚辞》和《离骚》，变成了香草的大典。

　　"扈江离与辟芷兮，纫秋兰以为佩。……朝搴阰之木兰兮，夕揽洲之

宿莽。"

"杂申椒与菌桂兮，岂惟纫夫蕙茞？"

"畦留夷与揭车兮，杂杜衡与芳芷。"

"朝饮木兰之坠露兮，夕餐秋菊之落英。"

……

当年读到的时候，从不曾把江蓠、辟芷、兰、木兰、宿莽、申椒、菌桂、留夷等到底是什么植物搞明白，不晓得它们归什么科什么属，甚至连屈原寄寓其中的象征意味也一并荒却了。记住的只是篇章中充满了异香，而香氛可以博得神灵的喜爱。

正遥想着故国往事，突然从香草丛中转出一位老妪，脸色黝黑皱纹密布，整个面容没有任何水分，简直如雷火焚烧过的焦木，比木乃伊还要干枯。

我被骇住，以为碰到树妖。

她手背如炭，手掌是淡粉色的。近乎苍白的手心里托着个小瓶子，对我的导游飞快地说着什么。

导游迟疑了一下，看来这位老人家的出现，出乎他的意料。但民族传统中对年长的人非常尊敬，他耐心地听完老妪的话后对我说，老人家说她有一些香料，问你要不要。

我极力隐藏住被袭扰的惊愕，出于礼貌说，什么香料？

导游将我的问话翻译过去。老人的表情变得敬畏，掷地有声地回了句。导游转脸对我说，她说这是一切香之母。

这句话让我好奇。我轻轻地重复，一切香料之母？这是一种什么东西呢？

导游纠正我说，不是一切香料之母，是一切香之母。

我一时反应不过来，问，这难道还有什么区别吗？

导游说，它们大有区别，简直就是原则不同。一切香料之母是不存在的，因为香料如此千姿百态，不可能有统一的母亲。如果一定要找到它

远行

与充满未知的
人生温暖相遇

们共同的来源，那只能是我们脚下的这片热带土地了。但是，一切香的母亲，是存在的。它就在这个瓶子里，普天下最好的香氛都来自它。

话说到这份儿上，我是非要把小瓶子打开闻一闻了。

拧开瓶盖，凑过去，果然，那些貌不惊人的树皮样的灰绿色颗粒，散发无比奇异的芬芳。我好像碰到了一个熟人。

多少钱一瓶？我问。

老人报了一个数字，价值不菲。

若是为了我自己，我就不买了。但我想起国内有一位朋友，酷爱香草。我掏钱把小瓶子买了下来。老媪做成了这单买卖，不说一句话，隐身回密林之中。只见树影婆娑，了无痕迹。如果不是我手中留的这个小瓶子，几乎怀疑刚才才是幻觉。

后面的参观，我心不在焉，再三追问导游这香料究竟叫什么名字。他查了手机上的词典，又把电话打到据称是最博学的同伴那里请教，得到的还是一句话，此为众香之母。

回到北京后，我终于想起来，我以前是闻到过这种香的。

那是一个清晨。

风是香的白马。

没有风的时候，香也是香的，可惜走不远，固执地停在当地，至多烟气袅袅地在香炷顶上盘旋着，好像旧时的烽火。有了风，香就翩翩起舞了。香对风特别敏感，以婀娜的驰骋之痕描绘出风的每一丝律动。你不知看到的是香的肌肤还是风的花纹。

香师净手后，以香匙从香瓶中舀出微小的绿色香屑，盛放于以白而透明的云母片做的小香盘中，先用香压轻按，让香屑们如真正的薪火般紧密。然后又用香通抖抻了一下，把少许空气掺进致密的粉屑中。之后，香师用香枪将沉香木屑点燃。

屏气等待。很久很久。粉末大智若愚地沉默着，直到我憋得喘不过气，绝望地以为此粉根本拒绝燃烧。当除了香师以外所有的人，认定火种已然熄灭之时，忽有一丝若有若无的气息，从香屑中袅袅婷婷地升起，断断续续汇聚成一条细小的龙，蜿蜒而上，扶摇凌空，悄无声息沁入了我们的鼻孔。清丽而甜美的香气，像蚕丝透迤而进，缠扰了肺腑，令人迷醉。

从内到外都被香氛熏染，恍惚被香料将脏腑浸透。此刻吐出的话语，都是香的吧？只是那一刻，却没有人说话，都贪婪地呼吸着。

这香氛，来自沉香。

人们常说沉香木，顾名思义却是错的。与檀香不同，沉香并不是木材，是一类特殊的香树"结"出来的"果实"。它是混合了树脂和木质成分的固态凝聚物。沉香多呈不规则块状、片状或盔状。一般长7~30厘米，宽1.5~10厘米，超过1米以上者，就是珍品了。燃烧时散发出的香味高雅、沉静、清甜，沁人心脾，能使人心平气和，进入祥和平静的状态，起到调节人体气血运行、疏通人体气机的作用。

沉香的母树本身并无特殊的香味，而且木质较为松软，被称为"风树"，生长于热带。风树本身并不沉重，原木的比重只为0.4，入了水也鸭子似的漂浮着，和通常的树木并无二样。让沉香沉重起来的是树脂，质地坚硬沉凝。当它的含量超出25%时，不论是沉香的块、片，甚至粉末，都会遇水即沉，沉香由此得名。古人还为沉香细致分类，取了很多有趣的小名。比如体积较小，状如马齿的，就叫作"马牙香"；薄薄一片的，就叫"叶子香"；如果沉香内有空隙，就叫"鸡骨香"；外表如枯槁山石的，其貌不扬，干脆称"光香"……

沉香树多是乔木，通常会很高，大树可高十丈余。当风树的表面或内部形成伤口时，为了保护受伤的部位不发生腐烂，风树会紧急动员起来，驱动树脂聚集于伤口周围，以疗治创伤自保。累积的树脂浓度达到丰厚的程度时，如果将此部分取下，便成为可使用的沉香。

形成一块上好的沉香，通常需几十年的时间。那些绝世的佳品因其树脂含量高，有时要历经数百年的时间。

以往，沉香是天意的产品。那些含有沉香的母树，寿数到了，倒伏在

远行，与充满未知的
人生温暖相遇

地，经风吹雨淋之后，能够腐烂的木质都消失了，剩余的不朽之材，就是含脂的沉香了。有的母树倒伏后沉浸于沼泽，被水中的微生物分解，再被人从沼泽中捞起来，被称为"水沉"。如果母树一个跟斗栽进了土层中，深埋于土内，被土中的微生物分解后腐朽，残剩的未腐部分被称为"土沉"。还有一种是把活树人工砍伐下来，置于地上，经白蚁蛀食，那剩余的沉香，称为"蚁沉"。还有一种是在活树身上砍伐采摘沉香，称为"活沉"。

不管何种方式，"风树"都要先受伤。大自然造成风树受伤的原因有很多种，比如山火扑袭野兽攀爬，雨雹撕砸虫蛀蚁噬……甚至不明原因的局部死亡。受伤后所积聚的油脂，在伤口处形成"香种子"，然后风树还会再接再厉，把更多的油脂汇聚到伤口处。这样，香脂就会蔓延，再经千百年的时间醇化，沉香就诞生了。

沉香是甜美的，但取得沉香的方法，让人惊心动魄。

由于自然界野生的沉香极其微小，庞大的需求和高昂的标价，让人们等不及大自然的时间表了。既然沉香来源于风树的伤口，那么，如果人为地让风树受伤，沉香的产量岂不大增？据说最先是越南人发明了这方法。风树如有知，必椎心泣血。

先是选择树干直径30厘米以上的大树，在树干距地面1.5～2米处，狠狠地用刀顺砍数刀，刀刀见骨，深达3～4厘米。如果是人，怕早已血流成河生命垂危了。然而风树是顽强的，自受伤那一刻起，就全树总动员，刻不容缓殚精竭虑地为自己疗伤。风树在伤处分泌树脂，包裹创痕，犹如人在大出血的时候勒起止血带。这个过程要持续很多年。不过施暴的人等不及了，几年后，当初下刀的人估摸时间差不多了，故地重游，就像收获庄稼一样，来割取沉香。割取时，将初步成形的沉香取走还不算，还要顺势造成新的伤口。风树为了挽救自己的生命，只有再一次继续调兵遣将紧急驰援，分泌新的树脂，客观上就生成新的沉香了。怕风树受伤太重而死去，人会用愈伤防腐的膜封好伤口，以便让伤口迅速形成紧贴木质的软膜，以

利于风树休养生息。待伤口附近数年后再次生成沉香，即可割取。

更有甚者，名叫——断干法。大体和上面所说方法类似，只是砍得更深，要达到树干直径的三分之一至二分之一，以便更多的树脂流出来，以达到结香更快更多之目的。其次还有凿洞法。就是在树干上，凿多个宽2厘米、长5～10厘米、深也是5～10厘米的长方形或圆形洞，用泥土封闭，让其结香。还有一法叫"开香门"。就是用刀在树干上横砍入木质部3～5厘米，造成一至数个又深又长的伤口，促其结香。

一路听下来，背脊发凉。任何一个方法，不管叫什么名字，用什么工具，都脱不了刀剁斧劈剥皮掏心，总之是人为地给风树造成深重的创伤，然后利用风树泌脂结痂的本能，人为制造出沉香来。可以想象的是，几年后，当初动刀动斧的人，该怀着怎样望眼欲穿欣喜若狂的心情，来清点他们的胜利果实。

还有一种名叫"人工接种"法，听起来好像很科学斯文的方法，本质是极其可怕的杀戮。先选好一棵大树，然后用锯和凿在树干的同一侧，从上到下每隔40～50厘米开一香门，香门长和深度均为树干粗的一半，宽为1厘米。开好香门后，将菌种塞满香门，用塑料薄膜包扎封口。一连串的伤口，风树该是怎样地悲怆！只有垂死一搏，用尽所有的气力来封闭创口，以求生存。最顽强的树木，垂死挣扎苟延残喘地活了过来，正当它庆幸自己上下伤口都结了疤，终于逃脱了死亡的魔爪时，当初的接种者款款走来了。在他眼中，每一块伤疤，都是一沓沓的钞票。他微笑着挥动斧锯，将整株风树砍下来采香。

故事听完，沉香不香了。

香师看出了我们的沉闷，换了个方向，说，沉香有非常好的药用价值。中医药典中说"沉香，味辛，气微温，阳也，无毒。入命门。补相火，抑阴助阳，养诸气，通天彻地，治吐泻，引龙雷之火下藏肾宫，安呕逆之气，上通于心脏，乃心肾交接之妙品。又温而不热，可常用以益阳者也"。

　　我对"龙雷之火"一词印象深刻。当初学习中医的时候，对此大惑不解，老师曾为我提点迷津。

　　首先提出"龙雷之火"这一命题的，是清代名医喻嘉言。他曾在《医门法律》中说道："阴邪旺一分，则龙雷火高一分，譬如盛夏之日，阴霾四布则龙雷奔腾，离照当空则群阴消散。"

　　清末郑钦安在《医理真传》的"坎卦解"一篇中，用坎卦的一阳寓于二阴之中来说明龙雷之火的实质。水涨则龙飞，人体阴盛一分则浮阳外扰一分，听起来十分在理。人都知道水火不相容，不过龙雷之火是阴阳相互嵌顿的复杂多面体，既有主水的龙，也有主火的雷。盛夏电闪雷鸣，是阳还是阴呢？说它是阳，其下大雨倾盆。说它是阴，电光灼灼霹雳炽烈。肾是主水的，但这水中藏着真火，是平衡阴阳生发万物的宝贝。真是你中有我我中有你谁也离不了谁啊。这么复杂的病症如何医治？沉香就是治疗龙

雷之火通天彻地的良药。

所以，沉香既是稀有的高级香料，又是中医名贵中草药材，再加上还是佛教修行的上等贡品，需求巨大，货源奇缺，价格贵如黄金，现在已是"一片万钱"。最名贵的奇楠香，价钱早已超过了黄金，据说一克三万元钱。宁静的沉香已摇身一变为"疯狂的木头"。空气中便弥漫着植物的血，还有精神的血的味道。

风树是沉香之母。它所结的"果实"虽富可敌城，但母树并不娇气，红壤、黄壤或是沙地上都能生长。

香师问我，如果是特别肥沃，富含深厚腐殖质之地，你觉得风树结香若何？

我说，那自然是结香又多又好啊。

香师说，不然。沃土之中，风树长得较快，但结香不多。荫蔽度大的地方，水分过于充裕，结香也很慢，甚至干脆就不会结香。唯有在瘠薄的土壤上生长十分缓慢的风树，虽然长势很差，但利于结香。

我十分惊讶，说，当真？

香师说，比如在广东某地，有白木香树生长了50年，树高超过三丈，胸径一尺以上，虽然多次接菌种，就是不结香。但同样的白木香，如果在野生状态下，在贫瘠的黏土里，虽生长慢，其貌不扬干瘪瘦弱，反倒结香多，油脂多。香的质量也好，香气浓烈。

说话间，沉香的阳气与香气，川流不息地绕着我们飞旋，使人如沐香河之中。香师说这沉香之氛，不但可以净化环境，还可以借灵木之神转化氛围，营造出最安定、最吉祥的空间。

香师问我，你可知道在野生的沉香中，哪一处结出的香最好？

我说，不知，望告。

香师说，是以风树在雷闪劈裂的断口处结的香，最是极品。

我说，为什么呢？

因为此乃天火烧灼，既不会伤口腐坏，又能高度地刺激风树用最大的力量来分泌树脂，天香啊。你要记得，风树无损不香。

此刻，我对沉香的感受极为复杂。不言而喻，它是人间香氛的极品，但摄香过程如此残忍，简直就是植物界的杀象取牙。

无损不香，风树如此，人间又何尝不是这般！多少精彩是自苦难中着墨，多少旷世奇才要在悲怆中诞生。

风树死了，但它的孩子、它的精华——沉香还活着，袅袅生烟，绕梁三日。

我自认为热带雨林中的神秘老媪所售的万香之母，就是沉香。为了粗线条地验证，我把它取出一点儿，轻轻放入一碗水中。它立刻像金属屑一般笔直地坠下，毫不迟疑。我把它打捞出来，只有火柴头的三分之一大小，依然无可遏止地香着。把湿漉漉的它放在我的枕边，一夜安眠，做梦游走在百花园中。

我想这一小瓶沉香，应该是雨林中的风树天然形成的。那老媪，相信草木皆有灵魂，她只取了一点点香屑来售卖，将沉香母树受到的袭扰降至最小。愿这种淳朴的方式能天长日久地保持，达到人与万物共生共谐地存在。

女厨师的
魂灵

毕淑敏

27

　　在环航世界的船上，我结识了一位外国医生，他面容肃穆，当知道我也曾经从事医疗职业之后，他邀我在甲板上喝咖啡，有一搭没一搭地聊天。当时船航行在加勒比海域，幽蓝的海天一色，很容易让人陷入迷惘。关于陆地上的生活和医生的职业，这一刻离我们仿佛遥不可及，又如影随形。

　　他穿着浅咖色的休闲风衣，但我依然能从他的头发中闻到药水的味道，觉得他的衣服是白色。海风吹起他花白的头发，令他显出经验丰富饱经沧桑的样子。其实他的年龄并不是很老，因他是专为癌症晚期病人做临终治疗的，煎熬至此吧。他说在他的国家，他的业务非常满，很多人预约挂他的号，忙不过来，有些病人直到死都没轮上接受他的诊疗。

　　这……说明……您的医术非常好，还是贵国的癌症病人特别多呢？我问。

两者都有吧。癌症病人增多，是世界性的问题。至于我的医术，非常好是实在不敢当的。也许因为我的态度不错。他看着远处驶过的一艘货轮，不很确定地说。

我也盯着那条船看，集装箱像是蓝色天幕上的一堆整齐积木壅塞在甲板上。刻板的海面，能看到另外一条船，是眼睛的节日。我说，癌症晚期，基本上回天乏力。那么多人来排着队向您求诊，您有什么绝招吗？

医生摇着花白头发说，咱们是同行，学过医的人，都知道癌症晚期，是没有任何法子的。

我说，那您从事的岂不是很悲哀的工作吗？眼瞅着他们一天天衰败下去，却没有办法救他们。

白发医生说，的确，我没有任何绝招秘方，只是陪着他们。严格地说，那也不应称为衰败，只是渐渐隐没的过程。

我说，那么，人们为什么都特地要来找您陪着隐没呢？

白发医生看着远方，这时那艘船已经不见了，他看的似乎是以往病人的合影。他说，他们要有人陪着他们走完人生的最后一程路。要知道，这种陪伴并不容易，除了要有爱心，还要有经验——懂得跟他们说些什么，知道怎么做才是恰当的。在那种时刻，很多人都慌了，完全不知道该怎么办。人们常常以为亲人的陪伴是最好的，其实不然。他们的亲人没有经历过这种事，茫然并且手忙脚乱。大家要么装着那件事——您知道我指的是什么——就是死亡，离得还很远，远到根本就不会发生似的，谈天说地指东道西，什么都说，但绕来绕去，就是不涉及此事。这让那个就要死去的人，备感孤单。他知道那件事就要发生了，他已经收到了确切的邀请函。周围的人们却好像都不愿理睬，完全不在意这件非凡的事正在眼前发生发展着，一天比一天蔓延。病人便无助，不知道自己该如何揭开这个可怕的盖子，和什么人开诚布公地谈一谈。他在困窘无措中会想，既然大家都不谈，一定是大家都不喜欢这件事，回避它。我马上就要离开大家了，大家都不乐意说起，那么，我为什么还要给人家添不愉快呢？好吧，那我就配合你们，我也不说了。这就使即将到来的确凿无疑的死亡，成了一个众所周知的不可触碰的秘密。家人对每一个来探望病人的人说，他的病情很严重，可能马上就要离世了，可他自己一点儿也不知道，我们做得很周到，成功地瞒住了他。拜托您啦，千万要装得很快活，不要落泪，不要愁眉苦脸，请只说高兴的事，别惹病人伤感。

人们彼此心照不宣，一起对那个濒死之人虚妄地保守着即将天下大白的秘密。那个接到死亡请柬的人，没有勇气破坏大家的好意，索性将错就错，维持一个越来越大的谎言。在最亲近的人之间设起屏障，是非常耗费能量的，因为人们彼此实在太了解。于是，病人就想早早结束这个局面，他们加快了死亡的步伐……

原本还算和煦的海风在这样的谈话中袅袅穿过，遂变冰冷。我紧了紧领口，借机安抚了一下有强烈窒息感的喉咙。然后说，那您是怎么做的呢？

很简单，我只跟他们说一句话，局面就大有改观。白发医生很肯定地回答。

这是一句什么话？我万分好奇。

我只跟他们说，在最后的大限到来之前，您可还有什么心事？我能帮您做些什么？我会尽力的。白发医生解开我的疑问。

就这些吗？我吃惊。实在是太简单了，简单到难以置信。我直言相告。

是的，就这些。这句听起来很不美妙的话，藏有坚定的力量。我说完之后，那些要死的人，就平静下来。过了一会儿，他们开始对我讲他们的心事。他们对我的信任油然而生，对我不再有任何顾忌。我从不虚伪地安慰他们，那不仅在理论上是没有意义的，而且在实际上也根本做不到。他们什么都知道，比我们暂且活着的人，知道得更多。濒死的人，有一种属于死亡的智慧，是我们这些暂且还活着的人，无法比拟的。对这种智慧，您只有钦佩，匍匐在地。您不可能超越死亡，就像您不能站得比自己头顶

更高。医生说着，视线充满敬意地看着船舶方向，好像那里有一束自天而
降的微光。

我说，您和很多人，我指的是濒临死亡的人，讨论过什么问题呢？

白发医生平静地说，主要是各式各样未了的心愿。

多吗？我问。

是的。很多。几乎所有的人，都有未了的心愿。我甚至因为和他们讨
论这些事而出名，他们会在彼此之间传播我的名声。说临死之前，一定要
见见我，这样才能死而无憾。

我说，如果不保密的话，能讲几个他们临死之前的心愿吗？

白发医生轻轻笑了笑说，您这样问，可能以为那些临死之人的想法一
定都很惊世骇俗，很匪夷所思。其实，完全不是这样。他们是普通人，想

法也很平常，甚至是微不足道的。很多心愿让病人觉得不足为外人道，他们不好意思。因为我是专门研究癌症晚期病人心理的医生，他们明白我不会笑话他们，愿意对我敞开心扉，我全然接纳他们。一传十十传百地，就有了口碑。我不过是尽一点儿心力，帮助他们达成心愿，好让他们无怨无悔地走完最后的路程。真正的主角，是他们自己。

我说，可以举个例子吗？

白发医生捋了捋所剩不多的头发，说，您可能会想到要求我帮助他们找到初恋情人，或是哪里有一个私生子，诸如此类稀奇古怪的事情。这种请求我不敢说从来没有过，但极少。普通人临终之前，多半是想完成一些很具体的心愿。比如对谁道个歉，找到某个小时候的朋友，还谁一点儿小钱……并不难，只是常常很琐碎。有人也曾和亲属说过，亲属虽然口头答应了，但总觉得治病要紧，未必真放在心上。而我是非常认真地来帮助他们达成心愿。

我说，讲个故事吧。

白发医生沉思了一下，说，好吧。我刚刚帮助一个患癌症的女子完成了她最后的心愿。

我说，她多大年龄呢？

白发医生说，当我们听到死亡的消息时，总会不由自主地问到年纪，好像年长一点儿就能稍微安心。其实，所有的死亡都令人唏嘘。她很年轻，是个厨师。病入膏肓，将不久于人世。她是慕名而来，对我说，我有一个心愿，可是对谁都不能说。听说您不会笑话我们，所以找到您。

我说，请把您的心愿告诉我。我不单不会笑话您，还会尽力帮您完成。

女人说，我从小就想学厨师，后来终于遂了心愿。现在，我就要走了。我最后的心愿呢，就是再做一桌菜。

听到这里，我掩饰不住自己的吃惊，小心翼翼地问，这件事很难吗？

白发医生说，那个女人讲，很难。因为长期做化疗，她的舌头的味觉

器官已经全部被破坏了，再也尝不出任何味道。她的胳膊打了无数的针，肌肉萎缩，已经举不起炒勺。她的体力不能允许她上街，不能亲自采买食材和调料。再加上长期住在医院里，很快就要从病床直接去往天堂，所以，根本就没有机会再进饭店的厨房。还有一个难点——谁会来吃癌症晚期病人做的食物呢？她指的不是给自己的亲人尝尝，而是真正的食客。因此，她觉得自己的这个愿望几乎不可能实现了。

白发医生边回忆边说，她很瘦，说话时肋骨起伏，在白衬衣下清晰可见。刚才的这一席话，已让她上气不接下气。我说，谢谢您对我的信任。我明白您的愿望了。让我来想一想。

几天以后，我郑重对她说，我决心帮助您实现愿望。

那女人颧骨突出的苍白脸庞因为过分地激动，显出病态的酡红。她说，真的吗？

我说，千真万确。现在，您只要制定好菜谱，咱们就可以开始了。

她半信半疑，问，灶台在哪里呢？

我说，我已经和医院的厨房商量好了，他们会空出一个火眼，专门留给您操作。甚至还给您准备了雪白的工作服和高耸的厨师帽，一切都很正规。从现在开始，您可以随时使用那个炉灶。它就是您的了。

那女子高兴极了，好像战士得到了一门火炮。两眼闪光问道，那么，我所用的食材和调料如何采买呢？您知道，我已经没有力气走路，出不了医院的大门了。

我说，我会为您指派一个助手。您在饭店里当大厨的时候，也要有人打下手是不是？

她说，是的。

我说，这个人完全听从您调遣。请您开列出食材单子，需要什么样的蔬菜和肉类，还有特殊的调味品，都交代给他，他会按照您的意思，一丝不苟地去准备。您就放心好了，他会像您亲自采买东西一样，让您处处满意。只要您不满意，他就再去寻找，一定做到尽善尽美。

女厨师很高兴，但仍不放心，说，我还有一个问题。我现在体力不支了，一桌菜最少要有八道，可是，我一次做不出来那么多，只能一道道来做。这样是否可以呢？

我说，当然可以。一切以您的身体承受力为限。

女厨师说了这么多话，似乎把全身的力气都用完了。她把眼睛闭起来，许久没有睁开，我几乎以为她再也不会睁开眼睛了。虽然，我知道目前暂时还不会这样。起码，她的愿望还没有完成，她不会轻易去赴死神之约。

果然，她缓缓地睁开眼睛，眼帘打开的速度是如此之慢，像启动一道铅制的闸门。她说，医生，我知道您是在安慰我。

我说，这不是安慰。您将完成的是一桌真正的宴席。

女厨师凄然一笑说，好吧。就算这将是一桌真正的宴席，可是，食客在哪里？谁会来赴宴？什么人肯每天只吃一道菜，遥遥无期地等待着一个没有时间表的席面呢？

我说，我已经找到了食客，他会长久地等待，耐心地吃下您所做的每一道菜。

白发医生讲到这里，停顿了很长一段时间。大海在我们周围永无遏止地拍打着徐缓的节奏。很难把这无所不在的声音具体归入某一种音色，它丰富到无以言表。据说这种包含万千频段的综合音色被称为白噪声，具有强烈的放松效果。它能够占据大脑的大部分活跃区域，让人安宁。

我打破了沉寂，问，女厨师后来开始烹制菜品了吗？

白发医生说，开始了。

我说，能吃吗？

医生说，有人真的吃了。

我说，好吃吗？

医生迟疑了一会儿，说，那个人的真实感觉是：刚开始，女厨师做的菜还是好吃的。虽然女厨师的味蕾已经完全损毁，虽然她本人根本没有任何胃口，但是她凭着经验，还是把火候掌握得不错，调料因为用的都是她

指定的品牌，她非常熟悉这些东西的用法用量，尽管不能亲口品尝，各种味道的搭配还是拿捏得相当准确。不过，她的体力的确非常糟糕，手臂骨瘦如柴，根本就颠不动炒勺，食材受热不均匀，生的生煳的煳。这样做一道，停几天，到了最后几道菜，女厨师的身体急剧衰竭，视力模糊不清，烹调技能受到了很大限制，所有的调味品只能靠估摸来投放，菜肴的味道就变得十分怪异了。她也无法按照上菜的顺序来操作，把复杂的主菜一拖再拖，留到了最后。那道菜，需要的食材和调料繁多，她颤颤巍巍开列出的用品单子，足有一尺长。我分派给她的助手，向我抱怨不止，说按照女厨师的单子，到市场上去采买，去的是她指定的店铺，买的是她指定的品牌，产地和品种都没有一点儿问题。可拿回来之后，她毫无理由地硬说完全不对，让人把材料统统丢了，让助手重新再买。助手一次又一次劳而无功之后委屈地问我，这个人的癌症是不是转移到脑子了？

我安慰助手说，您是在帮助一个人完成她最后的心愿，请用最大的耐心和悲悯来做这件事。助手说，这个工作要持续多久呢？我都要坚持不住了。

我说，也许不要很久。也许要很久。不管多久，请你都要坚持。当然，我也要坚持。

甲板上风速不断加强，浪也越来越大了。游客们纷纷回到船舱里，我这个唯一的听众忍不住问，究竟坚持了多久呢？

医生说，21天。从女厨师开始做那桌菜，到最后她离世，一共是整整三周的时间。我记得很清楚，开始是在一个周六，结束也是在一个周六。星期天的时候，她的丈夫来找我，说女厨师在清晨的睡梦中，非常平静地走了。丈夫说，她昨晚临睡前说非常感谢您，并让我把一封信送给您。

我刚要开口，医生说，您想问我那封信里写了什么，对吧？

我被点穿，不好意思地说，是的，我想象不出内容。

白发医生说，我可以告诉您。那其实不是一封信，只是一个菜谱，就是那道没有完成的主菜菜谱。女厨师的丈夫说，女厨师很抱歉，她不是不能做出这道菜，之所以让助手一次次地把调料等放弃，是因为她知道自己

已经没法把这道菜做得非常美味，心有余而力不足。为吃菜的人考虑，还是不做了吧。食客每次都吃得非常干净，从没有剩下过一片菜叶，想必对味道很是满意。为了成人之美弥补遗憾，就把这道菜谱奉上，让食客得以自行凑成完整的一桌。自己最后完成的笔墨是一道美味菜谱，真是幸福。

我突然想到一个问题，说，那些菜肴都是谁吃下的呢？

白发医生说，是我。

我再也说不出话，为这样的厨师和食客。医疗好死亡，原来可以这样从容和优雅。

恰在此时，一只雪白的海鸟从我们面前飞过，振翅盘旋。周围没有海岛，没有灯塔，连礁石都没有。完全不知道这鸟是从哪里飞来的。它在我们头顶盘绕三周后，突然就消失了，仿佛一头扎进海水化为泡沫。我和白发医生对视后几乎同声说，这海鸟是那位女厨师的魂灵吧。

古早味道的
冬瓜茶

毕 淑 敏

28

甘蔗汁、青草茶、冬瓜茶……

台湾到处都有卖手工制作的饮料，斜插着牌子，上书"古早味"。

顾名思义，"古早"，就是古老和早先的意思吧。是这样的吗？我问当地人。

当然，你这么拆开从字面上看起来说，大意是不错的。但我们本地人说起"古早"的时候，有一种妈妈的味道、家常的味道，甚至是祖婆婆的味道含在里面。总而言之，就是民间用平凡朴素的材料，简简单单的手工压榨熬煮出来的味道，与现代人用机器和化学配方勾兑出来的饮料大不同。这样说吧，古早味道，就是可乐啊雪碧啊等饮料的反义词。

深究起来，有人说"古早味"这个名称来自台湾俚语，有人说是闽南语。它代指一种渐渐消失的古老味道，应该是没有异议的。

台南的窄巷，挂着淡墨书写的冬瓜茶招牌，竖体，繁体，笔画有一点儿潦草柔弱，恰像伏地而生的冬瓜蔓。寥寥几笔，深有民国的味道。长条板凳，凳面油润并稍有凹陷，无数人的衣裤摩擦过，有了类似古董的包浆。十元新台币买上一杯，合人民币两元，坐在那里，用吸管慢慢地把一种冰凉而微甜的液体，抽吸到口腔。它在舌面和牙床内外绕着圈，直到不再冰冷，才打个转，轻缓入胃。

在距离我不远的地方，有一大堆硕大的冬瓜，如同穿旧军服的小童般站着卧着，身上绿绿的绒毛中，埋有墨染的字迹，比如"28""32"等。这是些什么记号呢？我假装自言自语道：是怕冬瓜丢了，编着号？

我是说给在一旁用竖刀刮冬瓜皮的老者听的。他用粗糙的手把一颗颗冬瓜扶正，然后像揩脸一样把剃刀从冬瓜的头上蹭下来，一条长长的冬瓜皮就飘垂了，好似淡绿色的围巾。冬瓜露出了青白色的内瓤，如一尘不染的小沙弥。

如果他不理我，我只有闷着头喝完自己的冬瓜茶，讪讪走人。

他应话了。哪里是怕偷，那写的是冬瓜的斤数。算账用的。

他搭理了我，我欣喜了。说，你们家用的冬瓜可真大啊，这么齐整，一定都是特地订购的。

大约有70岁的师傅，头也不抬，手脚麻利地刮着冬瓜皮，说，是啊。熬冬瓜茶的冬瓜是越老越好，必得要20斤以上的冬瓜。如果不提前订下，人们在冬瓜还很嫩的时候就把它摘下来，做了汤或是菜，就没有这甘甜的冬瓜茶了。

我说，冬瓜茶要熬很久吧？

他抬起头，抻了抻弯弓的腰，说，是的，很久。

我指望着他说出个具体时间，比如三小时或是一天，甚至更久。可是他不再答话。

我猛然醒悟到，哦，关于时间，可能是个秘密。

各种资料上都有熬冬瓜茶的教程，时间却是众说不一。从最短的40分

钟，到最长的3天，居中的时间是8个小时。这味饮料选料简单，除了冬瓜就是少许的红糖（冬瓜茶的淡黄色就来源于此），那么具体熬煮的时间，就是核心的秘密。

40分钟，太短了些吧？3天时间，太长了些吧？我觉得数小时可能比较靠谱。确定这一时间界限，应该并不太难操作。我粗粗设想了一下，打算制出上等的冬瓜茶，不妨在煎制的过程中，每个小时都舀出一碗，凉放在一旁，待储备了几十碗后，约来口舌尖利的老饕，一一尝来，做个民意测验。不信找不出熬制冬瓜茶原汁的最佳时间谱。

我问刮皮师傅，您这家茶店开了多久了？

老人可能因了刚才的拒不理睬我有些内疚，特别热情地回答，50多年了。

我说，一直用一样的方法熬制冬瓜茶吗？

他非常自豪地说，一直的，从没有变过。有些人就是喜欢这个味道，家搬到台北去了，有时还会回来找这个茶喝。一买就好大一瓶，说是回家后放到冰箱冰格里冻，喝过金门高粱之后，用冬瓜茶冰块兑水，加上一片柠檬，清爽又醒酒。我每次都劝他，不要买那么多，没有防腐剂的，放不了很久啊……那人说，一碗好的冬瓜茶和一件好首饰一样，是值得收藏的。

连这种卖东西的风格，也是古早味的。

古早时，我们是酒好不怕巷子深的，不像如今，广告铺天盖地先声夺人。古早时，我们是言无二价童叟无欺的，不像现在有那么多的水分和营销策略，看人下菜碟。古早时，我们是将心比心一诺千金，不像现在一锤子买卖，做砸了就改头换面重整山河……

古早就像童年，记忆让我们滤掉了哀伤，只剩下明媚温暖的春光。

或许，古早本身并不那样美好，但在我们的表达中，指的是那种干净简单素朴没有雕饰的味道。它删繁就简洗尽铅华，安然自在谦逊宁静。

古早不是严格的历史，只是略带暧昧的记忆之痕。比如若是要问古早

究竟是前后多少年呢？50年前？120年前？抑或更早？我猜一定是答不上来
的。每一代人都有自己的"古早"，铭记在心，不经意的时刻，会被深深
触动。情绪，是沉淀在骨缝里的，溢出则在眼角。

有时想，这一代吃肯德基麦当劳长大的孩子，不会把人造氢化植物
奶油的味道，当作他们的古早吧？不会把多得数不过来的食品添加剂的味
道，当作他们的古早吧？不会把三聚氰胺和地沟油，当作他们的古早吧？
不会……

如果真是那样，古早很快就会消失，人们记住的是化学实验室的味
道。

古早是崇尚自然的，因为那时的人们牢记着谁是我们的衣食父母。
古早是缓慢的，凡是美好的东西都是缓慢的。我曾参观过制作爆竹烟花的
作坊。甚至连烟花这种风行霹雳惊艳骇俗的东西，爆发时快到一眨眼的物
件，早年间的诞生过程也依然是悠长细慢的。单是糊出来一个红彤彤的爆
竹身，也要裁纸、扯筒、褙筒、洗筒、腰筒、上筒、钻孔、扦引、扎引
颈、结鞭……十几道工序，慢得令人心焦。爆竹完成后的俊美模样，你会
觉得一瞬间让它灰飞烟灭是何等暴殄天物。

扯远了，还是来说冬瓜茶。它妙就妙在虽然是低微的冬瓜熬出来的，
但你绝对喝不出冬瓜的味道，而是沁人心脾的清凉柔和。它并不像做菜肴
时，需要猪肉羊肉的丸子陪衬着提高身份。此茶仅一味，回甘幽远，独步
天下。

我看到对面街角处，有卖各种西式罐装饮料的，花团锦簇。再看手
中软软塑料杯装的冬瓜茶，黑乎乎如同一味中药，问老人说，如今竞争激
烈，冬瓜茶的生意可好做？

他手脚麻利地操作着，头也不抬地回答，冬瓜味甘而性寒，可以去烦
躁、解热毒、降胃火，还外带消炎。古书中更有说它——好颜色益气不
饥，久服轻身耐老。现在什么东西只要一沾上美容和长寿，就有人哭爹喊
娘地赶来喝。

我说，不管是不是真有效，反正是没有害处的。

老人家实在且倔，挥舞着刮皮刀说，也不能说冬瓜茶喝多少都没有坏处，如果是脾肾虚寒面色白肿的人，就不能喝。说是美容，其实哪个美女是靠冬瓜茶养出来的？我喝了一辈子的冬瓜茶，该老还老！不过是个彩头吧。

我说，您这样说，不怕吓走了客人？

老人家呵呵一笑说，吓不走的。冬瓜茶有一个妙用，专治现代人的病根子。这个病一时半会儿是好不了的，冬瓜茶的市场，它们……他用干瘦的下颌轻轻点了一下对面的饮料摊——哪里是对手呢。

这我倒不明白了。现代人是得了什么病，需要这古早味的冬瓜茶来医？

老人家看我纳闷模样，自己反倒急了，迫不及待地说，上火啊！现代的人火气比从前大多了，西式饮料没有一样是败火的。火一天比一天大，喝冬瓜茶的人就会一天比一天多。我们就要开连锁店了，古早味的。说着，他把一长溜冬瓜皮嘶啦刮下来，软软垂着，像一条新刷出的绿色标语。

我咕咚咚把冬瓜茶喝下去，脏腑里原来无火，此刻更是安宁如冰。想起甘地的一句话："真正尝到滋味的，是心情而非舌头。"

大树里的
野菜单

毕淑敏

29

菜单。红色的。纸很薄，手指洗完未干，潮湿着拿起来，指肚沾染红色，好像被针扎过流出了血。纸上的花体字似乎是油墨印出来的——大树里的野菜单。

中国酒泉卫星发射基地。能在大漠戈壁上看到菜单，不管多么简单，也令人惊奇。

容我把菜名抄几个：凉菜、苦苦菜、原味鱼腥草、蒲公英、灰灰菜。最豪华的要算是"白糖西红柿"，司令员对我说，这道菜有初恋的味道。我暗想，司令员的初恋够草根的。

很快我的看法被颠覆。西红柿外皮撕破，看到内瓤像一粒粒粉红的沙，汁液肥美。它储存着中国大西北漫长的目光，痛饮了祁连山深邃的雪水，加之战士们精心侍弄，果然非比寻常。揣测司令员的初恋，惊艳。

主食：大树里饼。大树里南瓜汤。

很好奇。吃了后才知道，不过就是普通的饼和南瓜。

看到这频频出现的"大树"字样，你可能不知道如何断句，多半会以为是大树洞里藏着一张写满野菜的单子。

正确的读法是这样的：大树里——野菜单。

就是说，有个地方叫大树里。

这个地方在哪里呢？在酒泉卫星发射基地。茫茫戈壁，大地苍凉，天幕四垂，杳无人烟。

那里有很多大树吗？我问。

只有一棵大树，但它成了地标性建筑，此地就叫了大树里。

很早以前，这支部队刚刚从朝鲜战场撤下来，因为朝鲜都叫什么里什么道的，大家就把这里叫了"大树里"。正式的名字是——中国酒泉卫星发射中心雷达测量站。

既然有大树里，想来也有小树里了？

我问。

没有人回答。我想，这是秘密吧。哪里都能告诉你。

卫星基地有一个独创的名词，叫作"点号"。我说，是像点一样的号，还是像号一样的点？还是没有人回答。

基地以外的人来到基地，通常有很多问题，你可以随便问，但是否能得到回答，那可不一定。也许你问了不该问的问题，主人们就以沉默做了答案。你就毫无情绪地接受了这个回答，因为这里非同一般。

于是不再问。以我个人的理解，点号——就是在需要的地方，部署需要的人。这些人的存在，就成了大地上的一个点，好像鸿篇巨制的一个逗号。这个鸿篇巨制，就是中国的航天事业。

大树里的情况，我就不多写了。只写这个菜单吧。它应该不是军事秘密。

热菜比较丰富。

点号土鸡。素炒红薯叶。香辣血皮菜。素炒空心菜。大树里红烧肉。

走了的老兵，写过一首名叫"梦回大树里"的诗。

胡杨孤立弱水边，

抗沙忍渴逾百年。

忽降军营号大树，

遍装雷达能量天。

南种蔬菜北拒沙，

东临荒漠西面山。

敢射苍穹惊玉帝，

纵献青春不枉然。

诗文质朴，一如这大漠之上苍凉的点号。菜单的下方画了一朵荷花。我相信，这里是绝没有荷花的。

关于点号，我真的不能写得更多。那我就写写航天员的点心吧。

有一次同上过天的航天人聊天，我说你在天上的时候，觉得伙食怎么样？

他的眼珠向左上方转动，我知道这是在回忆。他说，挺好的。

我说，都吃了什么东西呢？食谱是怎样的？

他说，记不清了。反正品种丰富家常口味，有营养，也好吃。

我说，真的很好吃吗？

他是个严谨的人，回答说，不要以为那跟咱们地面上下馆子似的那么丰富。太空中食欲和反应也不一样，只能说科研的战友们已经尽了力。菜的味道相当不错。

我说，在所有的食谱中，你最爱吃的是什么？

这一次，他的眼珠没有转动，看来是不必回忆就能回答。果然，他张口就说：月饼。

我说，是因为那是中秋节吗？你在天上看到的月亮特别大，就激起了吃月饼的兴趣？

他说，不是。是因为那月饼实在是好吃。而且个儿也不大，正好一口一个。我特爱吃。

我问，那月饼到底有多大？

他说，也就比大拇指第一指关节稍大一点儿吧。

真是小巧精致的月饼。我突发奇想，问，我能不能得到一份你们吃过的食品？

他略略沉吟了一下，估计是没有人提过这种无理非分的要求。他思忖着说，我们在太空的饮食，都是事先存储在航天器里的。我回到地面后，也不吃这种食品了。所以在平常日子，真是不知道如何才能搞到。

我不是一个馋人，但痴心梦存太空之想。既然不能上天，尝尝那天上的筵席，是不是也算俗人还了心愿。

这事就这么放下了。

某年中秋之前，有个美丽姑娘打电话给我，说要送我月饼。

我赶紧劝阻道，谢了！算了。心意我领了。之前已有多家送来月饼，这一份就请送给别的朋友吧。

姑娘说，那一次，您和航天员聊天的时候，我就站在一旁。我听您说想吃天上的食品。我要送您的月饼，正是航天员在太空中吃的那种。

我兴奋地说，真的是吗？

姑娘说，我也是航天系统的，您知道，它以严谨著称。

她的话打动了我。我说，非常感谢！

等啊等，我从来没有这样等待过一盒月饼。我嘲笑自己在一样吃食上惦念不止，只有小朋友才这样幼稚。终于，等到了快递员上门的那一天。我欣喜地签收了来自天上的礼物。

月饼盒朴素坚固，没有花里胡哨的赘物装饰。草书的"巡天"二字贯穿整个封套，使得盛食品的盒子若同剑匣，有了豪气。

远行，与充满未知的
人生温暖相遇

我几乎焚香净手，充满仰慕地打开了月饼盒，看到了六块素淡的月饼。那一霎，我立刻生出"这月饼是假的"的判断。迫不及待地掰开一块，填进嘴里，细细品尝。香甜软糯，一切都和想象中的一样，好吃，易消化，没有任何花拳绣腿的果仁蛋黄之类，只是纯正的面粉和柔和的玫瑰豆沙。

但我依然强烈地认为它是假的。唯一的证据是——它们太大了！

航天员说得很清楚，月饼体积只比大拇指第一指关节稍微大一点儿，这些月饼，足有三个大拇指并在一起那般大。只要想一想就会判断出，太空舱里没有地方安放这么大的干粮啊。而且航天员还说，他喜欢吃这月饼，时不时地把它当零食吃。这么大的月饼，当主食都富余！

美丽姑娘问我感觉如何的时候，我虽然在之前决定只说好话不揭伤疤，但忍不住，还是提出疑问。这是航天员在天上吃的月饼吗？

是的。这是同一家工厂生产的。配方也是一样的。美丽女子很肯定地回答。

但是，它们太大了。就算是内容一样，外表的差异很大。我坚持。

您要的不是口味吗？我可以非常肯定地说，它们和航天员食物成分完全一样。我特地考证过这件事，您知道我们系统的风格。

我嗫嚅，除了感谢再无话可说。是的，我知道，他们是严谨的。但是，月饼不应该这么大啊！我为自己的固执惭愧。

这事过去了多年。一天，我有了一个机会，参观航天城。感动之余，我又说起了航天员的月饼。引导我参观的一位专家说，你特别在意这件事，其实航天员的食物并没有什么神秘。

我说，人们有时候对某些事情念念不忘，是因为关乎我们的梦想。

他笑了，说，我来想想办法，满足你的愿望。

我终于得到了一包航天员在天上的食品。它们从包装到外形，包括里面所有的细节，都是一模一样的。这虽然不是特别的机密，但是，几乎没有人得到过它们。专家对我说。

远行

与
充
满
未
知
的

人
生
温
暖
相
遇

　　袋子里是大大小小的铝箔密封件。聚在一起，闪闪发光，好似一堆大小不一的银锭。我如获珍宝，小心翼翼将它捧回了家。

　　在一个美好的日子，我说的是没有阴霾的北京的上午，肚子半饥半饱的状态下，打开了银光闪闪的袋子。肚子太饿时，囫囵吞枣，就尝不出食品的好。肚子太饱时，味蕾也麻痹了，也尝不出食品的好。唯有这半饥半饱之时，才有从容之心，尽情领略食物之美。

　　我手边是一包贡菜炒肉，刚想品尝，又被底下的茭白鸡丝吸引了去。马上又踌躇是先吃松仁玉米好呢，还是打开五香卤汁牛肉当个凉菜？突然，我看到了一封比口香糖略大的"玫瑰月饼"，毫不犹豫地打开了它。就在长不过10厘米、宽不过5厘米的袖珍小包装里，藏着两块月饼。每一块真的只比大拇指的第一指关节略大，上面横书"巡天"两个字。

　　我一口气把两个"巡天"吞下了肚子，一是因为它们实在太小了，一口一个；二是因为它们实在是太好吃了。平心而论，它们和当年美丽姑娘送我的月饼，味道果真是一模一样的。

　　突然就不忍再吃了。

　　也许是因为梦想成真，心境已安。也许是不忍心把这来之不易的天上之食一人独享。总之我把剩下的食品重新包装起来，放进冰箱。它们很新鲜，保质期很长。我还有很长的时间，来谋划请哪些朋友，一道来体味这天上的宴席。

　　一代又一代航天人奋斗着，他们的赫赫战果，使得我们能在这个危机四伏的世界上，享有尊严和平安。

　　我问过航天员，当飞船起飞的时候，我们在地面上看到火光熊熊，听到震耳欲聋的轰鸣声，你在那里面可紧张？

　　航天员说，不紧张。

　　我说，我知道通过仪器测出你那时的心跳频率同平时相比，一点儿变化也没有。你就没想过此一出发，有可能回不来吗？

　　他诚恳地说，没想过。

我说，真的吗？怎么会不想呢？

他微笑着说，那个时间有很多事要做，真的不曾去想。关于生死，早就想过了，并不在那一瞬。我相信我的战友们。

吃了航天员的伙食，吃了大树里的野菜，我们也要学习他们的精神，才能去巡天。

第九个遗憾

毕淑敏

30

　　日本医生大津秀一，在陪伴了大约1000位濒死的病人并和他们交谈之后，写了名为《换个活法：临终前会后悔的25件事》的书，总结出临死之人的众多遗憾。一言以蔽之，就是—— 人们还有很多未完成的心愿，健康的时候没有好好活着，当生命之火即将熄灭，想做的事情再也没有时间和体力来完成。他把这种望洋兴叹无可奈何的心态，称作"临终的遗憾"。

　　我是当医生出身，陪同过很多病人走向天国或是地狱（依他们生前的作为选择目的地下站。对此我在病床边不做评判，只是陪伴），也在临终关怀医院昼夜值守过。对于临终这件事，我还不算陌生，也没有特别地好奇。心平气和地将书中所列临终遗憾一条条读来，读着读着就不由自主地开始比对。琢磨着—— 若我明天即死，这些款中会占多少条呢？

　　特别佩服老祖宗的见地—— 人之将死，其言也善。

为什么人到临死的时候，回到善良且真诚的道儿上了呢？

这句话原载于《论语》。最早发出此感叹的人是曾子，最早听到这个话的是鲁国的孟敬子，最早记录下来这段话的是孔子。

曾子病了，卧床不起，孟敬子去探望他。病床边，曾子说："鸟快要死的时候，鸣叫的声音是悲哀的；人快要死的时候，说出来的话也是善良的。"

朱熹的理解是："鸟畏死，故鸣哀；人穷反本，故言善。"就是说，鸟因为怕死而发出凄厉悲哀的叫声，人因为到了生命的尽头，反省自己的一生，回归生命本色，所以就会说出善而真实的话来。

我相信鸟到了生命垂危的时刻，鸣叫肯定凄凉。因为生命之弦就要断裂，呼吸衰竭体力不支，音色断会喑哑劈裂。人之善言，不一定吧？大千世界，一定有人在临死的时候，依旧坚持邪恶。这些人磨灭了良知，不再知道什么是"善"。不过这种人一定极少，绝大多数人意识到生命即将穷尽，所有的计谋、所有的追索、所有的财富和情爱，都被死神这一勺沸腾的水，浇得褪去漆彩，显出本白底色上凸起的暗纹。此岸渐虚渺，彼岸渐晰显。半路上吐出的话语，多半是可信的——他已没有气力撒谎。

我们是普通人，普通人就按照常规，想些大概率的事件。这基本符合事物发展的规律，也是对自己的仁慈。我决定照本宣科，一件件捋过来，给自己一个交代。

这过程类似于拆解一架已经运行了多年的旧钟，刹那间零件满地乱滚。

第一条，遗憾没做自己想做的事。

我仔细回忆了一番，严格审视自己的历史。得出的结论是自己想做的事，只要条件允许，都心惊胆战地尝试着做了。比如流着眼泪放下听诊器开始艰难写作。比如咬紧牙关买一张船票乘风破浪去环球旅行。比如怀揣着抗疟疾抗霍乱的药片，坐着火车纵贯非洲。比如……坐过一次过山车……我猜这刚写下的最后一条，一定让很多人笑掉大牙，会说不过是在

公园里上蹿下跳地玩一把，至于吗？！

但这对于我，千真万确是个挑战。我有晕动病，坐船坐飞机坐汽车坐火车……只要不用自己的双腿，一概晕眩。晕比痛更难忍受。痛是生理的苦难，晕是神志的颠倒乾坤。苦难可以忍受，混乱导致发疯。有一阵子我十分向往过山车的俯冲而下，能体验短暂失重的玄妙。百爪挠心，终于有一天，我背着家人，自己到公园买了一张过山车的票，气壮山河地上了车。为什么要背着人呢？因为家里人知道我有晕动病，一定阻止我。当沉重的护铁压上双肩，肚腹被护栏卡住，机器还没开动，我就几乎呕吐。关于其后的事情，恕我不再详写。坐过过山车的人太多了，我大惊小怪的描述，只会让人腻烦。我只说说下了过山车之后的事情。我蹲在地上搜肠刮肚地吐，整个世界变成了黑白色。在地上蹲了大约一小时，才让肚子里的脏腑大体归了位。头重脚轻失魂落魄地走出了公园门，认定自己刚从地狱爬出。

（我写到这里，头开始发昏，肌肉痉挛，嗓子眼不断被涌上的胃液噎满……看来我的身体不喜欢我回忆这段让它出丑的经历。好吧，就此打住。）

当然了，也有一些事，只能想想，无法去做了。比如我很想上太空看看地球，今生今世无法完成。一是身体不行，二是也没有那么多钱。做不到，也不强求。毕竟，人生不是套着纸袋毫无瑕疵的苹果，能毫无悬念地走向坠地。

第二条，遗憾没有实现梦想。

从这一条可看出临终者的思维混乱来了，连带着记录此事的医生也逻辑不清。因为它和第一条是难兄难弟。不过仔细想想，这两条看起来大同小异，细分辨还是角度不同。一个是从正面说，另一个是从反面说。若一定要找它们的差异，想做的事似比梦想要小点儿轻点儿。起码第一条还可具体操办，这第二条，就明摆着在叩打三观了。

第三条，做过对不起良心的事。

远行

与充满未知的

人生温暖相遇

　　这个我可以坦然地说——真没做过。说过为数不多的谎，基本上都是出于好心，不忍撕破残酷的真相。以后也还会说的，但基本上不触及良心，都是些无伤大雅鸡零狗碎的小把戏。

　　第四条，被感情左右一生。

　　世界上有这样的人吗？一生是很长的时间，很多人都会被感情左右一时一刻，甚至多时多刻，但终其一生都湮灭在感情中不得自拔的人，是少而又少的吧？被绳子牵着鼻子走了一辈子的老牛，临死的时候神志已经七荤八素，难道还会理性地忏悔自己是情圣吗？从本质上说，生命是一种很私密的经历，像一笔定期存款，可以这样用，也可以那样用，并无一定之规。有人愿意被感情操纵，成了荷尔蒙的傀儡，那是荆棘丛生的窄径。硬要走，需要遍体血痕地移步。于是，我私下里不怀好意地设想——大津秀一先生多半是理性而沉稳的人，比较看不起感性，就替那些沉迷感性的人，总结出了这样一条遗憾。很可能呢，那些人自己未必这样想。

　　光说别人了，忘了联系自己。实事求是地说，我不曾被感情左右一生。我尊重感情，哪怕曾经是忘乎所以的激情，我依然珍惜那时的青春和单纯。如果一辈子都理智得如同南极冰，也太没有温度了。

　　第五条，没有尽力帮助过别人。

　　我觉得这一条稍有点儿过分啊。什么叫尽力呢？倘若力有百分，尽到98％，算不算尽力了呢？我只能说我曾经尽可能地帮助过别人，但我不敢说尽力，及格吧。尽力与否，是一个模糊的东西。就像你去输血，按照规定，抽取你200毫升血，就可以了。但是，你也可以献出400毫升血。甚至再多一点儿，比如500毫升血，对于一个正常体重的人，应该还是在安全限度内的。不过践行"好女不过百"的姑娘们就要注意了，你不能献出那么多血。血量跟着体重走，体重轻的人血量较少，500毫升对你就显多了，会对你的身体造成损害。那么，多少算是尽力呢？我觉得200毫升就可以达标了。如果以这个标准计算，我在还未满18岁的时候，就在藏北高原伸出胳膊为战友献过热血。真的是热血啊，我和那战士并排躺在两张治疗床上，从我体内抽出的滚滚鲜血，大约一分钟后就注入了他的脉管，像流水线上衔接紧密的两道工序。那时年轻，心智尚不周全，也许是高原缺氧，也许是心理作用，我感到喘不过气来。虚弱地看了那战士一眼，他脸上是如饥似渴的饕餮表情，并不见感激之色。后来他的病医好了，至今还活在人间吧。我决定拍马放行，让自己通了此关。

第六条，过于相信自己。

这一条，我觉得自己没问题。在我身上最常出现的事情，是不相信自己。比如我包饺子放多少盐，总是不相信自己的判断。不厌其烦地问身边的每一个人，你觉得咸淡味合适吗？家人会不耐烦地说，差不多就行了。如果觉得淡了，一会儿煮出来，多浇点儿蒜汁多放点儿酱油就都有了，不必唠唠叨叨问个没完！再比如出了门常常怀疑没锁好门，走出去很远了，颠儿颠儿跑回家察看的事也屡有发生。

当兵时在戈壁荒滩赶路，每日驻扎兵站。大清早就要打起背包出发，没有电，只能点燃蜡烛。蜡烛有妖怪的属性，会把人的影子放得很大，一旦有风吹来，你明明没有动，影子却在那里兀自摇摆，如恶灵指使。为了赶路，半夜爬上卡车大厢走起，若干公里后我突然对自己是否熄灭了床头蜡烛生起疑心。我是班长，理应最后一个离开兵站。我是用嘴巴吹熄了蜡烛，还是用手掌掸灭了蜡烛？如果未曾灭烛，人走后，蜡烛就会继续燃烧，燃到尽头就会烧起通铺上的柴草，熊熊大火会把整个营房笼罩，化为灰烬的不仅仅是房舍，还有其他房间酣睡的战友……

虽身处酷寒的卡车顶，脚趾早已冻僵，我还是惊出一身冷汗。我把疑虑说给挤坐在一处的战友，战友说，你不至于那样糊涂吧？

我说会的会的，我就是特糊涂。你说怎么办啊？

战友说，到了下一个兵站，你给上个兵站打个电话。也别上来就大惊小怪地问，随便说几句话就成。只要他们的语气里没有惊慌失措前言不搭后语的样子，就说明没火灾。

心急如焚地到了下一个兵站，我立马要去打电话。

　　战友拉住我说，我是胡乱支招儿，你还真去啊？你怎么那么不相信自己！你是班长，每次都是最后才上车，会再三检查班里有没有谁遗失了物品，从来没见你出过差错。太多心啦！

　　我说，不行，我一点儿都信不过自己。我要去打电话。

　　那时像兵站这样的小单位，打电话很麻烦，先接转军区然后再由军区转拨昨晚宿营的兵站。等了半天，好不容易接通了，我劈头就问：你们着火了吗？

　　对方没好气地说，你那儿才着火了呢！这里好着呢！

　　我擦擦额头的冷汗，砰地放下电话。

　　这边兵站的领导不高兴了，说你心急火燎地要打电话，我还以为你

275

落下了什么重要物件了。现在可倒好，那边兵站知道是我们站要过去的电话，你也不说明自己是路过的客人，劈头就咒人家失火！你前脚走了不管了，这影响我们兄弟单位团结……

我只好给他敬了个军礼，撒腿跑回早等得不耐烦的车队。

所以这一条，我就不遗憾了。

第七条后悔事，没有妥善安置财产。

前面诸条，我还需琢磨一下才能给出答案，这一条，立马能回答。

我没有很多财产，只有一些书。自打我把家搬到图书馆附近后，自拟了"每日一扔"活动，每天往外清理一件东西。我的财产中，衣服极少，秉承够穿即可的原则，对所有的流行色奢侈品，一律心甘老土，不闻不问。朋友说你这般落伍，会惹人看不起的。我说，因为我穿了一件好衣服就看得起我，反之就鄙视我的人，我还看不起他呢。朋友见我不可救药地自甘堕落，也就不理我了。衣服是不能扔的，概因所有的衣服都用得着。电脑笔墨纸张信封信纸之类，不可须臾离开，也是扔不得的，这样，唯一可精简的就是书了。一本书，看过了，再看的可能性便很小（少数例外）。书本最好的出路，就是"扔"出去。

"扔"，并不是真的抛垃圾堆，那是对字纸的大不敬，我不敢。每天从书架上取下一本书，放进纸箱。待到纸箱满了，就邮寄给远方的朋友。这朋友，也不是多么久远的相识，有时只是在旅途中的偶遇，知道他喜欢书，知道他不是有很充裕的钱来买日渐昂贵的书。最主要的是知道他喜欢哪一类的书。

先生要帮我将整整一箱书运送到邮局寄出，随年龄渐长，时有力不从心之感。寄费也不断高企，有时要上百元钱。先生说，你这些旧书，也许还不值邮费钱。

我说，真也许。不过这并不重要。

先生说，什么重要呢？

我说，让一个喜爱书的人，得到了他所喜爱的书。让一本书，落到一

个懂它的人手里，这才重要啊。

先生便很吃力地抱着那箱书下楼了。我看了不忍，买来一个小推车，说，用它省点儿气力。

若上天假我以足够时日，到我临终，书就扔得差不多了。如果死得早，剩下一些书，送给周围的人好了。还有什么财产？对了，我有一条白金项链，是唯一的首饰，乃家人送我的寿礼，我死后，就留给我的儿媳妇吧。好，至此，我的财产就遣散得一干二净。

第八条，是遗憾没有考虑过身后之事。

这一条对我来讲，不构成困惑。早在十七八岁的时候，戍守边防，战事一紧张，就让战士们写下一旦战死留给家人的遗言。记得我在统一发下的白纸片上写下让父母不要为我战死疆场太难过的话之后，折身立马将我的日记本烧了。在西藏阿里当兵，保卫未定国界，高寒缺氧，不管是何原因，只要你是身穿军装死在了高原上，都会被追认为烈士。老兵们都对此津津乐道，觉得是了不起的待遇。

成为烈士有什么好的呢？我不解。

当然好。你们家会挂上烈属的红牌牌。老兵循循善诱。

我想了想，觉得这一条还不错，给家长脸上增光，也算尽了孝心。

每月还会给你家发钱，抚恤金。懂吗？老兵很神往地说。

我很想问问发的数目，但又不愿暴露自己的无知贪婪，就点点头，说，懂。

老兵想了想，说也就这么多了。他略微迟疑了一下，说还有一个待遇，就看你有没有这个福气。不像刚才说的那几点，不是人人都能摊上的。要看运气。

我不知道当烈士还有厚此薄彼的事，就刨根问底，还有什么待遇？

老兵说，把你树立典型。

这一次是真的不懂了。我问，什么典型？

老兵撇嘴鄙夷道，怎么连典型都不懂！就是雷锋王杰那样的英模。

　　我没心没肺地笑起来，说原来是这回事啊，吓了我一跳。这事和我们有什么关系呢？

　　老兵严肃起来，说，真是新兵蛋子。全军的模范，那多光荣啊！咱们这里艰苦，容易出英模。要是领导觉得你有这个基础，相中了你当典型也不是没有可能。

　　我真的摸不着头脑了，说，当了典型会怎么样呢？

　　老兵说，你的名字立刻传遍五湖四海。会把你的日记整理出摘要，你的豪言壮语会有人背诵，少先队啊共青团啊，有以你的名字命名的班级，还有……

　　还有什么，我没听见。吓死我了。最可怕的是要把我的日记拿出来给大家看，然后还要摘录……

　　顿觉天塌地陷。我的日记里有那么多无病呻吟的长吁短叹，有思念父母的泪水和悲天悯人自作多情的句子……这要是披露在光天化日之下，我做了鬼也不得安宁。

　　当然了，这有个前提，就是我必须身故，而且还被树立为典型。所以，日记会被示众的概率非常之低，不足千万亿分之一吧。

　　但这场景依然让我噤若寒蝉。高原上非常容易死人，对于这一点，我心知肚明。昨天还好端端的士兵，很可能就在一瞬间因为敌人因为氧气因为一个急转弯或是什么也不因为，就停止了呼吸。我无权保证自己不死，就只能力争死后不出现最坏情况。

　　于是，我在漫天风雪中走到营房的山坡上，把日记一本本地烧掉，火光映红山峦……烧了很久，烧完之后，心情大悦。心想，无论我会死得多么惨，临死之前都了无牵挂。

　　有人看到我面带微笑地纵火，就问我烧的是什么。我当然不能把秘密说出来，就故弄玄虚地遮掩。于是人们传说我烧的都是男军人们写来的情书。

　　第十条，是没有享受过美食。

一条弹性很大的遗憾。首先关于美食的定义，在不同的人那里会有所不同。有些人说"鱼羊为鲜"，可我不吃羊肉，很难把羊肉定为天下美食。很多人喜爱吃臭豆腐，我觉得吃是可以的，但须独处，尽量不要让周围的人联想起久未打扫的公厕。以上都是我在饮食上的狭隘偏执，但由此可见美食没有统一的标准。我私下里觉得生命垂危的人，消化功能已近衰竭，无法体验到美食的神妙，只剩下遐想，于是就把这一条列为人生遗憾。我相信，这个世界上的所有人，都曾享用过自我标准里的美食。饥饿是最好的调味品。

第十一条，大部分时间都用来工作。

我当医生的时候，的确是把大部分时间都用来工作了。即使是不工作的时间，想的也是和工作有关的事情。这就让我整个生活，都被白色笼罩，被来苏水味道浸泡。那时非但不觉得这是危险，反以为这才叫充实生活。后来不做医生了，被动地脱离了这种状态，才慢慢发觉，用工作充填所有的时间，是对自我的暴政，变成了工作的奴隶。应该用一把利刀，将生活和工作切割，不要混淆成一团。

第十二条，没有去想去的地方。

问题有重复。我的回答是，我想去的地方，如果我能去，我就去了。如果我不能去，就是的确没法去，我就认命了，也不遗憾。人的双脚不是无限自由的。

第十三条，没有和想见的人见面。

哦，这一条和我不沾。我想见谁，就想方设法地见。不想见，自然就躲了。躲不过，就淡然相见。没有哪个是我想见能见而故意不见的。说这一条的人，多半是指自己初恋的情人或是恩人吧？若是仇人，或是不那么喜欢的人，估计到了弥留之际，也不会特别想看到他们的嘴脸吧。多日不见的熟人相逢，刚开始都会大呼小叫，哎呀，你怎么变老了？我嬉笑，你能好到哪里呢？感叹过后，就不再议论苍老的问题，开始说些正常的话了。

第十四条，没有谈一场永存记忆的恋爱。

我的恋爱十分平淡，但它也是永存记忆的。记忆并不厚此薄彼只宠爱惊涛骇浪，而以平淡为耻。真正能够得以长久保存并对我们的生命如此重要和宝贵的事件，很多是平淡的。比如水的味道很平淡，如果有了特殊的味道，那就是污染。盐的味道也很平淡，只是单纯地咸，并没有杂味。空气是平淡的，面粉也是平淡的。太多的有味道的水，比如果汁，会毒害我们的味蕾。太多的加了碘的盐，会剿灭我们的甲状腺。氧气太多了，会氧中毒。所以，保持对平淡的安然，是一生幸福的重要基础。

第十五条，一辈子都没有结婚。

唔，这一条，没有。

第十六条，没有生育孩子。

唔，这一条，也没有。

第十七条，没有让孩子结婚。

我的孩子结了婚，而且还很幸福。恕我斗胆发表一点儿不同意见，虽说咱们中国人习惯上觉得"死者为大"，人死了，他说的话，就可以雪藏，不必争执不休了。但这批死人既然留了话给活人，似有讨论之必要。孩子结不结婚，原则上不能让他的父母负责。达到了婚龄，就是成年人了，结不结婚概由个人负责。把孩子没有结婚的责任，揽到自己头上，至死不忘大包大揽，背着这个包袱。恕我直言，代沟不清。如果要反思，不要局限在儿女结不结婚这件事，一定还有很多可懊悔的育儿经。我甚至不怀好意地认为，被有严重心理障碍的父母培教出的后代，不结婚不一定是遗憾的事情。就算勉强进了婚姻，多半也会裂城而逃。如果有了孩子，不在教育方法上吐故纳新，很可能把悲剧埋入下一代的心田。

第十八条，没有注意身体健康。

我给自己大致及格的分数。青年时代在高原，气候冰寒加之缺氧，是极不相宜健康的。为了祖国，损毁健康也在所不惜，容不得斤斤计较。到了中老年，工作辛劳家务繁重，也抽不出时间来特别维护健康。到了能

顾及健康的时候，我会在意。健康这个东西，也是为一个人的价值观服务的，不应置之不理也不可喧宾夺主。从根本上说，不管你在不在意，良好的身体状况，一旦越过了时间的高点，便江河日下防不胜防地衰减。再好生维护，你不毁，时间也自会兴致勃勃地帮你毁。大趋势已定，我们能做的只是顺势而为将计就计。

第十九条，没有戒烟。

我不吸烟。

第二十条，没有表明自己的真实意愿。

我很爱好表明自己的真实心愿，自幼如此。个别情况下的隐而不言，必有深因。两害相权取其轻，不得不如此。再次选择，多半还会沉默。总的说来，年轻的时候，不敢表达自己真实想法的概率多一些，上了年纪，知道这生命原不是任何人的礼物，自己不说，别人哪里能明白。说了有风险，可能会忤逆了某些人。但不说，从根子上就忤逆了自己。有时候，你以为不说是顾全了别人顾全了大局，其实正相反，你不尊重自己的时候，对别人的裨益也无从谈起。

第二十一条，没有认清活着的意义。

一个人到垂危的时候，才思考这样哲学的问题，真是晚了。我觉得苟延残喘之时，不想也罢。就像一个口袋里只剩下一分钱的人，想那些需要100万才能做成的事，实属不识时务且力不从心。我的心理学导师说过，临死才意识到自己稀里糊涂地过了一辈子的人挺多的。说到底，一言以蔽之，他们从未真正生活过。

我说，老师您这话说得多好啊，人生一世，草木一秋，总要有意义。老师说，这话不是我发明的，是马斯洛说的。

拜谢西藏的高天大河冰峰雪岭，强迫我在年少时，就探索过活着的意义。确立下来之后，它如此坚稳地占据我心扉，直到我的老年仍不曾有丝毫改变。故此不为遗憾。

第二十二条，没有留下自己生活过的证据。

生命不需要证据，因为不是一场犯罪。兴致勃勃地活过了，已成就一切。到临终之际，还琢磨着证据这事，概因对自己是否真正活过的不确定。听一个孝女讲处理母亲身后之事，思考了十年，无法收拾母亲的遗物。我本以为是无尽的哀伤所致，她说是因为母亲留下了自费印制的499本诗集难以安置。准确地说，是500本，因为有一本母亲送给了女儿。都是些打油诗，谈不到艺术价值。不要说售卖，就是送也找不到人。诗是母亲的挚爱，生前常说人总要给这个世界留下点儿什么，算是走过一趟的留念。女儿想了很久，终于在一个夜晚，将所有的诗集都销毁了。望着熊熊的火焰，她在想，这就是证据了。

不必留下证据，只要安然走过问心无愧就是了。

第二十三条，没有看透生死。

有多少人真正看透生死了？别对自己要求那么高，求全责备。生死这件事，是值得想一想的。想通了，就放下，老在那里想，倒是想不通的意思。不要害怕，人人都要经历的正常过程，害怕只能添乱。我力求从容地活着，做事情有始有终。用完每一本簿子的所有纸张，看到好书的最后一页。从塑料管里，用力挤出每一点牙膏。看夕阳西下不再伤感而是心平气和地欣赏，秋雨中看黄叶坠地不是寂寥悲凉而是明白明年绿荫盈盈我们再相见……这些都是生死轮替的小型预演，倘能渐渐温和接纳，痛楚稀释欢颜渐起，也就算是和死亡不时地小小碰撞、握手言和了。

第二十四条，没有信仰。

人们常常以为信仰必是一定时间的磕头或是礼拜，遵守某种戒律与特定的神祇对话等，如果这样狭隘地看待信仰，我是没有的。但我从来不觉得我没有信仰，我觉得信仰是一个更宽泛和辽阔神圣的概念。它不是面庞或圆融或瘦削的异邦人创建的，而是一种伟大的心灵力量。我明白，生命短暂脆弱，有一种无比强韧而壮丽的覆盖，凌驾在微不足道的我一己存在之上。

第二十五条，没有对深爱的人说谢谢。

　　我说过了。对我的父亲母亲，对我的丈夫和孩子，对我的老师和同学，对我的责任编辑和读者，对我生命中我所喜欢的人，我都曾由衷地说过谢谢。所以，我不遗憾。趁着现在我还没有到不能自由表达意志的时刻，我要向山川河流大地太阳草木动物海洋长风，向所有善良的人，向古今中外的智者和书籍，说一声谢谢！

　　好了，大体回答完了。不知你注意到没有，我遗漏了第九条。不是回避，实在是为难。现在来说说那个让我念念不忘的第九条——没有回过故乡。

　　我不知道我的故乡在哪里。

　　我出生在新疆伊宁，源自我父亲跟随第一野战军第六军进军新疆。但我真是一个伊宁人吗？

　　我从半岁起就一直生活在北京，可是我对北京的胡同啊小吃啊满族的习俗啊，一点儿不懂，也无什么感情。我也不会那种充满了儿化音的京腔京韵。看充满老北京气味的话剧，我会困倦无聊地睡着。我从来没有从心底认可过自己的故乡是北京。

　　现在只剩下我父母的祖籍——山东省威海市文登市了。

　　它是不是我的故乡呢？

　　我不知道。因为我在60多年的生命历程中，在文登度过的所有时光加在一起，迄今为止，也只有一个月。

　　如果把故乡的含义扩大一些，除了肉身的出发地之外，每个人都有自己精神的故乡。我们在那里脱离了混沌蒙昧，真正意识到了自我的存在，让生命从此有了意义和价值……从这个层面说，我的精神故乡是西藏阿里。

　　到底在哪里呢？新疆？北京？西藏？山东？还是……为了保险起见，我和母亲重新返回新疆，找到了我出生的那座俄式老木屋，它再有一个星期就要被拆除了。我去了幼时读书的小学中学，问候当年的老师。我在祖籍买了一座房子，为的是可以呼吸父辈幼年时的空气。我和阿里的历届政府和司令员保持着密切联系，2013年的夏天，我把写阿里的书集结成一本，送到边防线每一个战士手中。

我愚蠢地用"宁可错杀一千不可漏过一个"的方法，维系和家乡的联系。既然不能确定哪一处为家乡，我就认所有走过之地为家乡吧。

临终前会后悔的25件事，我虽不敢说样样都避免了，大致就取及格。私下将大津秀一的标准打个折，松松垮垮衡量，似未曾留有明显的遗憾。

仰天长叹，感恩不绝。我可以无憾而终啦。

带上灵魂
去旅行

　　人的知识永远是不完备的，他无法知道一个地区或是一个时代是否就是空间和时间的全部。从这个意义上讲，我们每个人都是井底之蛙，所不同的只是栖息的这口井的直径大小而已。每个人也都是可怜的夏虫，不可语冰。于是，我们天生需要旅行。生为夏虫是我们的宿命，但不是我们的过错。在夏虫短暂的生涯中，我们可以和命运做一个商量，尽可能地把这口井的口径掘得大一些，把时间和地理的尺度拉得伸展一些。就算最终不可能看到冰，夏虫也力所能及地面对无瑕的水和渐渐刺骨的秋风，想象一下冰的透明清澈与痛彻心扉的寒冻。

　　旅行，首先是一场体能的马拉松，你需要提前做很多准备。先说说身体方面。依我片面的经验，旅行的要紧物件有三种。

　　第一桩，当然是时间。人们常常以为旅行最重要的前提是钱，于是就把攒钱当成旅行的先决条件。其实，没有钱或是只有少量的钱，也可以旅行。关于这一点，只要你耐心搜集，就会找到很多省钱的秘诀。如果把一个人比作一辆车，驱动我们前行的汽油，并不是金钱，而是时间。这个道理极其简单，你的时间消耗完了，你任何事都干不成了，还奢谈什么呢？或者说，那时的旅行只有一个方向，就是地心了。

　　第二桩，是放下忧愁。忧愁是旅行的致命杀手，人无远虑，乃可出行。忧愁是有分量的，一两忧愁可以化作万只秤砣，绊得你跌跌撞撞、鼻青脸肿。最常见的忧愁来自这样的思维：把这笔旅游的钱省下来可以买多少斤米多少菜，过多长时间丰衣足食的家常日子。将满足口腹之欲的时间当作计量单位，是曾经有用现在却不必坚守的习惯。很多中国人一遇到新奇又需要破费的事，马上把它折算成米面开销，用粮食做万变不离其宗的度量衡。积谷防饥本是美德，可什么事都提到危及生命安全的高度来考虑，活着就成了负担。谁若一意孤行去旅行，就咒你将来基本的生存都要打折，食不果腹、衣不蔽体、流落街头……别怪我说得凄惶，如果你打算做一次比较破费的旅行，你一定会听到这一类的谆谆告诫。迅疾地把诸事折合成大米的计算公式，来自温饱没有满足的农耕时代遗留下来的精神创伤。如果你一定要把所有的钱都攒起来用于防患未然，这是你的自由，别人无法干涉。可你要明白，身体的生理机能满足之后，就不必一味地再纠结于脏腑。总是由着身体自言自语地说那些饥饱的事，你就灭掉了自己去看世界的可能性，一辈子只能在肚子画出的半径中度过。这样的人生，在温饱还没有解决的往昔，是不得已而为之，甚至可能成为优先活下来的王牌。在今天，就有时过境迁、过于迂腐之感了。

第三桩，是活在身体的此时此刻。此话怎讲？当下身体不错，就可以出发，抬腿走就是，不必终日琢磨以后心力衰竭的呕血和罹患癌症的剧痛。我琢磨着自己还有能力挣出些许以后治病的费用，我相信国家的社会保障机制会越来越好。我捏捏自己的胳膊腿，觉得它们尚能禁得住摔打，目前爬高上低、风餐露宿不在话下。若我以后真是得了多少万人民币也医不好的重症，从容赴死就是了，临死前想想自己身手矫健耳聪目明时，也曾有过一番随心所欲的游历，奄奄一息时的情绪，也许是自豪。

我是渐渐老迈的汽车，油料所剩已然不多。我要精打细算，小心翼翼地驱动它赶路。生命本是宇宙中的一瓣微薄的睡莲，终有偃旗息鼓

闭合的那一天。在这之前，我一定要抓紧时间，去看看这四野无序的大地，去会一会英辈们留下的伟绩和废墟。

终于决定迈开脚步了。很多人有个习惯，出远门之前，先拿出纸笔，把自己要带的东西都一一列出。旅游秘籍中，传授这种清单的俯拾皆是。到寒带，你要带上皮手套、雪地靴；到热带，你要带上防晒霜、太阳镜、驱蚊油。就算是不寒不热的福地，你也要带上手电筒、黄连素加上使领馆的电话号码……

所有这些，都十分必要。可有一样东西，无论你到哪里，都不可须臾离开，那就是——你可记得带上自己的灵魂？

据说古老的印第安人有个习惯，当他们的身体移动得太快的时候，会停下脚步，安营扎寨，耐心等待自己的灵魂前来追赶。有人说是三天一停，有人说是七天一停，总之，人不能一味地走下去，要驻扎在行程的空隙中，和灵魂会合。灵魂似乎是个身负重担或是手脚不利落的弱者，慢吞吞地经常掉队。你走得快了，它就跟不上趟儿。我觉得此说法最有意义的部分，是证明在旅行中，我们的身体和灵魂是不同步的，是分离分裂的。而一次绝佳的旅行，自然是身体和灵魂高度协调一致、生死相依。

好的旅行应如同呼吸一样自然，旅行的本质是学习，而学习是人类的本能。身为医生，我知道人一生必得不断地学习。我不当医生了，这个习惯却如同得过天花，在心中留下斑驳的痕迹。旅行让我知道在我之前活过的那些人，他们可曾想到过什么、做过什么。旅行也让我知道，在我没有降生的那些岁月，大自然盛大的恩典和严酷的惩罚。旅行中我知道了人不可以骄傲，天地何其寂寥，峰恋何其高耸，海洋何其阔大。旅行中我也知晓了死亡原不必悲伤，因为你其实并没有消失，只不过以另外的方式循环往复。

凡此种种，都不是单纯的身体移动就能解决问题的，只能留给旅行中的灵魂来做完功课。出发时，悄声提醒，背囊里务必记得安放下你的灵魂。它轻到没有一丝重量，也不占一寸地方，但重要性远胜过GPS——饥饿时是你的面包，危机时助你涉险过关；你欢歌笑语时，它也无声扮出欢颜；你捶胸顿足时，它也滴泪悲愤……

　　灵魂就算不能像烛火一样照耀着我们的行程，起码也要同甘共苦地跟在后面，不离不弃，不能干三天停一天地磨洋工。否则，我们就是一具飘飘荡荡的躯壳在蹒跚，敲一敲，发出空洞的回音，仿佛千年前枯萎的胡杨。

图书在版编目（CIP）数据

远行，与充满未知的人生温暖相遇 / 毕淑敏著. --
武汉 ：长江文艺出版社，2024.4
　　（毕淑敏远行系列）
　　ISBN 978-7-5702-3387-8

　　Ⅰ. ①远… Ⅱ. ①毕… Ⅲ. ①散文集－中国－当代
Ⅳ. ①I267

中国国家版本馆 CIP 数据核字（2023）第 218639 号

远行，与充满未知的人生温暖相遇
YUANXING，YU CHONGMAN WEIZHI DE RENSHENG WENNUAN XIANGYU

责任编辑：梁碧莹 李 艳 孙 琳　　　责任校对：毛季慧
整体设计：壹诺设计　　　　　　　　责任印制：邱 莉 杨 帆

出版：长江出版传媒 | 长江文艺出版社
地址：武汉市雄楚大街 268 号　　　邮编：430070
发行：长江文艺出版社
http://www.cjlap.com
印刷：湖北恒泰印务有限公司

开本：680 毫米×970 毫米　　1/16　印张：18.5
版次：2024 年 4 月第 1 版　　　2024 年 4 月第 1 次印刷
字数：256 千字

定价：59.80 元